比较文学与世界文学 研究丛书

主编 曹顺庆

三编 第 **13** 册

英美学界的中国民歌研究

李 采 真 著

花木兰文化事业有限公司

国家图书馆出版品预行编目资料

英美学界的中国民歌研究／李采真 著 —— 初版 —— 新北市：花
木兰文化事业有限公司，2024〔民 113〕
目 2+202 面；19×26 公分
（比较文学与世界文学研究丛书 三编 第 13 册）
ISBN 978-626-344-812-4（精装）
1.CST：民谣 2.CST：文学评论 3.CST：比较研究
4.CST：中国
810.8   113009371

ISBN-978-626-344-812-4

9 786263 448124

比较文学与世界文学研究丛书
三编 第十三册   ISBN：978-626-344-812-4

英美学界的中国民歌研究

作　　者 李采真
主　　编 曹顺庆
企　　划 四川大学双一流学科暨比较文学研究基地
总 编 辑 杜洁祥
副总编辑 杨嘉乐
编辑主任 许郁翎
编　　辑 潘玟静、蔡正宣　美术编辑 陈逸婷
出　　版 花木兰文化事业有限公司
发 行 人 高小娟
联络地址 台湾 235 新北市中和区中安街七二号十三楼
　　　　 电话：02-2923-1455／传真：02-2923-1452
网　　址 http://www.huamulan.tw 信箱 service@huamulans.com
印　　刷 普罗文化出版广告事业
初　　版 2024 年 9 月
定　　价 三编 26 册（精装）新台币 70,000 元

英美学界的中国民歌研究

李采真 著

作者简介

李采真，女，四川大学艺术学博士，四川大学艺术学博后流动站博士后。现为四川大学艺术学院专职博士后、音乐系讲师。先后在《贵州社会科学》《中外文化与文论》等CSSCI 期刊发表论文多篇，主持省部级课题 2 项、校级课题 3 项，参研国家社科重大项目1 项，出版专著 1 部，曾多次受邀在国际会议中发言且论文被收录并发表。

研究方向：民族音乐学研究、声乐理论研究、比较艺术学研究。

提　　要

本专著在对英美学界中国民歌传播和研究资料的大量收集、阅读、梳理、归纳与分析的基础上，厘清英美学界中国民歌研究的研究方法、研究重点和研究特点，比较中西思维和话语言说方式，进而为国内研究者提供参考和借鉴，同时为构建具有中国文化特色的中国民歌研究体系提供具体的参考。

在提倡跨文明对话、跨学科互鉴的今天，以"他者视角"反观自身，以"他山之石"激发对话、创生新质，这是中国民歌研究的一次新尝试。本专著对不同时期具有代表性的研究视阈和方法进行梳理，厘清英美学界中国民歌研究的情况和特点，并进一步探讨中国民歌在异质文化语境中的变异特征。第一章从民歌的音像档案、研究组织传播两个方面论述了英美学界中国民歌的传播概况。第二章梳理与分析英美学界学者们对中国民歌的研究成果。第三章选出三个具有代表性的研究对象：西北"花儿"、苏南"吴歌"和"川江号子"，探寻其在西方学者手中的民族志书写方式。第四章着重探讨西方新兴学科理论在民歌研究中呈现的模式与现状，提炼出英美学界中学者们普遍使用的研究思路和视角。第五章展开反思，提倡应破除文化偏见，不仅要正视文化过滤机制产生的误读现象，也要学习借鉴西方中国民歌研究的优势、价值以及对中西比较艺术范式建立所带来的启发，以寻求中西文化的平等对话、友好交流和共同发展。

总之，本专著以英美学界对中国民歌的研究为主要研究对象，采用多视角、全方位的方法，宏微并重，以小见大，同时观照国内中国民歌研究成果，一则勾勒出英美学界中国民歌研究的特点、轨迹和概貌；二则展示中国民歌的全面传播生态，探析各个专题在英美学界的研究成果及模式；三则在中西方对中国民歌研究的差异中探寻造成差异的深层次的缘由，促进两者对话互动，以期建立更加成熟的比较研究范式，为今后中国民歌的研究提供一定的启示。

本成果为"中国博士后科学基金第 71 批面上资助项目"资助成果，项目编号：2022M712280。

比较文学的中国路径

曹顺庆

自德国作家歌德提出"世界文学"观念以来，比较文学已经走过近二百年。比较文学研究也历经欧洲阶段、美洲阶段而至亚洲阶段，并在每一阶段都形成了独具特色学科理论体系、研究方法、研究范围及研究对象。中国比较文学研究面对东西文明之间不断加深的交流和碰撞现况，立足中国之本，辩证吸纳四方之学，而有了如今欣欣向荣之景象，这套丛书可以说是应运而生。本丛书尝试以开放性、包容性分批出版中国比较文学学者研究成果，以观中国比较文学学术脉络、学术理念、学术话语、学术目标之概貌。

一、百年比较文学争讼之端——比较文学的定义

什么是比较文学？常识告诉我们：比较文学就是文学比较。然而当今中国比较文学教学实际情况却并非完全如此。长期以来，中国学术界对"什么是比较文学？"却一直说不清，道不明。这一最基本的问题，几乎成为学术界纠缠不清、莫衷一是的陷阱，存在着各种不同的看法。其中一些看法严重误导了广大学生！如果不辨析这些严重误导了广大学生的观点，是不负责任、问心有愧的。恰如《文心雕龙·序志》说"岂好辩哉，不得已也"，因此我不得不辩。

其中一个极为容易误导学生的说法，就是"比较文学不是文学比较"。目前，一些教科书郑重其事地指出：比较文学不是文学比较。认为把"比较"与"文学"联系在一起，很容易被人们理解为用比较的方法进行文学研究的意思。并进一步强调，比较文学并不等于文学比较，并非任何运用比较方法来进行的比较研究都是比较文学。这种误导学生的说法几乎成为一个定论，

一个基本常识，其实，这个看法是不完全准确的。

让我们来看看一些具体例证，请注意，我列举的例证，对事不对人，因而不提及具体的人名与书名，请大家理解。在 Y 教授主编的教材中，专门设有一节以"比较文学不是文学比较"为题的内容，其中指出"比较文学界面临的最大的困惑就是把'比较文学'误读为'文学比较'"，在高等院校进行比较文学课程教学时需要重点强调"比较文学不是文学比较"。W 教授主编的教材也称"比较文学不是文学的比较"，因为"不是所有用比较的方法来研究文学现象的都是比较文学"。L 教授在其所著教材专门谈到"比较文学不等于文学比较"，因为，"比较"已经远远超出了一般方法论的意义，而具有了跨国家与民族、跨学科的学科性质，认为将比较文学等同于文学比较是以偏概全的。"J 教授在其主编的教材中指出，"比较文学并不等于文学比较"，并以美国学派雷马克的比较文学定义为根据，论证比较文学的"比较"是有前提的，只有在地域观念上跨越打通国家的界限，在学科领域上跨越打通文学与其他学科的界限，进行的比较研究才是比较文学。在 W 教授主编的教材中，作者认为，"若把比较文学精神看作比较精神的话，就是犯了望文生义的错误，一百余年来，比较文学这个名称是名不副实的。"

从列举的以上教材我们可以看出，首先，它们在当下都仍然坚持"比较文学不是文学比较"这一并不完全符合整个比较文学学科发展事实的观点。如果认为一百余年来，比较文学这个名称是名不副实的，所有的比较文学都不是文学比较，那是大错特错！其次，值得注意的是，这些教材在相关叙述中各自的侧重点还并不相同，存在着不同程度、不同方面的分歧。这样一来，错误的观点下多样的谬误解释，加剧了学习者对比较文学学科性质的错误把握，使得学习者对比较文学的理解愈发困惑，十分不利于比较文学方法论的学习、也不利于比较文学学科的传承和发展。当今中国比较文学教材之所以普遍出现以上强作解释，不完全准确的教科书观点，根本原因还是没有仔细研究比较文学学科不同阶段之史实，甚至是根本不清楚比较文学不同阶段的学科史实的体现。

实际上，早期的比较文学"名"与"实"的确不相符合，这主要是指法国学派的学科理论，但是并不包括以后的美国学派及中国学派的学科理论，如果把所有阶段的学科理论一锅煮，是不妥当的。下面，我们就从比较文学学科发展的史实来论证这个问题。"比较文学不是文学比较""comparative literature is not literary comparison"，只是法国学派提出的比较文学口号，只是法国学派一派的主张，而不是整个比较文学学科的基本特征。我们不能够把这个阶段性的比较文学口号扩大化，甚至让其突破时空，用于描述比较文学所有的阶段和学派，更不能够使其"放之四海而皆准"。

法国学派提出"比较文学不是文学比较"，这个"比较"（comparison）是他们坚决反对的！为什么呢，因为他们要的不是文学"比较"（literary comparison），而是文学"关系"（literary relationship），具体而言，他们主张比较文学是实证的国际文学关系，是不同国家文学的影响关系，influences of different literatures，而不是文学比较。

法国学派为什么要反对"比较"（comparison），这与比较文学第一次危机密切相关。比较文学刚刚在欧洲兴起时，难免泥沙俱下，乱比的情形不断出现，暴露了多种隐患和弊端，于是，其合法性遭到了学者们的质疑：究竟比较文学的科学性何在？意大利著名美学大师克罗齐认为，"比较"（comparison）是各个学科都可以应用的方法，所以，"比较"不能成为独立学科的基石。学术界对于比较文学公然的质疑与挑战，引起了欧洲比较文学学者的震撼，到底比较文学如何"比较"才能够避免"乱比"？如何才是科学的比较？

难能可贵的是，法国学者对于比较文学学科的科学性进行了深刻的的反思和探索，并提出了具体的应对的方法：法国学派采取壮士断臂的方式，砍掉"比较"（comparison），提出比较文学不是文学比较（comparative literature is not literary comparison），或者说砍掉了没有影响关系的平行比较，总结出了只注重文学关系（literary relationship）的影响（influences）研究方法论。法国学派的创建者之一基亚指出，比较文学并不是比较。比较不过是一门名字没取好的学科所运用的一种方法……企图对它的性质下一个严格的定义可能是徒劳的。基亚认为：比较文学不是平行比较，而仅仅是文学关系史。以"文学关系"为比较文学研究的正宗。为什么法国学派要反对比较？或者说为什么法国学派要提出"比较文学不是文学比较"，因为法国学派认为"比较"（comparison）实际上是乱比的根源，或者说"比较"是没有可比性的。正如巴登斯佩哲指出："仅仅对两个不同的对象同时看上一眼就作比较，仅仅靠记忆和印象的拼凑，靠一些主观臆想把可能游移不定的东西扯在一起来找点类似点，这样的比较决不可能产生论证的明晰性"。所以必须抛弃"比较"。只承认基于科学的历史实证主义之上的文学影响关系研究（based on scientificity and positivism and literary influences.）。法国学派的代表学者卡雷指出：比较文学是实证性的关系研究："比较文学是文学史的一个分支：它研究拜伦与普希金、歌德与卡莱尔、瓦尔特·司各特与维尼之间，在属于一种以上文学背景的不同作品、不同构思以及不同作家的生平之间所曾存在过的跨国度的精神交往与实际联系。"正因为法国学者善于独辟蹊径，敢于提出"比较文学不是文学比较"，甚至完全抛弃比较（comparison），以防止"乱比"，才形成了一套建立在"科学"实证性为基础的、以影响关系为特征的"不比较"的比较文学学科理论体系，这终于挡住了克罗齐等人对比较文学"乱比"的批判，形成了以"科学"实证为特征的文学影响关系研究，确立了法国学派的学科理论和一整套方法论体系。当然，法国学派悍然砍掉比较研究，又不放弃"比较文学"这个名称，于是不可避免地出现了比较文学名不副实的尴尬现象，出现了打着比较文学名号，而又不比较的法国学派学科理论，这才是问题的关键。

当然，法国学派提出"比较文学不是文学比较"，只注重实证关系而不注重文学比较和文学审美，必然会引起比较文学的危机。这一危机终于由美国著名比较文学家韦勒克（René Wellek）在 1958 年国际比较文学协会第二次大会上明确揭示出来了。在这届年会上，韦勒克作了题为《比较文学的危机》的挑战性发言，对"不比较"的法国学派进行了猛烈批判，宣告了倡导平行比较和注重文学审美的比较文学美国学派的诞生。韦勒克作了题为《比较文学的危机》的挑战性发言，对当时一统天下的法国学派进行了猛烈批判，宣告了比较文学美国学派的诞生。韦勒克说："我认为，内容和方法之间的人为界线，渊源和影响的机械主义概念，以及尽管是十分慷慨的但仍属文化民族主义的动机，是比较文学研究中持久危机的症状。"韦勒克指出："比较也不能仅仅局限在历史上的事实联系中，正如最近语言学家的经验向文学研究者表明的那样，比较的价值既存在于事实联系的影响研究中，也存在于毫无历史关系的语言现象或类型的平等对比中。"很明显，韦勒克提出了比较文学就是要比较（comparison），就是要恢复巴登斯佩哲所讽刺和抛弃的"找点类似点"的平行比较研究。美国著名比较文学家雷马克（Henry Remak）在他的著名论文《比较文学的定义与功用》中深刻地分析了法国学派为什么放弃"比较"（comparison）的原因和本质。他分析说："法国比较文学否定'纯粹'的比较（comparison），它忠实于十九世纪实证主义学术研究的传统，即实证主义所坚持并热切期望的文学研究的'科学性'。按照这种观点，纯粹的类比不会得出任何结论，尤其是不能得出有更大意义的、系统的、概括性的结论。……既然值得尊重的科学必须致力于因果关系的探索，而比较文学必须具有科学性，因此，比较文学应该研究因果关系，即影响、交流、变更等。"雷马克进一步尖锐地指出，"比较文学"不是"影响文学"。只讲影响不要比较的"比较文学"，当然是名不副实的。显然，法国学派抛弃了"比较"（comparison），但是仍然带着一顶"比较文学"的帽子，才造成了比较文学"名"与"实"不相符合，造成比较文学不比较的尴尬，这才是问题的关键。

美国学派最大的贡献，是恢复了被法国学派所抛弃的比较文学应有的本义——"比较"（The American school went back to the original sense of comparative literature ——"comparison"），美国学派提出了标志其学派学科理论体系的平行比较和跨学科比较："比较文学是一国文学与另一国或多国文学的比较，是文学与人类其他表现领域的比较。"显然，自从美国学派倡导比较文学应当比较（comparison）以后，比较文学就不再有名与实不相符合的问题了，我们就不应当再继续笼统地说"比较文学不是文学比较"了，不应当再以"比较文学不是文学比较"来误导学生！更不可以说"一百余年来，比较文学这个名称是名不副实的。"不能够将雷马克的观点也强行解释为"比较文学不是比较"。因为在美国学派看来，比较文学就是要比较（comparison）。比较文学就是要恢复被巴登斯佩哲所讽刺和抛弃的"找点类似点"的平行比较研究。因为平行研究的可比性，正是类同性。正如韦勒克所说，"比较的价值既存在于事实联系的影响研究中，也存在于毫无历史关系的语言现象或类型的平等对比中。"恢复平行比较研究、跨学科研究，形成了以"找点类似点"的平行研究和跨学科研究为特征的比较文学美国学派学科理论和方法论体系。美国学派的学科理论以"类型学"、"比较诗学"、"跨学科比较"为主，并拓展原属于影响研究的"主题学"、"文类学"等领域，大大扩展比较文学研究领域。

二、比较文学的三个阶段

下面，我们从比较文学的三个学科理论阶段，进一步剖析比较文学不同阶段的学科理论特征。现代意义上的比较文学学科发展以"跨越"与"沟通"为目标，形成了类似"层叠"式、"涟漪"式的发展模式，经历了三个重要的学科理论阶段，即：

一、欧洲阶段，比较文学的成形期；二、美洲阶段，比较文学的转型期；三、亚洲阶段，比较文学的拓展期。我们将比较文学三个阶段的发展称之为"涟漪式"结构，实际上是揭示了比较文学学科理论的继承与创新的辩证关系：比较文学学科理论的发展，不是以新的理论否定和取代先前的理论，而是层叠式、累进式地形成"涟漪"式的包容性发展模式，逐步积累推进。比较文学学科理论发展呈现为层叠式、"涟漪"式、包容式的发展模式。我们把这个模式描绘如下：

法国学派主张比较文学是国际文学关系，是不同国家文学的影响关系。形成学科理论第一圈层：比较文学——影响研究；美国学派主张恢复平行比较，形成学科理论第二圈层：比较文学——影响研究＋平行研究＋跨学科研究；中国学派提出跨文明研究和变异研究，形成学科理论第三圈层：比较文学——影响研究＋平行研究＋跨学科研究＋跨文明研究＋变异研究。这三个圈层并不互相排斥和否定，而是继承和包容。我们将比较文学三个阶段的发展称之为层叠式、"涟漪"式、包容式结构，实际上是揭示了比较文学学科理论的继承与创新的辩证关系。

法国学派提出，可比性的第一个立足点是同源性，由关系构成的同源性。同源性主要是针对影响关系研究而言的。法国学派将同源性视作可比性的核心，认为影响研究的可比性是同源性。所谓同源性，指的是通过对不同国家、不同民族和不同语言的文学的文学关系研究，寻求一种有事实联系的同源关系，这种影响的同源关系可以通过直接、具体的材料得以证实。同源性往往建立在一条可追溯关系的三点一线的"影响路线"之上，这条路线由发送者、接受者和传递者三部分构成。如果没有相同的源流，也就不可能有影响关系，也就谈不上可比性，这就是"同源性"。以渊源学、流传学和媒介学作为研究的中心，依靠具体的事实材料在国别文学之间寻求主题、题材、文体、原型、思想渊源等方面的同源影响关系。注重事实性的关联和渊源性的影响，并采用严谨的实证方法，重视对史料的搜集和求证，具有重要的学术价值与学术意义，仍然具有广阔的研究前景。渊源学的例子：杨宪益，《西方十四行诗的渊源》。

比较文学学科理论的第二阶段在美洲，第二阶段是比较文学学科理论的转型期。从 20 世纪 60 年代以来，比较文学研究的主要阵地逐渐从法国转向美国，平行研究的可比性是什么？是类同性。类同性是指是没有文学影响关系的不同国家文学所表现出的相似和契合之处。以类同性为基本立足点的平行研究与影响研究一样都是超出国界的文学研究，但它不涉及影响关系研究的放送、流传、媒介等问题。平行研究强调不同国家的作家、作品、文学现象的类同比较，比较结果是总结出于文学作品的美学价值及文学发展具有规律性的东西。其比较必须具有可比性，这个可比性就是类同性。研究文学中类同的：风格、结构、内容、形式、流派、情节、技巧、手法、情调、形象、主题、文类、文学思潮、文学理论、文学规律。例如钱钟书《通感》认为，中国诗文有一种描写手法，古代批评家和修辞学家似乎都没有拈出。宋祁《玉楼春》词有句名句："红杏枝头春意闹。"这与西方的通感描写手法可以比较。

比较文学的又一次危机：比较文学的死亡

九十年代，欧美学者提出，比较文学作为一门学科已经死亡！最早是英国学者苏珊·巴斯奈特 1993 年她在《比较文学》一书中提出了比较文学的死亡论，认为比较文学作为一门学科，在某种意义上已经死亡。尔后，美国学者斯皮瓦克写了一部比较文学专著，书名就叫《一个学科的死亡》。为什么比较文学会死亡，斯皮瓦克的书中并没有明确回答！为什么西方学者会提出比较文学死亡论？全世界比较文学界都十分困惑。我们认为，20 世纪 90 年代以来，欧美比较文学继"理论热"之后，又出现了大规模的"文化转向"。脱离了比较文学的基本立场。首先是不比较，即不讲比较文学的可比性问题。西方比较文学研究充斥大量的 Culture Studies（文化研究），已经不考虑比较的合理性，不考虑比较文学的可比性问题。第二是不文学，即不关心文学问题。西方学者热衷于文化研究，关注的已经不是文学性，而是精神分析、政治、性别、阶级、结构等等。最根本的原因，是比较文学学科长期囿于西方中心论，有意无意地回避东西方不同文明文学的比较问题，基本上忽略了学科理论的新生长点，比较文学学科理论缺乏创新，严重忽略了比较文学的差异性和变异性。

要克服比较文学的又一次危机，就必须打破西方中心论，克服比较文学学科理论一味求同的比较文学学科理论模式，提出适应当今全球化比较文学研究的新话语。中国学派，正是在此次危机中，提出了比较文学变异学研究，总结出了新的学科理论话语和一套新的方法论。

中国大陆第一部比较文学概论性著作是卢康华、孙景尧所著《比较文学导论》，该书指出："什么是比较文学？现在我们可以借用我国学者季羡林先生的解释来回答了：'顾名思义，比较文学就是把不同国家的文学拿出来比较，这可以说是狭义的比较文学。广义的比较文学是把文学同其他学科来比较，包括人文科学和社会科学'。"[1]这个定义可以说是美国雷马克定义的翻版。不过，该书又接着指出："我们认为最精炼易记的还是我国学者钱钟书先生的说法：'比较文学作为一门专门学科，则专指跨越国界和语言界限的文学比较'。更具体地说，就是把不同国家不同语言的文学现象放在一起进行比较，研究他们在文艺理论、文学思潮，具体作家、作品之间的互相影响。"[2]这个定义似乎更接近法国学派的定义，没有强调平行比较与跨学科比较。紧接该书之后的教材是陈挺的《比较文学简编》，该书仍旧以"广义"与"狭义"来解释比较文学的定义，指出："我们认为，通常说的比较文学是狭义的，即指超越国家、民族和语言界限的文学研究……广义的比较文学还可以包括文学与其他艺术（音乐、绘画等）与其他意识形态（历史、哲学、政治、宗教等）之间的相互关系的研究。"[3]中国比较文学早期对于比较文学的定义中凸显了很强的不确定性。

由乐黛云主编，高等教育出版社 1988 年的《中西比较文学教程》，则对比较文学定义有了较为深入的认识，该书在详细考查了中外不同的定义之后，该书指出："比较文学不应受到语言、民族、国家、学科等限制，而要走向一种开放性，力图寻求世界文学发展的共同规律。"[4]"世界文学"概念的纳入极大拓宽了比较文学的内涵，为"跨文化"定义特征的提出做好了铺垫。

随着时间的推移，学界的认识逐步深化。1997 年，陈惇、孙景尧、谢天振主编的《比较文学》提出了自己的定义："把比较文学看作跨民族、跨语言、跨文化、跨学科的文学研究，更符合比较文学的实质，更能反映现阶段人们对于比较文学的认识。"[5]2000 年北京师范大学出版社出版了《比较文学概论》修订本，提出："什么是比较文学呢？比较文学是一种开放式的文学研究，它具有宏观的视野和国际的角度，以跨民族、跨语言、跨文化、跨学科界限的各种文学关系为研究对象，在理论和方法上，具有比较的自觉意识和兼容并包的特色。"[6]这是我们目前所看到的国内较有特色的一个定义。

1 卢康华、孙景尧著《比较文学导论》，黑龙江人民出版社 1984，第 15 页。
2 卢康华、孙景尧著《比较文学导论》，黑龙江人民出版社 1984 年版。
3 陈挺《比较文学简编》，华东师范大学出版社 1986 年版。
4 乐黛云主编《中西比较文学教程》，高等教育出版社 1988 年版。
5 陈惇、孙景尧、谢天振主编《比较文学》，高等教育出版社 1997 年版。
6 陈惇、刘象愚《比较文学概论》，北京师范大学出版社 2000 年版。

具有代表性的比较文学定义是 2002 年出版的杨乃乔主编的《比较文学概论》一书，该书的定义如下："比较文学是以跨民族、跨语言、跨文化与跨学科为比较视域而展开的研究，在学科的成立上以研究主体的比较视域为安身立命的本体，因此强调研究主体的定位，同时比较文学把学科的研究客体定位于民族文学之间与文学及其他学科之间的三种关系：材料事实关系、美学价值关系与学科交叉关系，并在开放与多元的文学研究中追寻体系化的汇通。"[7]方汉文则认为："比较文学作为文学研究的一个分支学科，它以理解不同文化体系和不同学科间的同一性和差异性的辩证思维为主导，对那些跨越了民族、语言、文化体系和学科界限的文学现象进行比较研究，以寻求人类文学发生和发展的相似性和规律性。"[8]由此而引申出的"跨文化"成为中国比较文学学者对于比较文学定义所做出的历史性贡献。

我在《比较文学教程》中对比较文学定义表述如下："比较文学是以世界性眼光和胸怀来从事不同国家、不同文明和不同学科之间的跨越式文学比较研究。它主要研究各种跨越中文学的同源性、变异性、类同性、异质性和互补性，以影响研究、变异研究、平行研究、跨学科研究、总体文学研究为基本方法论，其目的在于以世界性眼光来总结文学规律和文学特性，加强世界文学的相互了解与整合，推动世界文学的发展。"[9]在这一定义中，我再次重申"跨国""跨学科""跨文明"三大特征，以"变异性""异质性"突破东西文明之间的"第三堵墙"。

"首在审己，亦必知人"。中国比较文学学者在前人定义的不断论争中反观自身，立足中国经验、学术传统，以中国学者之言为比较文学的危机处境贡献学科转机之道。

三、两岸共建比较文学话语——比较文学中国学派

中国学者对于比较文学定义的不断明确也促成了"比较文学中国学派"的生发。得益于两岸几代学者的垦拓耕耘，这一议题成为近五十年来中国比较文学发展中竖起的最鲜明、最具争议性的一杆大旗，同时也是中国比较文学学科理论研究最有创新性，最亮丽的一道风景线。

---

7 杨乃乔主编《比较文学概论》，北京大学出版社 2002 年版。
8 方汉文《比较文学基本原理》，苏州大学出版社 2002 年版。
9 曹顺庆《比较文学教程》，高等教育出版社 2006 年版。

比较文学"中国学派"这一概念所蕴含的理论的自觉意识最早出现的时间大约是 20 世纪 70 年代。当时的台湾由于派出学生留洋学习，接触到大量的比较文学学术动态，率先掀起了中外文学比较的热潮。1971 年 7 月在台湾淡江大学召开的第一届"国际比较文学会议"上，朱立元、颜元叔、叶维廉、胡辉恒等学者在会议期间提出了比较文学的"中国学派"这一学术构想。同时，李达三、陈鹏翔（陈慧桦）、古添洪等致力于比较文学中国学派早期的理论催生。如 1976 年，古添洪、陈慧桦出版了台湾比较文学论文集《比较文学的垦拓在台湾》。编者在该书的序言中明确提出："我们不妨大胆宣言说，这援用西方文学理论与方法并加以考验、调整以用之于中国文学的研究，是比较文学中的中国派"[10]。这是关于比较文学中国学派较早的说明性文字，尽管其中提到的研究方法过于强调西方理论的普世性，而遭到美国和中国大陆比较文学学者的批评和否定；但这毕竟是第一次从定义和研究方法上对中国学派的本质进行了系统论述，具有开拓和启明的作用。后来，陈鹏翔又在台湾《中外文学》杂志上连续发表相关文章，对自己提出的观点作了进一步的阐释和补充。

在"中国学派"刚刚起步之际，美国学者李达三起到了启蒙、催生的作用。李达三于 60 年代来华在台湾任教，为中国比较文学培养了一批朝气蓬勃的生力军。1977 年 10 月，李达三在《中外文学》6 卷 5 期上发表了一篇宣言式的文章《比较文学中国学派》，宣告了比较文学的中国学派的建立，并认为比较文学中国学派旨在"与比较文学中早已定于一尊的西方思想模式分庭抗礼。由于这些观念是源自对中国文学及比较文学有兴趣的学者，我们就将含有这些观念的学者统称为比较文学的'中国'学派。"并指出中国学派的三个目标：1、在自己本国的文学中，无论是理论方面或实践方面，找出特具"民族性"的东西，加以发扬光大，以充实世界文学；2、推展非西方国家"地区性"的文学运动，同时认为西方文学仅是众多文学表达方式之一而已；3、做一个非西方国家的发言人，同时并不自诩能代表所有其他非西方的国家。李达三后来又撰文对比较文学研究状况进行了分析研究，积极推动中国学派的理论建设。[11]

继中国台湾学者垦拓之功，在 20 世纪 70 年代末复苏的大陆比较文学研

---

10 古添洪、陈慧桦《比较文学的垦拓在台湾》，台湾东大图书公司 1976 年版。
11 李达三《比较文学研究之新方向》，台湾联经事业出版公司 1978 年版。

究亦积极参与了"比较文学中国学派"的理论建设和学科建设。

季羡林先生 1982 年在《比较文学译文集》的序言中指出："以我们东方文学基础之雄厚，历史之悠久，我们中国文学在其中更占有独特的地位，只要我们肯努力学习，认真钻研，比较文学中国学派必然能建立起来，而且日益发扬光大"[12]。1983 年 6 月，在天津召开的新中国第一次比较文学学术会议上，朱维之先生作了题为《比较文学中国学派的回顾与展望》的报告，在报告中他旗帜鲜明地说："比较文学中国学派的形成（不是建立）已经有了长远的源流，前人已经做出了很多成绩，颇具特色，而且兼有法、美、苏学派的特点。因此，中国学派绝不是欧美学派的尾巴或补充"[13]。1984 年，卢康华、孙景尧在《比较文学导论》中对如何建立比较文学中国学派提出了自己的看法，认为应当以马克思主义作为自己的理论基础，以我国的优秀传统与民族特色为立足点与出发点，汲取古今中外一切有用的营养，去努力发展中国的比较文学研究。同年在《中国比较文学》创刊号上，朱维之、方重、唐弢、杨周翰等人认为中国的比较文学研究应该保持不同于西方的民族特点和独立风貌。1985 年，黄宝生发表《建立比较文学的中国学派：读〈中国比较文学〉创刊号》，认为《中国比较文学》创刊号上多篇讨论比较文学中国学派的论文标志着大陆对比较文学中国学派的探讨进入了实际操作阶段。[14]1988 年，远浩一提出"比较文学是跨文化的文学研究"（载《中国比较文学》1988 年第 3 期）。这是对比较文学中国学派在理论特征和方法论体系上的一次前瞻。同年，杨周翰先生发表题为"比较文学：界定'中国学派'，危机与前提"（载《中国比较文学通讯》1988 年第 2 期），认为东方文学之间的比较研究应当成为"中国学派"的特色。这不仅打破比较文学中的欧洲中心论，而且也是东方比较学者责无旁贷的任务。此外，国内少数民族文学的比较研究，也应该成为"中国学派"的一个组成部分。所以，杨先生认为比较文学中的大量问题和学派问题并不矛盾，相反有助于理论的讨论。1990 年，远浩一发表"关于'中国学派'"（载《中国比较文学》1990 年第 1 期），进一步推进了"中国学派"的研究。此后直到 20 世纪 90 年代末，中国学者就比较文学中国学派的建立、理论与方法以及相应的学科理论等诸多问题进行了积极而富有成效的探讨。

---

12 张隆溪《比较文学译文集》，北京大学出版社 1984 年版。
13 朱维之《比较文学论文集》，南开大学出版社 1984 年版。
14 参见《世界文学》1985 年第 5 期。

刘介民、远浩一、孙景尧、谢天振、陈淳、刘象愚、杜卫等人都对这些问题付出过不少努力。《暨南学报》1991 年第 3 期发表了一组笔谈，大家就这个问题提出了意见，认为必须打破比较文学研究中长期存在的法美研究模式，建立比较文学中国学派的任务已经迫在眉睫。王富仁在《学术月刊》1991 年第 4 期上发表"论比较文学的中国学派问题"，论述中国学派兴起的必然性。而后，以谢天振等学者为代表的比较文学研究界展开了对"X+Y"模式的批判。比较文学在大陆复兴之后，一些研究者采取了"X+Y"式的比附研究的模式，在发现了"惊人的相似"之后便万事大吉，而不注意中西巨大的文化差异性，成为了浅度的比附性研究。这种情况的出现，不仅是中国学者对比较文学的理解上出了问题，也是由于法美学派研究理论中长期存在的研究模式的影响，一些学者并没有深思中国与西方文学背后巨大的文明差异性，因而形成"X+Y"的研究模式，这更促使一些学者思考比较文学中国学派的问题。

经过学者们的共同努力，比较文学中国学派一些初步的特征和方法论体系逐渐凸显出来。1995 年，我在《中国比较文学》第 1 期上发表《比较文学中国学派基本理论特征及其方法论体系初探》一文，对比较文学在中国复兴十余年来的发展成果作了总结，并在此基础上总结出中国学派的理论特征和方法论体系，对比较文学中国学派作了全方位的阐述。继该文之后，我又发表了《跨越第三堵'墙'创建比较文学中国学派理论体系》等系列论文，论述了以跨文化研究为核心的"中国学派"的基本理论特征及其方法论体系。这些学术论文发表之后在国内外比较文学界引起了较大的反响。台湾著名比较文学学者古添洪认为该文"体大思精，可谓已综合了台湾与大陆两地比较文学中国学派的策略与指归，实可作为'中国学派'在大陆再出发与实践的蓝图"[15]。

在我撰文提出比较文学中国学派的基本特征及方法论体系之后，关于中国学派的论争热潮日益高涨。反对者如前国际比较文学学会会长佛克马（Douwe Fokkema）1987 年在中国比较文学学会第二届学术讨论会上就从所谓的国际观点出发对比较文学中国学派的合法性提出了质疑，并坚定地反对建立比较文学中国学派。来自国际的观点并没有让中国学者失去建立比较文学中国学派的热忱。很快中国学者智量先生就在《文艺理论研究》1988 年第

---

15 古添洪《中国学派与台湾比较文学界的当前走向》，参见黄维梁编《中国比较文学理论的垦拓》167 页，北京大学出版社 1998 年版。

1 期上发表题为《比较文学在中国》一文，文中援引中国比较文学研究取得的成就，为中国学派辩护，认为中国比较文学研究成绩和特色显著，尤其在研究方法上足以与比较文学研究历史上的其他学派相提并论，建立中国学派只会是一个有益的举动。1991 年，孙景尧先生在《文学评论》第 2 期上发表《为"中国学派"一辩》，孙先生认为佛克马所谓的国际主义观点实质上是"欧洲中心主义"的观点，而"中国学派"的提出，正是为了清除东西方文学与比较文学学科史中形成的"欧洲中心主义"。在 1993 年美国印第安纳大学举行的全美比较文学会议上，李达三仍然坚定地认为建立中国学派是有益的。二十年之后，佛克马教授修正了自己的看法，在 2007 年 4 月的"跨文明对话——国际学术研讨会（成都）"上，佛克马教授公开表示欣赏建立比较文学中国学派的想法[16]。即使学派争议一派繁荣景象，但最终仍旧需要落点于学术创见与成果之上。

比较文学变异学便是中国学派的一个重要理论创获。2005 年，我正式在《比较文学学》[17]中提出比较文学变异学，提出比较文学研究应该从"求同"思维中走出来，从"变异"的角度出发，拓宽比较文学的研究。通过前述的法、美学派学科理论的梳理，我们也可以发现前期比较文学学科是缺乏"变异性"研究的。我便从建构中国比较文学学科理论话语体系入手，立足《周易》的"变异"思想，建构起"比较文学变异学"新话语，力图以中国学者的视角为全世界比较文学学科理论提供一个新视角、新方法和新理论。

比较文学变异学的提出根植于中国哲学的深层内涵，如《周易》之"易之三名"所构建的"变易、简易、不易"三位一体的思辨意蕴与意义生成系统。具体而言，"变易"乃四时更替、五行运转、气象畅通、生生不息；"不易"乃天上地下、君南臣北、纲举目张、尊卑有位；"简易"则是乾以易知、坤以简能、易则易知、简则易从。显然，在这个意义结构系统中，变易强调"变"，不易强调"不变"，简易强调变与不变之间的基本关联。万物有所变，有所不变，且变与不变之间存在简单易从之规律，这是一种思辨式的变异模式，这种变异思维的理论特征就是：天人合一、物我不分、对立转化、整体关联。这是中国古代哲学最重要的认识论，也是与西方哲学所不同的"变异"思想。

---

16 见《比较文学报》2007 年 5 月 30 日，总第 43 期。
17 曹顺庆《比较文学学》，四川大学出版社 2005 年版。

由哲学思想衍生于学科理论，比较文学变异学是"指对不同国家、不同文明的文学现象在影响交流中呈现出的变异状态的研究，以及对不同国家、不同文明的文学相互阐发中出现的变异状态的研究。通过研究文学现象在影响交流以及相互阐发中呈现的变异，探究比较文学变异的规律。"[18]变异学理论的重点在求"异"的可比性，研究范围包含跨国变异研究、跨语际变异研究、跨文化变异研究、跨文明变异研究、文学的他国化研究等方面。比较文学变异学所发现的文化创新规律、文学创新路径是基于中国所特有的术语、概念和言说体系之上探索出的"中国话语"，作为比较文学第三阶段中国学派的代表性理论已经受到了国际学界的广泛关注与高度评价，中国学术话语产生了世界性影响。

四、国际视野中的中国比较文学

文明之墙让中国比较文学学者所提出的标识性概念获得国际视野的接纳、理解、认同以及运用，经历了跨语言、跨文化、跨文明的多重关卡，国际视野下的中国比较文学书写亦经历了一个从"遍寻无迹""只言片语"而"专篇专论"，从最初的"话语乌托邦"至"阶段性贡献"的过程。

二十世纪六十年代以来港台学者致力于从课程教学、学术平台、人才培养，国内外学术合作等方面巩固比较文学这一新兴学科的建立基石，如淡江文理学院英文系开设的"比较文学"（1966），香港大学开设的"中西文学关系"（1966）等课程；台湾大学外文系主编出版之《中外文学》月刊、淡江大学出版之《淡江评论》季刊等比较文学研究专刊；后又有台湾比较文学学会（1973年）、香港比较文学学会（1978）的成立。在这一系列的学术环境构建下，学者前贤以"中国学派"为中国比较文学话语核心在国际比较文学学科理论、方法论中持续探讨，率先启声。例如李达三在1980年香港举办的东西方比较文学学术研讨会成果中选取了七篇代表性文章，以 *Chinese-Western Comparative Literature: Theory and Strategy* 为题集结出版，[19]并在其结语中附上那篇"中国学派"宣言文章以申明中国比较文学建立之必要。

学科开山之际，艰难险阻之巨难以想象，但从国际学者相关言论中可见西方对于中国比较文学学科的发展抱有的希望渺小。厄尔·迈纳（Earl Miner）

---

18 曹顺庆主编《比较文学概论》，高等教育出版社 2015 年版。

19 *Chinese-Western Comparative Literature：Theory & Strategy*，Chinese Univ Pr.1980- 6

在 1987 年发表的 *Some Theoretical and Methodological Topics for Comparative Literature* 一文中谈到当时西方的比较文学鲜有学者试图将非西方材料纳入西方的比较文学研究中。(until recently there has been little effort to incorporate non-Western evidence into Western com- parative study.) 1992 年，斯坦福大学教授 David Palumbo-Liu 直接以《话语的乌托邦：论中国比较文学的不可能性》为题（*The Utopias of Discourse: On the Impossibility of Chinese Comparative Literature*）直言中国比较文学本质上是一项"乌托邦"工程。(My main goal will be to show how and why the task of Chinese comparative literature, particularly of pre-modern literature, is essentially a *utopian* project.) 这些对于中国比较文学的诘难与质疑，今美国加州大学圣地亚哥分校文学系主任张英进教授在其 1998 编著的 *China in a polycentric world: essays in Chinese comparative literature* 前言中也不得不承认中国比较文学研究在国际学术界中仍然处于边缘地位（The fact is, however, that Chinese comparative literature remained marginal in academia, even though it has developed closely with the rest of literary studies in the United Stated and even though China has gained increasing importance in the geopolitical world order over the past decades.）。[20]但张英进教授也展望了下一个千年中国比较文学研究的蓝景。

新的千年新的气象，"世界文学""全球化"等概念的冲击下，让西方学者开始注意到东方，注意到中国。如普渡大学教授斯蒂文·托托西（Tötösy de Zepetnek, Steven)1999 年发长文 *From Comparative Literature Today Toward Comparative Cultural Studies* 阐明比较文学研究更应该注重文化的全球性、多元性、平等性而杜绝等级划分的参与。托托西教授注意到了在法德美所谓传统的比较文学研究重镇之外，例如中国、日本、巴西、阿根廷、墨西哥、西班牙、葡萄牙、意大利、希腊等地区，比较文学学科得到了出乎意料的发展（emerging and developing strongly）。在这篇文章中，托托西教授列举了世界各地比较文学研究成果的著作，其中中国地区便是北京大学乐黛云先生出版的代表作品。托托西教授精通多国语言，研究视野也常具跨越性，新世纪以来也致力于以跨越性的视野关注世界各地比较文学研究的动向。[21]

---

20 Moran T . Yingjin Zhang, Ed. China in a Polycentric World: Essays in Chinese Comparative Literature[J].现代中文文学学报,2000,4(1):161-165.

21 Tötösy de Zepetnek, Steven. "From Comparative Literature Today Toward Comparative Cultural Studies." CLCWeb: Comparative Literature and Culture 1.3 (1999):

以上这些国际上不同学者的声音一则质疑中国比较文学建设的可能性，一则观望着这一学科在非西方国家的复兴样态。争议的声音不仅在国际学界，国内学界对于这一新兴学科的全局框架中涉及的理论、方法以及学科本身的立足点，例如前文所说的比较文学的定义，中国学派等等都处于持久论辩的漩涡。我们也通晓如果一直处于争议的漩涡中，便会被漩涡所吞噬，只有将论辩化为成果，才能转漩涡为涟漪，一圈一圈向外辐射，国际学人也在等待中国学者自己的声音。

上海交通大学王宁教授作为中国比较文学学者的国际发声者自 20 世纪末至今已撰文百余篇，他直言，全球化给西方学者带来了学科死亡论，但是中国比较文学必将在这全球化语境中更为兴盛，中国的比较文学学者一定会对国际文学研究做出更大的贡献。新世纪以来中国学者也不断地将自身的学科思考成果呈现在世界之前。2000 年，北京大学周小仪教授发文（*Comparative Literature in China*）[22]率先从学科史角度构建了中国比较文学在两个时期（20 世纪 20 年代至 50 年代，70 年代至 90 年代）的发展概貌，此文关于中国比较文学的复兴崛起是源自中国文学现代性的产生这一观点对美国芝加哥大学教授苏源熙（Haun Saussy）影响较深。苏源熙在 2006 年的专著 *Comparative Literature in an Age of Globalization* 中对于中国比较文学的讨论篇幅极少，其中心便是重申比较文学与中国文学现代性的联系。这篇文章也被哈佛大学教授大卫·达姆罗什（David Damrosch）收录于《普林斯顿比较文学资料手册》（*The Princeton Sourcebook in Comparative Literature*，2009[23]）。类似的学科史介绍在英语世界与法语世界都接续出现，以上大致反映了中国学者对于中国比较文学研究的大概描述在西学界的接受情况。学科史的构架对于国际学术对中国比较文学发展脉络的把握很有必要，但是在此基础上的学科理论实践才是关系于中国比较文学学科国际性发展的根本方向。

我在 20 世纪 80 年代以来 40 余年间便一直思考比较文学研究的理论构建问题，从以西方理论阐释中国文学而造成的中国文艺理论"失语症"思考

22 Zhou, Xiaoyi and Q.S. Tong, "Comparative Literature in China", Comparative Literature and Comparative Cultural Studies, ed., Totosy de Zepetnek, West Lafayette, Indiana: Purdue University Press, 2003, 268-283.

23 Damrosch, David (EDT)*The Princeton Sourcebook in Comparative Literature*: Princeton University Press

属于中国比较文学自身的学科方法论，从跨异质文化中产生的"文学误读""文化过滤""文学他国化"提出"比较文学变异学"理论。历经 10 年的不断思考，2013 年，我的英文著作：*The Variation Theory of Comparative Literature*（《比较文学变异学》），由全球著名的出版社之一斯普林格（Springer）出版社出版，并在美国纽约、英国伦敦、德国海德堡出版同时发行。*The Variation Theory of Comparative Literature*（《比较文学变异学》）系统地梳理了比较文学法国学派与美国学派研究范式的特点及局限，首次以全球通用的英语语言提出了中国比较文学学科理论新话语："比较文学变异学"。这一新概念、新范畴和新表述，引导国际学术界展开了对变异学的专刊研究（如普渡大学创办刊物《比较文学与文化》2017 年 19 期）和讨论。

欧洲科学院院士、西班牙圣地亚哥联合大学让·莫内讲席教授、比较文学系教授塞萨尔·多明戈斯教授（Cesar Dominguez），及美国科学院院士、芝加哥大学比较文学教授苏源熙（Haun Saussy）等学者合著的比较文学专著（Introducing Comparative literature: New Trends and Applications[24]）高度评价了比较文学变异学。苏源熙引用了《比较文学变异学》（英文版）中的部分内容，阐明比较文学变异学是十分重要的成果。与比较文学法国学派和美国学派形成对比，曹顺庆教授倡导第三阶段理论，即，新奇的、科学的中国学派的模式，以及具有中国学派本身的研究方法的理论创新与中国学派"（《比较文学变异学》（英文版）第 43 页）。通过对"中西文化异质性的"跨文明研究"，曹顺庆教授的看法会更进一步的发展与进步（《比较文学变异学》（英文版）第 43 页），这对于中国文学理论的转化和西方文学理论的意义具有十分重要的价值。（"Another important contribution in the direction of an imparative comparative literature-at least as procedure-is Cao Shunqing's 2013 *The Variation Theory of Comparative Literature*. In contrast to the "French School"and"American School"of comparative Literature, Cao advocates a "third-phrase theory", namely, "a novel and scientific mode of the Chinese school," a "theoretical innovation and systematization of the Chinese school by relying on our *own* methods" (*Variation Theory* 43; emphasis added). From this etic beginning, his proposal moves forward emically by developing a "cross-civilizaional study on the heterogeneity between

24 Cesar Dominguez,Haun Saussy,Dario Villanueva Introducing Comparative literature: New Trends and Applications，Routledge,2015

Chinese and Western culture" (43), which results in both the foreignization of Chinese literary theories and the Signification of Western literary theories.)

法国索邦大学（Sorbonne University）比较文学系主任伯纳德·弗朗科（Bernard Franco）教授在他出版的专著（《比较文学：历史、范畴与方法》）*La littératurecomparée: Histoire, domaines, méthodes* 中以专节引述变异学理论，他认为曹顺庆教授提出了区别于影响研究与平行研究的"第三条路"，即"变异理论"，这对应于观点的转变，从"跨文化研究"到"跨文明研究"。变异理论基于不同文明的文学体系相互碰撞为形式的交流过程中以产生新的文学元素，曹顺庆将其定义为"研究不同国家的文学现象所经历的变化"。因此曹顺庆教授提出的变异学理论概述了一个新的方向，并展示了比较文学在不同语言和文化领域之间建立多种可能的桥梁。(Il évoque l'hypothèse d'une troisième voie, la « théorie de la variation », qui correspond à un déplacement du point de vue, de celui des « études interculturelles » vers celui des « études transcivilisationnelles . » Cao Shunqing la définit comme « l'étude des variations subies par des phénomènes littéraires issus de différents pays, avec ou sans contact factuel, en même temps que l'étude comparative de l'hétérogénéité et de la variabilité de différentes expressions littéraires dans le même domaine ».Cette hypothèse esquisse une nouvelle orientation et montre la multiplicité des passerelles possibles que la littérature comparée établit entre domaines linguistiques et culturels différents.) [25]。

美国哈佛大学（Harvard University）厄内斯特·伯恩鲍姆讲席教授、比较文学教授大卫·达姆罗什（David Damrosch）对该专著尤为关注。他认为《比较文学变异学》（英文版）以中国视角呈现了比较文学学科话语的全球传播的有益尝试。曹顺庆教授对变异的关注提供了较为适用的视角，一方面超越了亨廷顿式简单的文化冲突模式，另一方面也跨越了同质性的普遍化。[26]国际学界对于变异学理论的关注已经逐渐从其创新性价值探讨延伸至文学研究，例如斯蒂文·托托西近日在 *Cultura* 发表的（Peripheralities: "Minor" Literatures, Women's Literature, and Adrienne Orosz de Csicser's Novels）一文中便成功地将变异学理论运用于阿德里安·奥罗兹的小说研究中。

---

25 Bernard Franco La littérature comparée: Histoire, domaines, méthodes，Armand Colin 2016.

26 David Damrosch Comparing the Literatures,Literary Studies in a Global Age,Princeton University Press,2020.

国际学界对于比较文学变异学的认可也证实了变异学作为一种普遍性理论提出的初衷，其合法性与适用性将在不同文化的学者实践中巩固、拓展与深化。它不仅仅是跨文明研究的方法，而是一种具有超越影响研究和平行研究、超越西方视角或东方视角的宏大视野、一种建立在文化异质性和变异性基础之上的融汇创生、一种追求世界文学和总体问题最终理想的哲学关怀。

以如此篇幅展现中国比较文学之况，是因为中国比较文学研究本就是在各种危机论、唱衰论的压力下，各种质疑论、概念论中艰难前行，不探源溯流难以体察今日中国比较文学研究成果之不易。文明的多样性发展离不开文明之间的交流互鉴。最具"跨文明"特征的比较文学学科更需要文明之间成果的共享、共识、共析与共赏，这是我们致力于比较文学研究领域的学术理想。

千里之行，不积跬步无以至，江海之阔，不积细流无以成！如此宏大的一套比较文学研究丛书得承花木兰总编辑杜洁祥先生之宏志，以及该公司同仁之辛劳，中国比较文学学者之鼎力相助，才可顺利集结出版，在此我要衷心向诸君表达感谢！中国比较文学研究仍有一条长远之途需跋涉，期以系列丛书一展全貌，愿读者诸君敬赐高见！

曹顺庆

二零二一年十月二十三日于成都锦丽园

目
次

绪　论

美国人类学家雷德菲尔德（Robert Redfield）曾提出的"大小传统"的分类概念，影响了 20 世纪 80 年代以来文学界对于"精英文化"与"大众文化"的研究思路。[1]文学人类学在此基础上重新阐发"大传统"文化观，对雷德菲尔德的理论进行再创造，把"大传统"称为无文字时代的民俗传统，"小传统"视为文字编码的传统。[2]这种新的传统研究理念确立了人类口头文化传统的意义所在，为研究底层文化、民俗文化、民间艺术以及口传文化提供了重要的理论支撑。民俗学与文学、人类学等学科打破过去官方既定的"精英文化""雅文化"的桎梏，发现了存在于田间地头的、古来有之的人类本能和天性——自由歌唱，这便是本专著开展民歌研究的逻辑起点。本专著将在"大传统"文化兴起的背景下，从整体上对英美学界中国民歌的研究进行描述、评价和再研究。而要研究英美学界中国民歌的传播、研究情况，就有必要先对中国民歌的发展衍变和历史渊源进行大致梳理。

在中国传统文化中，民歌是"人民群众在生活实践中经过广泛的口头传唱而产生的和发展起来的歌曲艺术"。[3]人民群众在不同的劳作生活方式中产生了丰富多样的民歌类型，反映了不同时期、不同地域、不同身份和不同经历的广大劳动人民的思想情感、意志愿望和生活状态，是体现中华民族文化精神的重

1　参见 Robert Redfield, *Peasant Society and Culture: An Anthropolpgical Approach to Civilization*. Chicago: University of Chicago Press, 1965. p. 70.

2　参见叶舒宪《探寻中国文化的大传统——四重证据法与人文创新》，载《社会科学家》2011 年第 11 期；《中国文化的大传统与小传统》，载《党建》2010 年第 7 期等。

3　张爱民、陈艳《中国民族民间音乐概论》，甘肃人民出版社，2010 年，第 2 页。

要载体。经过数千年的社会发展和文化积淀，中国民歌具有优秀的、源远流长的历史传统，是中华民族宝贵的文化遗产。

学界认为，中国民歌的采集自周代兴起，统治者认为民歌能够"观风俗、察得失"，设有专门的采诗官，历代采诗官采集西周初年至春秋中叶各地民歌，逐渐编集成我国历史上第一部诗歌总集《诗经》，分为风、雅、颂三类。朱熹在诠释《风》时，提出了民歌即"民俗歌谣"的概念，他说："国者，诸侯所封之域；而风者，民俗歌谣之诗也。"[4]因《风》采自于十五国，亦称"十五国风"，且《风》多为下层百姓所唱，《雅》常为上层贵族所吟，《颂》多是宗庙祭祀之乐。《诗经》之后的《楚辞》是一部南方民歌集，包含了诗人屈原及其楚国诗人根据楚国民歌曲调创作的诗歌以及经过汉代文人整理的民歌歌词。汉孝武帝"立乐府而采歌谣……以观风俗，知厚薄云"[5]，设立了集作曲、表演、采集民歌为一体的音乐机构——乐府，将民歌从田野搬上了庙堂。宋代郭茂倩所著《乐府诗集》，收录了《陌上桑》《东门行》《孔雀东南飞》等从两汉、魏晋南北朝到唐、五代的乐府歌辞，兼及先秦至唐末的民歌5000多首。明代冯梦龙所著《山歌》和《挂枝儿》，被认为是明代民歌集中最优秀、保留民歌最丰富的两部民歌集。清代杜文澜编辑的《古谣谚》，通过凡例表明了他对"歌""谣""谚"的理解与认识。"五四"后兴起的"歌谣运动"中，学者出版发行了《歌谣》周刊杂志，收集了全国20个省的歌谣共计13339首，并刊登了许多关于歌谣的研究论文及译文。新中国成立以及改革开放以来，涌现了一大批反映人民新生活的民歌，这些民歌不但题材新颖，而且曲调清新、格调明快，充满了乐观主义精神，中国民歌至此进入了一个新的发展阶段。

中华民族秀丽多姿的民歌发展至今，浩如烟海，琳琅满目。中国民歌具有代表中国文学艺术精神的价值，成为中西文化比较的重要案例，也成为英美学界汉学研究的重要对象。英美学界的学者们运用音乐学、民俗学、人类学、艺术学、社会学、统计学等学科方法为中国民歌的研究注入了新的活力，开辟了新的研究视域。

一、研究缘起

本专著聚焦英美学界的中国民歌研究，旨在通过全面、系统地梳理与总结

---

4 朱熹集注《诗集传序》，上海古籍出版社，1980年，第1页。
5 （汉）班固《汉书·艺文志》，中华书局，1964年。

英美学界关于中国民歌的研究，分析中西异质文化语境下西方研究成果及其借鉴价值，勾勒出英美学界有关中国民歌研究的轨迹，厘清中国民歌及其理论所处的语言文化体系，比较中西方研究方法，以其观点与思路补充、启发国内研究，进而审视中国民歌的丰富内涵，以期对国内相关领域研究查漏补缺，进一步寻求国内学界与英美学界对话的可能。

近年来，英美学界学者对中国民歌的关注和研究越来越多，并已经取得了丰硕的研究成果。但由于中西文化语境、学术话语等方面的差异，英美学界中国民歌的研究尚未得到国内学界的足够重视。实际上，英美学界的学者在进行中国民歌研究时，采用了与国内学者完全不同的方法和视角。英美学界的中国民歌研究至今已逾百年，具有重要的学术价值，非常有必要对其研究方法、研究视角、研究范式以及研究中存在的问题展开全面的梳理、分析和研究。本专著究试图通过跨文化比较，发现英美学界与国内中国民歌研究之异同特质。这对于国内中国民歌研究而言，无疑具有较大的学习和借鉴意义，对于促进不同话语体系中的研究话语互识、互证、互补与融汇亦具有积极作用。

随着中国民歌在英美学界流传与接受的范围愈加广泛，英美学界的学者对其展开的研究也愈加深入。"他山之石，可以攻玉"，从他者的视野来反观自身，对我们提升、发展自己是极具学术价值和文化意义的。在中西文化和学术交流日渐繁荣的今天，如果我们仅关注国内的中国民歌研究，那么这项研究就有可能是不完整的、有缺陷的。当前，国内相关研究虽已取得了丰硕成果，但是以往研究的思维惯性，容易束缚研究方法及研究视角，使其难以突破与创新，从而使相关研究陷入困境，而他者的视角有助于我们突破这种思维惯性。

当前，国内暂未出现有关英美学界中国民歌研究的学术专著，也缺乏从英美学界这一维度对中国民歌进行系统梳理的资料。因此，本专著目的正在于系统梳理英美学界中国民歌的学术研究，完善国内外史料的搜寻，弥补资料上的缺憾，进而以他者视角对中国民歌进行观照，从中国民歌的传播概况、研究概述、接受与变异、研究方法与视角等多方面进行深入探讨。同时，这也为国内相关问题的研究提供了一个新的考察视角和思路，能够以多元化的视角，更加全面地研究中国民歌，填补国内相关领域研究的学术空白。

不过，对于中西学界关于中国民歌的思考在思想、视角、方法等方面的差异，我们应该辩证地看待。毕竟，"差异"不等于"差距"，我们在面对中西方研究差异时，应该保持独立性的思考和批判性学习借鉴的态度，立足本土探寻国内中国民歌研究中所存在的不足，争取做到西为中用、扬长避短，拓展研究视域和路径，促进国内中国民歌的学术研究进程。

二、研究对象与概念界定

本专著题目为《英美学界的中国民歌研究》，这就涉及到两个外延比较广的关键词：一个是"英美学界"，一个是"中国民歌"。值得注意的是，这两个关键词如不加以界定，将会使研究对象模糊、思路不清。因此，在展开具体论述之前，有必要对以上两个重要概念进行界定，以避免由此而引起不必要的争议与误解。

（一）关于"英美学界"的界定

本专著将研究范围设定在"英美学界"，即在英美学术界，使用英语传播、翻译的"中国民歌"相关内容，以及在英美学术界广为流传阐发的"中国民歌"学术研究成果，这些材料一定程度上能够代表英语学界的研究视角、言说话语。

需要说明的是，在海外从事中国民歌研究的并不完全是西方人，还有一部分华裔学者。20 世纪初期，许多中国知识分子开始到欧美国家留学、开展研究，其中不乏从事中国民歌研究的学者，这些学者接受学术训练的方式与教学研究环境与国内不尽相同，而且国外对中国音乐有所涉猎的学者大都来自综合大学，接受西方教育体系下的音乐学、民族音乐学、历史、文学、戏剧等教育。所以，这类学者符合本专著"他者视角"的研究需求，故包含在本专著的研究对象中。

（二）关于"中国民歌"的界定

民歌，为"民间歌曲"的简称，由英文的"folk song/ people's song"而来。[6] 本专著的研究对象"中国民歌"认同《中国音乐词典》中的定义，"民歌即民间歌曲，是劳动人民为了表达自己的思想感情而集体创作的一种艺术形式。源于人民生活，又对人民生活起广泛深入的作用。在群众口头的代代相传中，不断得到加工。音乐语言简明洗练，音乐形象鲜明生动，表现手法丰富多样。有

---

6 朱自清《中国歌谣》，复旦大学出版社，2006 年，第 7 页。朱自清认为："'民歌'二字，似乎是英文 folk-song 或 peoples song 的译名。"

多重题材和形式，主要为劳动号子、山歌、小调、长歌和多声部歌曲"。[7]除此之外，本专著研究对象以现存的、原创年代及作者均不可考的汉族民歌为主——它们作为"非物质文化遗产"流传于汉民族或区域中，已经成为这一地区的独特文化。鉴于"民间"（传播环境）、"口传心授"（传播方式）、"劳动人民"（传播者）是传统民歌的基本特征，那么，现代社会中通过多媒体、互联网、电脑制作等方式产生，并通过乐谱、文字、音乐厅/剧场、广播等媒介传播的民歌，不属于本专著的研究范围。但是，以原始民歌作为音乐创作素材，或是运用各项音乐创作技法对原始民歌进行改编的音乐作品，属于本研究的范围。

三、研究现状评析

据笔者对"英美学界"国外资料数据库（Jstor, Google, Ebesco, Proquest, Worldcat, Springer 等数据库）及国内相关论文数据库（CNKI、CSSCI、万方、维普等数据库）进行搜索，截至目前，国内外尚未有以"英美学界的中国民歌研究"为研究对象的专著、学位论文与期刊论文。国内学术界对该领域研究的缺失，使得本专著的研究更加具有迫切性和必要性。目前国内外相关研究现状概况如下：

（一）"英美学界"研究现状

西方学者对中国民歌的研究自 18 世纪下半叶兴起，随着研究路径、研究方法和研究视野的拓展，可分为三个阶段。

第一阶段为 20 世纪以前，此阶段的研究主体为传教士、汉学家，其研究成果初显，代表先驱有钱德明（Joseph-Marie Amiot）、约翰·巴罗（John Barrow）、阿理嗣（J. A. Van Aalst）、韦大列（Baron Guido Amedeo Vitale）等人，他们在翻译、歌谱和录音整理、撰写通史方面做出了贡献，为日后西方学者的研究奠定了材料基础。这一时期的研究大多从中国音乐的宏观概念展开概览式介绍，其中也有对重要的民歌，如《茉莉花》《妈妈娘你好糊涂》等做出的具体的翻译及简介，但其研究大多具有局限性，并未深入探究民歌的特征。

第二阶段为 20 世纪初至 20 世纪末，此阶段学者代表有施聂姐（Schimmelpenninck, A）、韩国鐄（Kuo-Huang Han）、苏独玉（Sue Tuohy）、

---

7 《中国音乐词典》，人民音乐出版社，1984 年，第 268 页。

杨沐（Yang Mu）、罗开云（Kathryn Lowry）等，因为研究方法的拓展以及广泛的田野调研，其研究较前人有了重大进展。在这一时期，不仅学者队伍随时间的推移不断壮大，而且民俗学、民族音乐学、音乐学等西方传统学科也逐渐成为民歌研究的坚实后盾，使之拥有了较为系统的理论分析基础，中国民歌研究自此开始进入了多个学科的视域。

第三阶段为 21 世纪以来，此阶段西方学者有关中国民歌的研究呈现更加多元化的特征，内容涵盖了方法论的探索、专题的争论、东西学派的鼎立局面等等，出现了以学者查义高（Igor Iwo Chabrowski）、葛融（Levi Samuel Gibbs）、伊维德（Wilt L. Idema）、杜安霓（Arienne M. Dwyer）为代表的民歌研究者。除此之外，作曲家杰克·博迪（Jack Body）、盛宗亮（Bright Sheng）、陈怡（Chen Yi）等人专注于中国民歌与西方作曲技法相融合的尝试，积极探索了中国民歌向现代化进程发展的方向。

当今，中国民歌因其简洁朴实性、基于集体传唱的生动灵活性特征，已成为英美学界学者眼中非常重要的研究对象。荷兰汉学家施聂姐在其专著《中国民歌和民歌演唱者：江苏南部的山歌传统》（*Chinese Folk Songs and Folk Singers. Shan'ge Tradition in Southern Jiangsu*，1997）中谈道："在西方学者眼中，中国民歌是一个相当容易被忽视的研究领域，尽管它在中国的流行文化中处于中心位置……中国古典诗歌的伟大遗产——包括文人改编的民间诗歌——已经被汉学家更加细致地广泛研究。"[8]倭讷（E. T. C. Werner）在其专著《中国小调》（*Chinese Ditties*）中谈到："人类的思想在全球同样的物质条件下，各种各样的基础和信仰基本是一样的，尤其是在为了发展每个种族的工作方面。在中国发现的民间资料已被一些有能力的学者进行了部分调查，但这个领域是如此巨大，以至于几乎取之不尽用之不竭。"[9]

目前，"英美学界"对整体的中国民歌研究尚未有系统性、综合性的讨论。相关研究成果多集中于国内某一类歌种的研究和调查上。例如比较典型的施聂姐的《中国民歌和民歌演唱者：江苏南部的山歌传统》（*Chinese Folk Songs and Folk Singers: Shan'ge Tradition in Southern Jiangsu*, 1997）就是建立在对吴歌这一民歌种类进行田野调查的基础之上。苏独玉（S. Tuohy）《想象中的中国

8　Antoinet Schimmelpenninck, *Chinese Folk Songs and Folk Singers: Shan'ge Traditions in Southern Jiangsu*. Leiden: CHIME Foundation, 1997. p. 1.

9　E. T. C. Werner, *Chinese Ditties*. Tientsin: The Tientsin Press, Limited, 1922. p.1.

传统：以花儿歌、节日、学术为例》（*Imagining the Chinese Tradition: The Case of Hua'er Songs, Festivals, and Scholarship*）中，还对中国民歌从古至今的发展进行了宏观概括，并以"传统想象"（Imagined Tradition）理论进行总结。就现有搜集到的文献的整体研究而言，英美学界中对中国民歌的研究资料较为丰富，按类别主要可以分为以下三类：

第一类，学术类论文著述。以苏独玉为代表的传统西方民俗学学者们对于民歌的研究更倾向于围绕历史、社会、文化、种群的背景来界定。苏独玉于1988年提出名为"传统构想"的研究方法，以中国西北地区（青海、甘肃、宁夏）的中国民歌"花儿"为研究对象，将"花儿"这一民歌题材置于社会语境中，将"传统构想"的理念付诸实践。苏独玉的代表性专著及文章有《中国传统的构想：以花儿、节日、学术研究为例》《近代中国民族主义的声音维度——音乐表现与转型》《文体的社会生活——中国民歌的动态》《文化隐喻与推理：当代中国民俗学的研究与思想》等。以施聂姐为代表的汉学家、民族音乐学研究者，则倾向于通过田野调查、社会学、人类学、音乐学等方法详细分析中国民歌。陈璐萱（Lu-Hsuan Lucy Chen）在美国马里兰大学帕克分校的博士论文《中国民歌：古老民族的宝藏》（*Chinese Folk Song: Hidden Treasures of An Old Nation*, 2000），讲述了作者的调查实例，并以历时性歌曲的创作发展为主题，阐释了这些民歌在中国文化中的作用。另外还有查义高研究的"川江号子"、葛融研究的"中国陕北民歌手王向荣"等等。英美学界中的学术类研究著作随着时间推移呈现跨学科、多元化的特点，尤其是关于汉民歌的分类方法，西方学者较多使用了机器学习及统计学的方法，相较于国内研究，英美学界的研究更加注重综合性、科学性和逻辑性。

第二类，译介类专著。英美学界中对中国民歌的译介类专著及论文多以介绍普及性资料为主，主要集中在20世纪出版或发表，主要有倭讷的专著《中国小调》（*Chinese Ditties*, 1922）、谢廷工（Tin-yuke Char）和郭长城（C.H.Kwock）的专著《中国客家：他们的起源和民歌》（*The Hakka Chinese-Their Origin & Folk Songs*, 1969）、伊维德的专著《激情、贫困与旅行：传统客家歌谣》（*Passion, Poverty and Travel——Traditional Hakka Songs and Ballads*, 2015）等等。此类资料对于了解英美学界的中国民歌的译介和文化过滤与误读的现状十分重要。

第三类，具体作品及艺术形式的研究。此类研究所占比例较大，多数为学位论文，内容涉及中国民歌对某一作曲家、某一作品的影响。例如常朝建（Chao-jan Chang）的《以弦乐五重奏、三个打击乐手和电子声音制作的〈我的祖国〉民歌》（*The Folk Song From My Fatherland For String Quintet, 3 Percussionists And Electronic Sounds*）分析了以弦乐五重奏、三位打击乐手和电子音响而创作的乐曲；张怡的博士论文《东方遇上西方：盛宗亮钢琴作品的风格分析》（*When East Meets West: A Stylistic Analysis Of Bright Sheng's Piano Works*）对美籍华裔作曲家盛宗亮近二十年来创作的钢琴曲风格进行了分析，以此说明盛宗亮在钢琴创作体裁上的发展与创新等等。此类文章所占的比例在近几年呈上升趋势。

总而言之，英美学界的专著、期刊论文总量颇丰，其研究视角与方法在同期相关研究中较具开创性。由于英美学界中国民歌研究成果丰赡多样，本专著在此不做过多介绍，第二章将对英美学界重要的研究成果进行详细述评。

（二）国内"英美学界"中国民歌研究综述

目前，国内对于海外中国民歌的研究，主要集中在中西音乐文化的交流和传播、专题的源流考等方面。

一是专著方面，主要集中在对英美学界研究中国民歌著作的译介。比较有代表性的有杨沐著的《寻访与见证——海南民俗音乐 60 年》。该专著是由他本人在多年研究成果以及在昆士兰大学提交的博士论文《海南的民间音乐——以儋县为主要研究对象》（Folk Music of Hainan——with Particular Emphasis on Danxian County）的基础之上集结而成。上海音乐学院出版社出版的由赵玥翻译的施祥生（J. Stock）专著《沪剧：现代上海的传统戏曲》（*Huju: Traditional Opera in Modern ShangHai*）一书，研究对象为起源于东乡山歌的剧种"沪剧"。另外，武宇林的中文版专著《中国花儿通论》以作者在日本留学期间的博士论文总结完成，后由杨晓丽、史若兰（Caroline Elizabeth Kano）译为英文版《丝绸之路上的民间歌谣——花儿》（*Hua'er- Folk Songs from the Silk Road*）一书。

二是在学位论文方面。杨璐璐的博士学位论文《民歌"茉莉花"近现代流传史研究》，第三章中简要介绍了民歌"茉莉花"在海外的流传情况。张芯瑜的论文《施聂姐的中国音乐研究之路》（2014）对荷兰汉学家施聂姐的音乐思想和她对中国音乐的贡献为研究重点，综述了国内外相关施聂姐的文献，并结合音乐史学、音乐文献学等理论方法对她的音乐思想进行阐释与归纳。

三在期刊论文方面。国内有关英美学界中国民歌的研究多采取介绍与翻译的方式，在老一辈音乐学研究者的成果中以钱仁康为重要代表，其为海外中国民间音乐的传播作出了巨大贡献，研究成果至今仍是被反复引用的重要材料，如钱仁康的《谬种误传 200 年——韦伯和兴德米特笔下的"中国曲调"》（载《音乐艺术》，1986 年第 2 期）、《〈妈妈娘你好糊涂〉和〈茉莉花〉在外国》（钱亦平编《音乐论丛》第三辑，人民音乐出版社 1980 年）、《流传到海外的第一首中国民歌——〈茉莉花〉》（《钱仁康音乐文选》，上海音乐出版社 1997 年版），其理论成果影响至今。近代以来，研究海外中国民歌的学者崭露头角，尤其是宫宏宇出版的大量期刊成果包含了海外中国民歌的资料，如《民歌〈茉莉花〉在欧美的流传与演变考》（载《中央音乐学院学报》2013 年第 1 期）、《中西音乐交流研究中的误读、疏漏与夸大——以民歌〈茉莉花〉海外的研究为例》（载《音乐研究》2013 年 1 月第 1 期）、《国际视野下的中国音乐研究》（载《中央音乐学院学报》2014 年第 3 期）等。黄一农的《中国民歌〈茉莉花〉的西传与东归》（载《文与哲》2006 年第 9 期）、王尔敏撰写的文章《〈茉莉花〉等民歌西传欧洲二百年考》、钱云姗的《一对外国学者眼中的中国音乐——访荷兰籍音乐学家高文厚、施聂姐夫妇》（《人民音乐》，2014）等也是国内记载中国民歌海外传播的重要资料。

综上所述，虽然西方对于中国民歌的研究在总体数量上远不及国内，但在学科方法等理念上发挥了重要作用，这种影响不仅仅是纯粹的由西传中，而且在国外的研究成果中也可以清晰地看到国内学者的研究价值，这便是以"他者"视角的研究在学术界中独特的地位。因此，本专著基于对以上观点的回应，意在做到全面、系统地梳理英美学界中国民歌的研究情况，关注中西文化异质性问题域中的研究成果和可借鉴之处，同时也起到查漏补缺作用，揭示中外文化交流中的状态与特征。

随着中西方对中国民歌的深入探索、学术交流的日益深入，国内学者也开始关注英美学界学者的相关研究，但以目前的研究现状看来，仍存在较大的提升空间：首先，缺乏系统而全面的中国民歌海外传播的整体概况梳理，缺少对于英美学界中国民歌研究基础文本的述评、分析的整合。其次，目前国内研究较为零散，并且数量稀少，偶尔涉及的研究也未能展开，使读者只能观之一隅，难以实现学术层面的参照和论证。再次，国内关于英美学界中国民歌的研究极少有相关著作或译本出现。最后，从中西方文化的异质性层面来讲，缺乏比较与分析中西话语背景下的中国民歌研究，而比较研究是跨文化研究的基础，这将为中西互鉴层面提供理论基础。

四、研究方法、创新点及难点

（一）研究方法

本专著遵循中国艺术学理论发展的基本规律，以比较艺术学为视角，参考民族音乐学、民俗学、变异学、民间文艺学、阐释学等专业理论和研究方法，在尽可能全面地概括一手资料的基础上，对研究资料进行收集、整理、解读、归纳、梳理、比较、分析等研究，梳理出英美学界对中国民歌研究的焦点和研究方法，这是本选题研究的基础。

第一，比较研究法。本专著所涉及的比较研究法，是从比较艺术学、比较文学、比较音乐学三门学科方法之中吸取所长，针对性应用到不同部分中的。例如，比较艺术学[10]要求以艺术学原理为出发点进行比较，对于艺术之间不同学科的关系进行研究，包括"交叉研究""形态研究""变迁研究""互释研究"等范型与方法。本专著以中国民歌为主题，即是有两重比较：一为中西比较，二为民歌之间不同体裁的比较。在具体的方法上，以上列出的比较艺术学方法论将会在文中全面涉及。比较音乐学学科方法虽然在很长一段时间内被"民族音乐学""音乐人类学"等名称代替，但如今，包括中国在内的比较音乐学研究者把民族学和人类学的田野调查方法、记谱法以及采集数据和对象等方法作为比较音乐学研究方法的补充，运用到其"变迁研究"范畴之中，使比较音乐学独立于"民族音乐学"或"音乐人类学"之外。民歌由音乐、声乐、文学组成，本研究又主要涉及文化间的音乐变迁，所以对歌曲的中西方音乐比较分析不可或缺。

第二，文献研究法。英美学界学者对中国民歌的研究历史已逾百年，其研究成果十分丰富。由于国内英文数据库并不完备，很多专著或学位论文都只能通过国外数据库获取，这对本专著的资料收集工作造成了很大阻碍。另外，相关中英文文献的阅读难度也较大，英文文献不仅数量众多，而且部分早期的文献格式并不规范，甚至还有一些手稿材料，阅读起来极为费力。笔者希望在大量阅读、分析、比较英美学界研究中国民歌的文献材料的基础上，宏微并举、纵横兼顾，多角度、全方位、深层次地展现中国民歌在英美学界中的全貌。

第三，专题研究法。本专著从英美学界研究中提取了三个最具代表性的专

---

10 比较艺术学是从不同国别、不同族群、不同文化、不同语言的艺术之间的碰撞、交流、对话之中吸收养分，形成的四种不同的研究方法。

题，以主题为中心，用以类相从的方式从各类研究论著中抽析出主要的研究理论与观点。在这一研究措施上，本专著选择对英美学界研究中重点关注的、国内尚未涉及或少有涉及且中西方差异较大的研究方向和研究成果进行专题论述，共时性地讨论中西方学者对同一主题的不同观点。这种专题式研究更易突出英美学界研究的"问题意识"与理论深度，也能使本专著摆脱对原始资料的简单堆砌，进行深入到思想和学理层面的探讨。笔者相信这对单纯的文献史学研究法是一种有益的补充。

第四，跨学科交叉研究法。由于本专著所选对象涉及中西方中国民歌论述的比较研究，谈及歌词会涉及文学、历史学、社会学等其他学科，谈及音乐会涉及声乐、曲式分析、和声学等学科，谈及应用会涉及统计学、心理学、教育学、人工智能科学等学科，因此本专著在具体分析中将采用其他学科的知识和理论，以实现对研究问题的有效整合。故而，跨学科研究在本专著方法论方面是必不可少的一环。

第五，文本细读与语境分析。文本细读是本专著最重要的研究方法，由于本选题在国内的研究几乎为空白，所以更需要大量、广泛地阅读和翻译英文原著，包括网页信息、报刊信息、期刊专著等等，并对其进行比较和分析。除此之外，对中文相关领域的研究成果、学界的发展、重要学者的理论，以及相关演出活动都必须有宏观的把握，从更深层次的理论角度，发现和找到其发展的本质规律。同时，还需要进行文本的语境分析，故在文本细读的过程中，尤其要注意学术语境分析，通过考察语境背后的本质问题，进行更为全面的历史关联以及中西比较。

此外，本选题的研究方法还包括比较文学的平行研究、影响研究、阐释研究以及变异研究，在共时研究的同时还要进行历时性的研究，并对英美学界中国民歌研究的异同之因进行深入挖掘。

（二）研究特色与创新

本专著立足于英美学界，首次以"他者之镜"对中国民歌进行"自我观照"，对国内中国民歌研究具有一定的启示意义。本专著的特色与创新之处体现在如下几个方面：

第一，研究视角的创新。虽然国内关于中国民歌的研究积淀了丰富的研究成果，但是国内对于英美学界研究中国民歌的关注度还不够，英美学界中国民歌的研究理论、研究方法、研究视角等可能还不为国内学界所熟悉，而这些都能够为国内中国民歌研究提供可借鉴之处。本专著是国内首次系统地对英美学界中国民歌研究和论述的研究成果,笔者希望通过本专著的研究,能够在一定程度上填补这一学术领域的空白。但因个人能力有限,时间有限,难免存在一定的疏漏和不足之处,因此笔者同时也期望借此专著在学术界起到抛砖引玉的作用,为中国民歌研究提供研究资料基础和案例。

第二,研究资料的创新。本专著大量收集了英美学界中国民歌研究的一手资料,并对其尽可能详尽地搜索,系统地整理、分类并梳理归纳,这些资料有的已经绝版,没有再发行,仅存档于国外图书馆中,其中包括研究专著、论文、书评、博士论文、译本等等。基于这类文献,本专著从不同角度出发对英美学界中国民歌的研究进行了详尽的研究,尤其对一些具有代表性的相关学者的理论进行归纳和总结,弥补了国内研究视角的缺陷,同时又关联不同时代的研究对同一问题进行论述,结合当今国内学术研究现状进行分析研究,以期对国内相关研究进行补充。

第三,研究方法的创新。本专著广泛采用比较艺术学领域的"接受""形象""误读""阐释"等核心概念,参考比较文学的前沿学科理论,深入分析中国民歌在英美学界的接受、过滤、误读、研究互动等情况,这对于民歌研究而言是一种积极的尝试。本专著还首次从"变异学"的角度出发,研究英美学界受中国民歌影响而变异衍生的艺术形式。这样的研究有利于得出更加全面、客观、深刻的研究结论,最后通过比较的方式找出英美学界与国内中国民歌研究的差异,在差异中寻求突破,以求树立中国民族音乐乃至民族文化的自信心,提升国家"软实力"。

(三)研究难点

本专著的研究难点首先在于在中西方文化异质性背景下的接受障碍。在比较艺术学学科体系下,研究中国民歌在异域文化中的传播、接受、研究等问题,面对的巨大难题便是中西方学者、音乐家们面对不同文化时接受程度的差异。许多中国传统文化中习以为常的风俗习惯让西方学者无法理解,例如演唱民歌的女性总是用隐晦的、双关的、比喻等方式来表达对情郎的思念,这是由于中国传统文化中要求女性保守、含蓄,这与西方文化具有很大差别;还有中国民歌在抗战时期被大量改编为红色歌曲的现象,西方学者对此并不赞同,但实际上这些红色歌曲的广泛传播对民歌的普及起到了巨大作用;除此之外,在西方音乐家对中国民歌的接受过程中,他们大多并不理解这些民歌表达的具体含义,而是生硬地将西方音乐的创作方式应用到单纯的民歌旋律中,使其变成西方音乐等等。

第二,在于英文资料的搜集和整理。本专著的关键词便是"英美学界",关注的是英美学界中的学术研究,所以材料必须来源于英美学界,包括英译的中国民歌专著、学位论文、期刊专著,以及有关中国民歌的新闻、报道、网站网页、期刊、出版社等等。这些英文原文资料的时间跨度大,从 16 世纪左右就开始出现零星的翻译和介绍,至今已经有了比较丰富的研究成果。到了 20世纪末 21 世纪初,民歌又在音乐领域出现了变异现象,这使得中国民歌的资料从各个层面的分析都有着范围广、资料零散的特点。因此,要想全面地收集英美学界中关于中国民歌的著述及音乐作品资料都有着相当大的难度。

第三,对中国民歌的理解和阐释。"英美学界的中国民歌"是对英美学界里中国民歌研究情况的梳理和评述,首先必须对中国民歌有相当程度的了解和研究。有关中国民歌的记载最早可追溯到春秋时期的《候人歌》,其中虽然大部分资料已然佚失,但仍不乏优秀的歌曲传唱至今,所以其基础资料十分庞大。并且,中国地域辽阔,所孕育的民歌根据地域差异、风俗习惯等有着很大不同,加之因为时代的变迁,其中的风格、内涵、理论也经历了诸多变化,且国内对于民歌的研究及资料的收集亦十分可观。基于笔者的文化素养和学术能力,对中国民歌的解读难免出现错误和误读,加之本专著没有也无法全面涵盖研究对象,同时还要在此基础之上对英译的作品以及国外学者的研究成果进行梳理和研究、评述和总结,这对本专著来说是极大的挑战。

第四,资料的全面阅读及评述总结。要完成本专著的研究,不仅需要收集英美学界中所有的中国民歌的研究资料,还要对国内的中国民歌研究资料有一定程度的了解,因此面临着研究范围宽广、研究资料庞杂的难题。这就需要本专著尽可能客观准确地获取原始英文文献中的内容,在此基础上对其进行梳理和研究,并需要在本专业的基础之上进行理论方法的实践和创新。

最后,跨学科理论基础和学术素养。本专著主要是在比较艺术学和变异学视域之下,对英美学界的中国民歌研究的探讨,但英美学界的中国民歌研究所涉及的研究领域十分广泛,涉及译介学、语言学、社会学、音乐学、民族音乐学、民俗学、统计学等学科,错综复杂,对本专著提出了又一挑战。

第一章　英美中国民歌传播的源与流

　　民歌是千年来流传于阡陌山林、街头巷尾，由民众口头传唱的最真情实感、简明朴实的艺术作品，是民族文化的组成部分，是艺术宝库中的一笔宝贵财富。由于中国地域广阔、族群众多，形成了种类丰富多彩的民歌，这也使得中国成为了世界上的民歌大国。欧洲研究中国音乐的著名期刊《磬》(CHIME)在第一期开篇便言道："难道现在不是欧洲探索世界上最大、最迷人的音乐文化之一的时候吗？中国有 10 亿人口，占世界人口的五分之一。中国并不像很多人认为的那样只有一种音乐，或者一种音乐体系。事实上，它是数百种不同风格和流派的音乐的故乡，这些音乐又属于许多不同的文化。对西方人而言，即使在今天，他们对很大一部分的中国音乐遗产仍然是感到十分神秘。"[1]可见，在欧洲乃至整个西方世界的学者心目中，中国民间音乐的绚丽多彩都令他们着迷。

　　在数百年的跨文化传播历程中，民歌作为中华民族重要的文化载体，以中国大陆为核心向世界各国传播。对于英美学界早期的中国民歌的传播而言，以传教士、商人、冒险家、旅行者为主的传播者们起初并不关注民歌这一东方国家艺术体系的文化属性——更何况"民歌"属于民间文化——他们传播的动机无外乎是抱着猎奇的心理，为家乡的同胞们介绍遥远国度（即中国）的一些异域风情、奇闻逸事。

　　英美学界关于中国民歌传播随着中国民间音乐向西传播而逐渐深入。早在 16 世纪，葡萄牙多米尼加修会的传教士高斯帕·克鲁兹（Gaspar da Cruz）

1　Frank Kouwenhoven& Antoinet Schimmelpenninck, "'A Well-kepi Secret', Newsletter of the European Foundation for Chinese Music Research" in *The Netherlands*, No.I, Spring, 1990. p. 3.

来中国旅行传教，写了关于中国的详细的欧洲记述《中国概论》（*China Treatise on Things Chinese*），该书以葡萄牙语写成，并在 1569 年出版。根据美国史学家唐纳德·F.拉赫（Donald F. Lach）的说法，该书起初并没有在欧洲广泛传播，或许因为它是用葡萄牙语（而不是用一些受众更为广泛的语言）出版的，或许因为它在瘟疫年间发行（彼时黑死病在欧洲大流行）。尽管如此，克鲁兹的论述也至少间接地塑造了欧洲世界对中国的看法，其中关于中国人日常生活的描述含有许多音乐场景，例如"美妙的歌声""节宴上弹奏的乐器""过节时邀请戏班唱戏"等。宫宏宇先生认为克鲁兹"恐怕是第一位、也是很长一段时间内唯一一位提到中国音乐的欧洲人"[2]，他率先向西方介绍传播了中国的民间歌曲、各种乐器和歌唱风格，让西方世界开始对中国的民歌产生浓厚兴趣，对西方学者进一步关注、介绍、传播和研究中国民歌产生了重要的影响。

西班牙奥斯丁会修士门多萨（Juan González de Mendoza）于 1586 年出版的《中华大帝国史》[3]（*The History of the Great and Mighty Kingdom and the Situation Thereof*）中也提到过中国民间音乐。[4]法国传教士利玛窦（Matteo Ricci）是在中国建立耶稣会的主要学者，他用意大利文写的日记，后被比利时人金尼阁（Nicolas Trigault）用拉丁文出版为《利玛窦中国札记》（1615），英文版于 1942 年由加莱格尔（Louis J. Gallagher）首次翻译为《16 世纪的中国：利玛窦日记》（*China in the Sixteenth Century: The Journals of Matteo Ricci*）出版。该书对中国音乐有着较为广泛翔实的记载，包括仪式音乐、音乐书籍、戏曲、乐器等，遗憾的是利玛窦对中国音乐带有贬义的叙述，如"乐器演奏的旋律嘈杂刺耳""旋律单一""剧团管理混乱"等，他认为中国音乐的和谐在近几个世纪以来已经失传，只有乐器保存了下来，音乐艺术本身已经消失了。利玛窦的论点被后来相关研究的学者们反复引用，成为了所谓中国音乐衰落的证据。

随后，葡萄牙耶稣会神父曾德昭（Álvarode Semedo）[5]的《大中国志》（*Imperio de la China*）于 1642 年以西班牙文出版，后于 1655 年被译成英文

2　宫宏宇《国际视野下的中国音乐研究》，载《中央音乐学院学报》2014 年第 3 期。
3　该书于 1588 年由罗伯特·帕克（Robert Parke）英译出版，1853 年又由乔治·巴特（Sir George T. Staunton, Bart）编辑出版。
4　Juan González De Mendoza, *The History of the Great and Mighty Kingdom and the Situation Thereof*, edited by George T. Staunto & R. H. Major, London: The Hakluyt Society, 1853.
5　Álvarode Semedo 在万历四十一年（1613 年）来中国南京学习汉文时，取名曾德昭（字继元，又名谢务禄、鲁德照）。

在伦敦出版，这本史书是欧洲出版的第一部涉及中国民族音乐理论及演奏的著作。荷兰作家、探险家尼霍夫（Johan Nieuhof）所著的《来自联合省东印度公司的大使馆》（*An Embassy from the East-India Company of the United Provinces*）对18世纪早期欧洲的音乐的中国风兴起产生了重大影响，该书于1665年由亨德里克（Hendrik）和位于阿姆斯特丹的出版商兼印刷商雅各布·范·莫伊尔斯（Jacob van Meurs）首次以荷兰语出版，由于它获得了巨大的成功，因此很快被译成英文出版。书中对中国乐器、音乐表演、演唱等方面有着丰富的记录。随后的荷兰作家达帕尔（Olfert Dapper）、西班牙传教士闵明我（Domingo Fernández Navarrete）、奥地利耶稣会神父白乃心（Jean Grueber）、荷兰学者艾撒克·沃斯（Issca Vossiud）等，都对中国民间音乐的传播起到了重要作用。

以杜赫德（Jean-Baptiste Du Halde）为代表的入华法国耶稣会士，开启了18世纪欧洲的"中国文化热"，他的《中华帝国全志》（*The General History of China*, 1738）成为最初欧洲人了解中国文化的重要来源。其中第三卷亦有关《探亲家》《柳叶锦》[6]等六首曲子的记录（见附录四），但是，他以较为贬低的姿态来评价中国民歌，认为中国古乐是完美的，但是现在的曲调徒有虚名，所以用这五首旋律来作为例证。该论点在西方文化界的影响很大，这五首旋律是最早传到西方的中国曲调，虽然有些谱表并不准确，但也为后来的西方作曲家提供了创作素材和灵感来源，例如卢梭的《音乐词典》、普契尼的歌剧《图兰朵》等都吸收了中国民歌的元素。18世纪晚期，法国耶稣会教士钱德明（Joseph-Marie Amiot）为"中乐西传"作出了巨大贡献，他于1754年将李光地的《古乐今传》一书翻译成法文，且对其赞誉有加。随后，钱德明开始专心从事中国音乐的研究，出版的《回忆录》《古今中国音乐记》都是关于中国音乐的记载。其中，他在手稿《中国古今乐篇》（1780）、《中国娱乐曲集》（1779）中记录了包括民歌等多首俗曲。[7]虽然钱德明涉猎中国音乐较深，研究得十分系统专业，但也仅涉及到雅乐部分，他对乐律、乐器等音乐理论的研究成果显著，却鲜少提及民间音乐。

19世纪以来，以约翰·巴罗（John Barrow）为代表的西方人士对中国民歌在西方的传播做出重要的贡献，他在1804出版的《中国游记》（*Travels in*

6　Jean-Baptiste Du Halde, *The General History of China*. London: John Watts, 1741. pp. 66-67.

7　宫宏宇《国际视野下的中国音乐研究》，载《中央音乐学院学报》2014年第3期。

China）中记录的《茉莉花》，被认为是"流传到海外的第一首中国民歌"。[8]
约翰·巴罗非常喜欢此曲，称其"以一种堪称富有感情的歌唱，或者说是以
一种哀怨的音调，演唱了一首歌颂茉莉花的歌"[9]；另外书中还记载了德国人
希特纳（Johann Christian Hüttner）[10]记录的广州民歌，如船工号子《白河船
工号子》以及其他九首民歌的五线谱。他较为欣赏船工号子这一体裁，并将
其歌谱翻译成法语、英语和德语，在欧美甚有影响，成为后来民族音乐学家
们的研究对象。根据宫宏宇的考察，希特纳对这几首民歌还按照当时西方的
音乐规则，为它们配上了欧洲风格的引子、尾声和伴奏。更早的《茉莉花》
的曲谱版本，是由旅居伦敦的德国作曲家卡尔·卡比亚（Karl Kanbra）出版
的乐谱《两首原有的中国歌曲——〈茉莉花〉和〈白船工号子〉——为钢琴
或羽管键琴而作》（*Two Original Songs Moo-Lee-Chwa -Chwa&Higho Highau
for the Piano Forte or Harpsichord*, 1795）中所记载，并标注"以下中国歌曲
是由一位曾为前英国使华团成员的绅士当场记下，并带回英国的，因此，它
们的真实性是可信的"。[11]英国管风琴家、作曲家、音乐教育家、牛津大学音
乐教授威廉姆·克罗齐（William Crotch）力求展示世界各国音乐风格，于 1807
年在伦敦编辑出版了他的三卷本《各种音乐风格样本》（*Specimens of Various
Styles of Music: Referred to in a Course of Lectures at Oxford & London and
Adapted to Keyed Instruments*），该书第一卷中包含《茉莉花》等五首中国歌
曲，使中国民歌不但进入了英美的主流社会，还作为早期民族音乐学教学资
料，被带入了大学的讲堂。

　　18 世纪，汉学家与其他探险者的研究路径开始分道扬镳，他们以各自不
同领域的研究方法研究和评论中国音乐，形式上更为多样化、内容上也更为
专业化。19 世纪末，瑞典探险家斯文·赫丁（Sven Hedin）重新发现了隐藏
在丝绸之路上的古代城市，掀起了一股新的汉学浪潮，赫丁的发现将汉学研

8　钱仁康《流传到海外的第一首中国民歌——〈茉莉花〉》，载《钱仁康音乐文选》（上
　　册），上海音乐出版社，1997 年，第 181-186 页。

9　John Barrow, *Travels in China.* London: T. Cadelland Davies W., 1804. p.315.

10　Johann Christian Hüttner, *Nachricht von der Brittischen Gesandtschaftreise durch China
　　und einen Theil der Tartarei.* Berlin: Voss, 1797.宫宏宇译作"惠纳"，林青华译作"胡
　　特纳"，钱仁康译作"希特纳"。

11　Karl Kambra, *Two Original Songs Moo-Lee-Chwa & Higho Highau for the Piano Forte
　　or Harpsichord.* London, 1795. 转引自宫宏宇《民歌〈茉莉花〉在欧美的流传与演
　　变考——1795-1917》，载《中央音乐学院学报》2013 年第 1 期。

究引入现代，丰富的研究素材也启发着西方汉学家前往东方寻找更多的文学艺术宝藏。

中国民歌作为中华民族优秀文化的重要组成部分，不仅折射出中华民族悠久的历史，而且展现了整个民族独特的人文精神和情感世界。随着 20 世纪初中国文学研究的民间转向，使得中国民歌成为代表中国文化的重要载体，不论西方学者、海外华人还是大陆同胞，都对中国民歌进行了前所未有的关注、宣传与传播，特别是随着时代的发展、历史的变迁与科学技术的进步，中国民歌在英美学界的传播路径愈加多元、内容更加丰富、影响更加深远。

由于民歌具有声音和文本的双重传播方式，本章将从音像资料和研究组织两个方面来对其分别进行阐释，力图窥见中国民歌在英美学界中传播状况的全貌。

第一节　英美学界中国民歌的音像档案传播

在学术研究中，以音响、形象等方式记录知识信息的特殊载体形式的档案（亦称音像档案、视听档案，包括照片、影片、录音、录像档案等）具有真实记录性、选材典型性、视听形象性、艺术美感性、交流通用性等特点。[12]民歌作为民族音乐研究的重点，与其相关的音乐音像作品是其音乐本体的表现形式之一，因此，英美学界关于中国民歌的音像档案成为研究中国民歌传播的重要资料。

本章所指的民歌音像档案是基于音乐声学的学科方法，结合国际唱片业的发展相关资料，针对英美学界 20 世纪以来中国民歌作为音响载体记录知识信息（包括官方收藏及公开发行的中国民歌音像资料），梳理和分析中国民歌音响档案的收集、整理和发行脉络，并通过比较研究和分析研究，力图勾勒出英美学界中国民歌的传播路径和发展轨迹。除此之外，乐谱也可以作为记录民歌的载体，但由于英美学界学者多用五线谱记录民歌，而五线谱又不能完全地展示民歌要传达的全部信息（如音色、歌词、装饰音等），在此研究中仅能作为音像资料的补充。故本节的研究对象以音像资料为主，乐谱文字资料为辅。

---

12 张燕群《中国民族音乐音响档案的历史与现状研究》，中国艺术研究院硕士学位论文，2007 年。

一、黑胶、磁带与中国民歌传播

在黑胶唱片出现之前，声音常常被刻录在蜡筒上以记录传播，但是由于蜡筒录音机外形粗重、使用不便的缺点，20 世纪以前英美学界对于中国民歌的音频记录十分稀少。1877 年，美国人爱迪生发明了留声机，这是人类历史上第一种能够以听觉的方式获取、储存并复现声音信息的媒体，不仅为之后出现的其他新兴媒体提供了基本的音频技术手段和声音内容资源，更是从根本上改变了 20 世纪世界音乐文化的生态环境，为中国民歌在英美学界的传播创造了重要的载体条件。

黑胶唱片是人类历史上最早用来贮存声音信号的载体之一，它的便携、忠实于原声、不易损耗等特点使其成为 20 世纪占统治地位的音乐"格式"。随着黑胶唱片、盒式录音磁带成为主流音频载体占据市场，中国民歌的相关录音资料也开始逐渐在西方传播开来，其资料主要被收藏在维也纳和柏林的国家录音档案馆中。

1900 年，在美国纽约新罗谢尔发行的盒式录音磁带《中国民谣及艺术歌曲》（*Chinese Folk And Art Songs*），由张永娜（Wonona W. Chang）演唱，李安娜（Anna Mi Lee）钢琴伴奏，歌曲包括《哪里来的骆驼驼队》《送大哥》等 22 首歌曲。该专辑后来又在 1962、1980、1990、2018 年以黑胶片、CD 等形式多次出版。这是目前可以找到的首次由西方人演唱的中国民歌，虽然并未查到关于演唱者的相关信息，但从她的演唱中可以听出，张永娜有着基本的汉语学习经验，22 首民歌皆使用汉语演唱，并且在每首歌曲之前用汉语及英语朗诵了歌曲的名字。她的演唱朴实通俗，很注意歌曲的咬字，并且力图将歌词的每一个汉字演唱清楚。1900 年 10 月，在纽约林肯中心莫肯音乐厅（Merkin Hall）上演中国音乐演奏会，其录音磁带以《地方音乐与民歌》（*Regional Music and Folk Songs*）为名出版，包括 Wang Zuoxin 和 Chen Shizheng 的汉族民歌吴蛮（Wu Man）的琵琶独奏、广东丝竹乐，由 Xi'an 打击乐编曲、周龙作曲的苏州民谣等。

1901 年，德国人在西藏用蜡筒录音机录制了器乐曲和西藏民歌，这些录音在纽约的美国国家历史博物馆保存了一段时间，后被收藏在柏林民族博物馆。同年，德国人鲍伊斯·雷芒（Marie du Bois-Reymond）已录制了许多道教和佛教的歌曲，并附以详细的说明文件。贝特霍尔德·劳费尔（Berthold Laufer）是著名的美国东方学家、人类学家、汉学家，他曾在 1901 年参加希夫中国考察队，并于 1901-1904 年、1908-1910 年多次在中国进行长期考察，录制了大量包括民歌在内的民间艺术作品，所录制的作品大约有 400 个唱筒，部分保存在柏林音响档案馆中。1902 年起，比利时传教士彭嵩寿（Joseph Van Oost）到山西和内蒙古边境地区录制了 32 首民歌，并在维也纳的期刊《人类》（Anthropos）1912 年第 7 卷上发表了研究文章《鄂尔多斯南部地区的中国民歌》（Chansons Populaires Chinoises de la Regions Snd des Ortos），据李亚芳考察，彭嵩寿采集的民歌包括内蒙古西部的民歌和二人台、陕北地区的民歌和陕西省榆林市"榆林小曲"，而彭嵩寿的这篇文章成为目前所知最早的以现代音乐人类学方式记录北方农村汉族民歌的历史文献。[13] 另外，他还"前后在欧洲刊物上发表了许多有关中国特别是内蒙古音乐文化的著作，有《鄂尔多斯南部民歌》（1912 年）、《蒙古民歌选集》（1908 年）、《中国和蒙古：它们的音乐》（1914 年）、《鄂尔多斯的蒙古音乐》（1915-1916 年）、《二十首中文圣歌集》（1922 年）、《〈土默特笔记〉中的第五章：民歌和民间音乐》（1922 年）、《中国北部的专业音乐家》（1930 年）、《〈鄂尔多斯地区〉的第八章：民歌》（1932 年）。"[14] 后中国学者刘奇女士根据彭嵩寿的民歌记录编译成专著《近代中国鄂尔多斯南部地区民歌集》，于 1995 年在中央音乐学院学报副刊出版。1912 年，德国驻成都领事弗里德里希·韦斯（Friedrich Weiss）录制了傈僳族和扬子江的船夫曲，并与民族音乐学家霍恩博斯特尔（Erich Moritz von Hornbostel）之间通信交流。1912-1913 年之间，赫尔伯特·米利尔（Herbert Millier）在中国收集并录制了 100 多个蜡筒的民间声乐和器乐作品，这些录音的传播和收藏都为中国民间音乐在英美学界的传播起到了重要作用。

留声机的广泛使用不仅促进了音乐传播方式的改变，更能让英美学界的作曲家不出国门就可聆听来自中国的民歌，这也扩大了中国民歌在英美学界的传播广度和深度。

佩西·格兰杰（Percy Aldridge Grainger）是澳大利亚出生的作曲家、钢琴家，他在 20 世纪初对英国民间音乐的复兴中发挥了重要作用，并对其他作曲家的作品进行了许多改编，尽管他的大部分工作都是实验性的和与众不同的，但他最普遍的作品是创作民间音乐钢琴编曲。从 1906 年开始，格兰杰使用了

---

13 李亚芳《〈近代鄂尔多斯南部地区民歌集〉百年后的再调查》，载《歌海》2010 年第 6 期。

14 李亚芳《稽考西方传教士记录的鄂尔多斯民歌》，载《中国音乐学》2008 年第 4 期。

留声机——他是最早的唱片收藏家之一，通过这种方式，他收集了 200 多个民歌手的蜡筒唱片。格兰杰还以中国民歌《茉莉花》的旋律创作了钢琴改编曲作品《美丽的鲜花》（*Beautiful Fresh Flower*）。他一生中创作了大量以其他国家地区的民歌改编的作品，可惜能查到的资料较少。俄国学者伊丽莎白·施罗克格洛夫（Elizabeth N. Shirokogoroff）在 1915-1917 年跟随丈夫史禄国（S. M. Sirokogoroff）来到中国进行民族志考察研究，录制了大量的民间音乐素材。她所录制的大部分录音收藏在彼得格勒俄国科学院的人类与人种史博物馆。[15]丹麦探险家亨宁·哈士纶（Henning Haslund）自 1923 年起开始录制采集自蒙古、新疆等地的民歌，"录音和手抄本资料的大部分收藏在丹麦国家博物馆和丹麦历史文化研究基地、瑞典民族学博物馆和瑞典斯德哥尔摩音乐历史博物馆的音乐档案馆（斯德哥尔摩人种学博物馆）、瑞典国家广播电台（Sveriges Radio）、德国柏林的国家博物馆人类学分馆音乐人类学分部音响档案馆等地"。哈士纶于 1939 年在丹麦出版了《蒙古民歌》的乐谱与唱片，他是首位深入蒙古地区进行田野录音的西方人，为蒙古音乐在欧洲的传播作出了巨大贡献。[16]丹麦国家博物馆的德国籍青年学者安奈特·娥尔勒（Annette Erler）自 20 世纪 90 年代开始调查搜集哈士纶的民歌录音和手抄本资料，找到 35 盘录音磁带和相关文字资料。澳大利亚音乐学学者、民俗研究者佩西·格兰格（Percy Grainger）记录、转写、改编了大量世界民歌，其中，她于 1920 年转写了约瑟夫·亚瑟（Joseph Yasser）配伴奏的钢琴曲《茉莉花》（*Beautiful Fresh Flower*）。[17]现代微分音音乐作曲大师哈里·帕奇（Harry Partch）发布专辑《李白诗作 17 首》（*17 Lyrics of Li Po*），其中的《黄鹤楼闻笛》（1932 年创作）是用李白的诗填词，并直接加入了中国民歌"茉莉花"的旋律吟唱。帕奇很少在他的作品中直接引用中国曲调，但这首作品是在旧金山唐人街的两次音乐悼念活动中，帕奇受到美国旧金山"中国戏院"（Mandarin Theatre）影响而作的。[18]美籍俄罗斯作曲家亚历山大·齐尔品（Alexander Tcherepnin），曾于 1934-1937 年在中国居住时潜心研究中国音乐，并创作了一批富有中国韵味的作品，包括《十二首

---

15 宫宏宇《国际视野下的中国音乐研究》，载《中央音乐学院学报》2014 年第 3 期。

16 萨仁格日勒《亨宁·哈士纶搜集的蒙古民歌的遗产价值》，载《论草原文化》2009 年 7 月第 6 辑。

17 Lewis Foreman ed., *The percy Grainger companion.* London: Thames, 1981. p. 65.

18 Leta E. Miller, *Music and Politics in San Francisco: From the 1906 Quake to the Second World War.* Berkeley: University of California Press, 2012. p. 83.

钢琴小品》，又称"第三组曲《中国小曲》（*Nr.3 Bagatelles Chinoise*）"，这部作品于 1935 年由雨果出版社收录出版，其中的第九首和第十首中是以江苏民歌《八段锦》和河北民歌《探亲家》改编而来。

综上，20 世纪上半叶，黑胶和磁带的广泛应用从根本上改变了音乐传统的记录、储存、传播和欣赏方式，中国民歌在英美学界的传播从传统乐谱式记录的方式向以声音记录的方式转变。

二、激光唱片与中国民歌传播

英美国家因其在科技领域的先进性，能够迅速将最新科技成果应用于音乐事业的发展，激光唱片的出现对中国民歌在英美学界的传播带来了重要的影响。20 世纪 70 年代初，随着世界上第一张用数字录音母盘灌制的长时唱片（LP）出版发行，全球音乐开始进入唱片产业数字录音时期。特别是 1982 年由索尼和飞利浦两大唱片巨头创立的数字录音唱片标准，促使激光唱片（Compact Disc，缩写为"CD"）技术诞生，自此，持续繁荣了大半个世纪的黑胶唱片和留声机逐渐淡出人们的视野。同时，激光唱片的诞生伴随着计算机技术的发展，CD 作为一种计算机媒介，以其无可替代的便捷性及低门槛带动了唱片行业的迅速发展。这一时期，中国民歌音频资料从收藏转变为由唱片公司公开向大众发行，这极大地促进了中国民歌在英美学界的广泛传播。同时，随着中国民歌的国际化传播，催生了一大批英美学界学者对中国民歌的关注、研究和表演。

比如，唱片《世界民族音乐唱片集》（*World Collection of Recorded Folk Music*）（1951-1958）中收录了台湾的采茶歌。纽约 A.R.T.S 公司于 1973 年出版了由 Wendy Chu 和 Yung-ching Yeh 编写的《中国民歌》（*Chinese Folk Songs*），这本书面向的是少年群体，从封面到内侧的目录和五线谱的书写字体都十分童真，类似儿童的绘画手抄本，其中收录了儿歌及三首中国民歌作品。该书以中英双语的形式介绍了 12 首歌曲，以及附有旋律的五线谱和中英文的歌词。Shattinger 国际音乐公司于 1974 年出版歌谱集《中国优秀民歌代表集》（*A Collection of Best Chinese Folk Songs*），由陈健华（Chen Chien-hua）编配，黄飞然（Huang Fei-Jan）英译出版。1975 年，斯蒂芬（Stephen K. Shao）的乐谱本《中国民歌：为年轻的钢琴家编》（*Chinese Folk: Songs for The Young Pianist*）收录了 14 首歌曲，为钢琴练习者所用，由美国 Edward B. Marks 音乐公司出版。

20 世纪 80 年代以前，对于中国音乐的传播研究主要集中在古代音乐方面，原因之一便是资料充足，容易获取，传播者们可以通过文献文本对中国民歌直接分析研究；原因之二便是中国当时面临的复杂社会环境，非常不利于民族音乐学家进行田野调查。20 世纪 80 年代以来，随着中国政策的逐步开放，英美学界学者怀揣着对古老的东方国度的好奇纷纷前往中国，发现了民歌这一流传广泛的活态民俗资源，随即在民间展开田野调查，他们不仅将原汁原味的中国民歌进行录音整理，还开始利用录像设备对中国原生态民歌进行拍摄采集，并且以 CD 的形式出版了大量中国民歌作品，国际汉学界对于民歌的资料采集和传播进入了全面发展的时期。

新西兰作曲家杰克·博迪（Jack Body）曾在 1986 年前往中国，并携带了一家新西兰电视台的摄影组，他们深入汉族和部分少数民族地区进行实地采访拍摄，并对这些影像资料进行整理和编辑，制作成个人历史纪实短篇——《"大鼻子"和博迪的音乐》（"Big Nose" and Body Music）在新西兰的电视台播放。此外，博迪还曾在这次采风过程中录制了贵阳的一些当地汉族的情歌音乐，汇编成磁带出版。"杰克·博迪和尼古拉斯·惠勒（Nicholas Wheeler）还为这些音乐作了记谱并让宫宏宇将歌词翻译成英文，附上图片连同磁带一起由新西兰维多利亚大学出版了一本小册子，以图、文、歌、谱的形式直观地展现了贵阳的汉族情歌和多样化的少数民族歌曲音乐"。[19]

1994 年，Marco-Polo 出版公司出版了由 Wu Ying 钢琴演奏、上海爱乐乐团伴奏、王永吉指挥录制的 CD《茉莉花：中国民间流行旋律》（Jasmine: Popular Chinese Folk Melodies），其中收录了 12 首钢琴与交响乐协奏的民歌，如《茉莉花》《弥渡山歌》《绣荷包》《赶马调》《紫竹调》《拔根芦柴花》《黄杨扁担》等，编曲技法运用了将传统音乐融合交响乐的形式，风格不仅并未脱离民歌原有的风格，而且使其更加立体宏大，是现代国内常用的作曲技法。同年，发行古典和民间音乐唱片的美国唱片公司 Monitor Records，发行了由 Stephen C. Cheng 演唱的 CD《花鼓与其他中国民歌》（Flower Drum and Other Chinese Folk Songs），专辑中收录了 14 首以民族乐器改编伴奏的中国民歌、乐曲、创作歌曲，包括大家熟知的《茉莉花》《燕子》等。美籍华裔作曲家周龙的专辑由 Delos 公司发行于 1998 年，该专辑名为《小河淌水——周龙的中国民歌和诗曲》（The

---

19 李其峰《杰克·博迪"中国元素"作品研究——以两部混合媒介室内乐作品为例》，南京艺术学院博士学位论文，2015 年。

Flowing Stream - Chinese Folk Songs and Tone Poems by Zhou Long），收录了 13 首周龙的中国音乐作品。著名的旅美女高音歌唱家、资深声乐教育家茅爱立（Ellie Mao Mok）的专辑《茅爱立：中国民歌选集》（*Ellie Mao: An Anthology of Chinese Folk Songs*）于 1963 年 1 月由 Folkways Records 唱片公司出版，在这张专辑中，茅爱立基于对中国文化的理解，演唱了人们代代相传、喜闻乐见的歌曲。由于当时"专业"的民间歌手在这部作品制作时才刚刚在中国出现，所以这本选集中的许多歌曲都只是出现在各种收藏中，未被"公开"演出过。茅爱立在演唱时使用了中国传统方言，同时曲目中还提供了一些小快照，反映了中国人精神中弥漫的生活乐趣，可以超越语言的障碍，有利于人们接受。另外，该专辑曾在中国大陆由中央音乐学院出版社于 2005 年出版为曲谱图书：《茅爱立演唱中国民歌二十八首》，详细记录了茅爱立演唱的这 28 首民歌的词曲，以方便相关领域的学习者查阅。

这一时期，激光唱片技术的进步加速了中国民歌的国际化传播，西方人开始利用一些先进的技术手段来改编录制中国民间音乐。莫杰明（Jeremy Moyer）便是加拿大二胡演奏家、作曲家，他长期致力于世界音乐的创作和表演，对东方文化十分向往和关注，他师从台湾的张仕栋（Zhang Shi-Dong）和纽约的李杨义学习传统音乐。1997 年 5 月出版的由莫杰明本人演奏的专辑《发现中国民间曲调》（*A Discovery of Chinese Folk Tunes*），由布鲁斯·格拉夫（Bruce Graff）在加拿大安大略省和剑桥录制并混音，其中收录的 10 首曲子皆为中国古典民间乐曲，包括台湾民歌《思想起》《桃花过渡》《五更鼓/丢丢铜》、江苏民歌《孟姜女》。用椰子壳制作的二胡，加上琵琶和各种打击乐器演奏的台湾和中国南方的传统民歌此时在西方还很少能够听到，这张在加拿大录制的中国民间曲调是一个先例。哈里·柯瑞（Harry Currie）评论道："音乐和演奏的微妙性需要几次聆听，然后才能适应声音的柔和性质，事实上，适应将生命注入这些声音的哲学。这里有一种美味，让我们疯狂的生活方式看起来几乎是轻浮的……"[20]。

20 世纪下半叶以来，随着唱片产业逐步从电气录音时代走向数字录音时代，英美学界的音乐家、作曲家和学者也紧跟时代步伐，充分利用科技时代的先进技术手段，从纯声音录制到影音录制，从原始材料间接翻录到亲自到中国采集录制，对中国民歌的传播与发展产生了深远的影响。

---

20 Jeremy Moyer, *A Discovery of Chinese Folk Tunes*,引自 https://jeremymoyer.bandcamp. com/album/a-discovery-of-chinese-folk-tunes.

三、数字音乐与中国民歌传播

21 世纪网络新媒体时代的到来，促使音乐文化产业结构发生新的变革，以唱片业为主的传统音乐传播方式逐渐被数字音乐产业取代。不过以美国为首的唱片公司并没有在互联网浪潮侵袭中受到较大冲击，究其原因，有以下几点：一方面是美国的版权保护意识较强、法律规范较为健全；另一方面，早年间几大唱片公司已通过资本并购完成了行业整合集中，保证了自身对下游渠道的议价能力，例如环球、索尼、华纳三家唱片业巨头占总体市场份额超过86%。[21]英美学界的中国民歌专辑主要集中在美国海伦德音乐出版社、美国莱尔出版社、ARC music、Lyrichord Discs、瑞鸣音乐、拿索斯等公司出版发行。当然，互联网也为音乐原创者提供了低门槛的发行平台，不少由个人组织创作的中国民歌作品在个人主页、亚马逊商城等平台公开发布。

美国爵士音乐家玛丽·安·赫斯特（Mary Ann Hurst）在圣安东尼奥时，与德州一些顶尖的爵士音乐家一起录制了名为 *Chinese Folksongs in a Jazz Mode*（《爵士乐模式下的中国民歌》）的 CD，收录的歌曲有中文（普通话）和英文两种版本，该专辑于 2000 年 1 月在亚马逊（美国）发行。专辑中，赫斯特创造性地将一些耳熟能详的中国民歌改编成了爵士乐的风格，包括中国民歌《沂蒙山小调》《小白菜》《南泥湾》《北风吹》《燕子》《半个月亮爬上来》《三十里铺》《绣荷包》《康定情歌》《牧羊曲》10 首。这种改编风格令人惊奇，它保留了原曲的歌词和旋律，在配器和节奏方面进行了大胆的爵士风格的尝试，至少在笔者听来是一次不错的听觉体验，爵士乐的时而慵懒、时而热烈，以及让人惊艳的独奏，都为这几首民歌增添了一种不同于原始风格的张力。由于赫斯特在音乐剧、爵士表演、交响乐、大学和教堂唱诗班以及在北京期间收集和翻译中国民歌的经历，她对中国民歌的理解较为专业，她十分准确地选择了这 10 首人们耳熟能详的中国民歌，并对它们进行了西方化的阐释。

由 Stella Chang（张佳慧）演唱，钢琴家、作曲家和指挥家彼得·利兹（Peter Ritzen）领衔弗兰德斯弦乐团伴奏的《中国民歌——为女高音和弦乐改编》（*Chinese Folksongs, Transcriptions for Soprano & Strings*），在 2003 年由 RMS International Productions 公司出版。专辑中收录了包括新疆民歌《在银色的月光下》《燕子》《帕米尔》、云南民歌《姑娘生来爱唱歌》等，皆由女高音

---

21 网络数据：美国唱片市场发展概况分析 http://www.chyxx.com/industry/201607/434301.html.

歌唱家张佳慧演唱。张佳慧是华人圈最早到意大利学习歌剧的女高音歌唱家，曾在世界多国大型演出中担任女高音独唱，并担任维也纳雷协悌兹基国际音乐学院经理和台北音乐学院总监等职位。专辑中，张佳慧用她美妙的歌剧女高音的音色将几首中国民歌完美地展现出来——她学习的是正统西方美声唱法，这从她歌唱中所运用的腔体、歌曲中表达中的语言、二度创作的处理方法等可知。张佳慧的发声方法很专业，她将西方的美声唱法运用到中国民歌的表演中，这是一种较新颖的尝试，但却有几点在听觉上较为突出的问题：首先，美声唱法以头腔共鸣居多，听起来像是来自教堂顶端的声音，与听者有距离感。再者，源自意大利的美声唱法是建立在以元音字母为基础上的语言运用之上，这使得美声唱法在表现西方音乐时与发声系统相辅相成、相得益彰，元音字母本身独特的口型能为发声系统提供更好的帮助；而中国民歌演唱讲究的是字正腔圆、以字行腔，要求歌曲表达亲切动人，有真情实感的流露。汉语发音中存在着与西方元音字母不同的元音，例如"e"，若是使用西方美声唱法的发声习惯来表达中国歌曲，容易出现咬字不清、语句表达不出原有的情感等问题。所以，笔者认为，如果要以西方美声唱法来演唱中国民歌，还需要更加慎重地选择融合方式，以达到既能保持歌曲的原汁原味，唱法又能被西方听众接受的效果。

2005 年，莱尔出版社（Leyerle Publications）发行出版了由美国鲍尔州立大学音乐系副教授钟梅（Mei Zhong）主编的《新编中国民歌选集》第一卷（*Newly Arranged Chinese Folk Songs - Anthology of Chinese Songs*, 2005），这是一系列中国民歌选集，其中包括编辑、翻译、IPA 抄本和一些 20 世纪后期创作的艺术歌曲，以及钟梅的评论和发行商提供的配套 CD。这本书收录了来自中国八个不同地区的 12 首民歌，都是马婷仪博士运用当代作曲技巧重新编排的。由于在五声主调旋律周围使用许多优美的音符是中国旋律和演唱风格的特点，因此，附加的、间隔广泛的、常常是华彩形式的伴奏，有时还包含了钢琴内部要弹的音符，极大地提高了这些歌曲的声音真实性和美学效果。钟梅说，她与美国和欧洲的声乐学生、歌唱老师、教育工作者以及那些对世界音乐传统感兴趣的人一起完成了这项工作。为此，她提供了一本汉语发音指南，向读者们介绍 IPA 符号、翻译、语音记录、文化背景注释和每首歌的口译注释。在随书提供的 CD 上，钟梅阅读了文本的发音并展示了演唱风格，对于那些有兴趣学习中国歌唱和表演传统的人来说，这本书是非常难得的。

2008 年，由世界顶级的音乐图书出版机构、最大的活页乐谱发行商 Hal Leonard 发行《中国民歌选曲：为中级钢琴独奏改编的 24 首传统歌曲》(*Chinese Folk Songs Collection: 24 Traditional Songs Arranged for Intermediate Piano Solo*)，该书收录了 24 首民歌曲谱，并且每首作品上都有注释、精美的插图和民歌所在的地图，作为钢琴独奏和教学的使用。此外，还有一张 ARC 发行的名为《古典中国民间音乐》(*Classical Chinese Folk Music*，1999) 的专辑，收录了陈大灿（Chen Dacan）、李鹤（Li He）、程玉（Cheng Yu）三人演奏的 24 首民乐。这张专辑中的曲目多为丝竹乐演奏，也包括了丝竹乐演奏的民歌，有《走西口》《渔歌》等。该专辑于 2008 年再次发行，但只选择了之前专辑中的九首作品，风格大致相同。西方媒体对这张专辑介绍道："这张专辑听起来像轻古典音乐，可能是基于民间来源，但由一个古典乐团演奏。不管它是什么，它都是非常容易获得的。这些乐器在西方人听来都很不寻常，但它们融合在一起，发出和谐的声音，但又不失各自的个性。轻快的节奏和神韵使音乐在精神上与凯尔特音乐相似。它提供了许多美妙的旋律，由演奏家在独奏部分演奏，特别是陈大灿在演奏二胡时。ARC 制作的这张专辑，做得很好，声音很棒，音轨的顺序也很有趣。这是一个两张 CD 的组合，对于寻找这类音乐的人或好奇的初学者来说是一个真正的发现。"[22]这张专辑中的作品大部分是中国南方的民间音乐，但也有一些来自蒙古族民歌的衍生作品收藏在其中。

随着时代的发展，一些民族歌唱家的民歌音乐作品开始在英美学界大量出版发行。2007 年，Hal Leonard 公司发行由民族女高音歌唱家龚琳娜（Gong Linna）演唱的专辑《龚琳娜：中国民歌》(*Linna Gong: Chinese Folksongs*)，该专辑收录了龚琳娜演唱的二十二首中国民歌：《走西口》《茉莉花》《桃花红杏花白》《五更月》《放风筝》《螃蟹歌》《盘歌》《凤阳花鼓》等，以汉语，包括地方方言演唱。虽然专辑中涉及了中国的大部分地区，但重点是甘肃、江苏、贵州和山西。专辑中的歌曲大量运用了西方弦乐四重奏的形式来伴奏，龚琳娜在不失原有民歌特色的基础上，还加入了自己的演唱风格，可以说是向西方听众传达中国正统民歌的一个良好范本。2010 年，世界顶级的音乐图书出版机构 Hal Leonard 公司出版了张朝（Zhang Chao）编曲的中国民歌钢琴改编曲集《中国的旋律：用钢琴演奏中国民歌》(*Melodies of China*, 2010)，并对其歌曲进行了评论和推荐。该专辑收录了 20 首由张朝精心编排、演奏的民乐，其曲

22 参见网址：https://www.oldies.com/product-view/40448N.html.

目选择多样，包括来自中国多个省份（包括河南、江苏、山西、四川和云南）的音乐。一些更有趣的作品是基于中国少数民族的歌曲，包括傣族、高山族、哈尼族、景颇族、哈萨克族、蒙古族、塔吉克族、藏族、维吾尔族和佤族。这些改编与大多数西方人耳熟能详的简单五声中国曲调相去甚远，它们的风格从温和到热烈，从抒情到幽默，多样化特点极其鲜明。在这张专辑中，张朝对当代和声技法的运用独具一格，但从未偏离对旋律本身的关注。有时听众会听到卡巴列夫斯基、巴托克，甚至德彪西的影子出现在这些曲子中，却又不脱离民歌本身。美国心理学教授苏珊（Susan Anthony-Tolbert）发行了专辑《马林巴时刻：音乐马赛克》（*Marimba Moments: A Musical Mosaic*），此张 CD 里的大部分音乐都是在他们农场花园播放和录制的，乐曲中包含了鸟儿、夏日风暴、小溪和铃铛的音乐，这些音乐囊括了巴赫、贝多芬、各国民歌和现代音乐等等。[23]在这张专辑中收录了一首名为《中国民歌》的乐曲，是运用马林巴琴敲奏的两首中国民歌旋律的串烧。专门研究世界音乐和古典音乐的唱片公司 Lyrichord Discs 于 2007 年发行了吕红（Lui Hung）的专辑《中国民歌》（*Chinese Folk Songs*）。加拿大的 Sunrise Records 公司在 2009 年发行专辑《传统中国民歌》（*Traditional Chinese Folk Songs*），由张汝钧（Chang Ju-chun）、王慧云（Wang Hui-yun）演唱。美国表演艺术公司 Con Brio Recordings 在 2011 年发行唱片《东方瑰宝：亚洲民歌集》（*Eastern Treasures: A Collection of Asian Folk Songs*），其中收录了《茉莉花》《四季歌》等民歌。

　　21 世纪以来，随着互联网技术的发展和普及以及西方音乐界对中国民歌的认识与研究的进一步深入，西方一些重要的音乐出版商（公司）发行了大量经典中国民歌。

　　德国最古老的音乐发行商之一 Schott Music（翔特音乐出版社）在 2010 年发行 CD《中国旋律：小号演奏的中国民歌》（*Melodies of China: Playing Chinese Folk Songs With a CD of Performances Trumpet*），由 Nei Ying 演奏，以带 CD 的乐谱形式出版，适用于初、中级小号演奏者使用。2019 年，ARC music 公司又发行了龙艺（Heart of the Dragon Ensemble）民乐合奏乐团的专辑《中国情歌》（*Chinese Love Songs*），专辑收录了用中国民族乐器伴奏和演唱的歌曲，包括《槐花几时开》《走西口》《康定情歌》《三十里铺》《竹枝词》《小河淌水》5 首民歌及其他 5 首情歌，歌曲有乐团中的男女对唱、男声独唱、女声独唱和

---

23 参见网址：https://singingcatandmule.com/home.

纯民乐演奏几种形式，可惜的是未查询到该乐团的详细信息，但从专辑中可以听出团队成员大约皆为中国人，有一定的专业训练基础。2013 年，Hsuan Ma 发行专辑《我喜欢的中国艺术歌曲和民歌》(*I Love of Chinese Art Song & Folk Song*)，该专辑收录了 Hsuan Ma 本人演唱的十四首歌曲，主要由钢琴伴奏，偶有其他乐器加入。从 Hsuan Ma 的演唱中可以听出，她学习的发声方法是建立在西方美声唱法的基础之上，声音状态较为平稳，腔体有适当打开。整张专辑中的演唱语言使用的是中文，遗憾的是未将语言控制得当，吐字不够清晰，无法传达出民歌所代表的精神内涵，这也是民歌演唱中较为严重的问题。另外演唱时声带过于紧张，尤其在戏剧性较强的歌曲演唱中，气息不稳的问题更加凸显。

此外，Akuphone 唱片公司专注于发行 20 世纪 50 年代后期的全球稀有流行音乐和民间音乐，它提供了基于可靠和书面作品的扩展发行和原始汇编。其中，由 Lily Chao（赵晓君）演唱的 CD 专辑《中国民歌》(*Chinese Folk Songs*)，包含了十七首歌曲。该专辑曾于 1968 年由台湾瑞星唱片公司发行，当时仅收录了其中的十三首歌曲。值得注意的是，此专辑虽名为"中国民歌"，其实收录的并非都是本专著所界定的"民歌"，而是包含了许多流行歌曲，例如《谁能知道我的情》(Who Can Know My Heart)《我的心儿给了你》(My Heart Is All For You)《一见你就笑》(I Smile Whenever I See You)《提起爱情烦恼多》(It's Vexed To Talk About Love) 这几首流行歌曲，都被置于"中国民歌"这一标签下，使得民歌在向西方传播过程中产生了信息的误导，当然，这一问题在当时国内音乐界也并未引起重视，当今西方音乐界依旧存在着将民歌、流行歌曲、原生态歌曲、艺术歌曲概念混杂的现象。纽约 Alfred Music 音乐发行公司在 2015 年发行专辑《远东独唱歌曲：为独唱和钢琴独奏音乐会准备的 10 首亚洲民歌（中高音）》〔*Songs of the Far East for Solo Singers: 10 Asian Folk Songs Arranged for Solo Voice and Piano for Recitals, Concerts, and Contests* (*Medium High Voice*)〕，其中便收录了《茉莉花》《康定情歌》《花鼓歌》等 3 首中国民歌。该专辑中的十首歌曲都是用英语唱的，并为学习者提供了亚洲语言的发音指南，还介绍了每首民歌的演唱背景。

随着数字化音乐时代的到来，中国民歌在英美学界的传播更加便捷，普及更加广泛，一些音乐家开始将中国民歌的元素融入西方摇滚、爵士等音乐形态，促进了中国传统音乐和西方现代音乐的融合，使中国民歌在英美学界的传播更加深入。

The Prof. Fuzz 63 乐队是在美国克萨斯州达拉斯成立的冲浪摇滚乐队（surf rock band），于 2016 年由 Dreamy Life Records 出版社出版专辑《中国民歌》（*Chinese Folk Songs*），其中包含 8 首摇滚歌曲。该专辑虽名为"中国民歌"，实际上这八首歌曲的演唱和编配全部为流行音乐的制作方式，仅是在曲名和歌词中提到了中国的元素，例如 Panda Attack、King of Hong Kong，但值得注意的是，这两首歌曲还曾作为单曲发行，成为该乐队的主打歌，在海外产生了一定影响。爵士乐与中国民歌的融合又在 2011 年的专辑《巴赫和其他中国民歌》（*Bach and Other Chinese Folksongs*）中出现，该专辑由 Domini 唱片公司出版，由乐队 Organic Three 制作。该乐队将巴赫等西方音乐家作品中的音乐元素与中国民歌中的音乐元素相结合，并将其运用到自由的爵士乐中——音乐的主要元素是旋律，无论是约翰·塞巴斯蒂安·巴赫（Johann Sebastian Bach）、弗兰克·扎帕（Frank Zappa）、卢·里德（Lou Reed），还是创作《走西口》的无名中国作曲家，都不会让 Organic Three 感到困扰，音乐强有力的旋律才是最重要的。2018 年，河乐队（River Bank）发行专辑《一些中国民歌等》（*Some Chinese Folk Songs and Others...*），河乐队由安娜（Anais Martane）、小河（Xiao He）、万晓利（Wan Xiaoli）、张玮玮（Zhang Weiwei）、郭龙（Guo Long）5 人组成，该乐队以民谣风格被国内外听众熟知，来自法国尼斯的犹太姑娘安娜伊思·马田（Anaistamo Martane）是其主唱，她将法语、中文运用到他们的歌曲创作中，但这张专辑收录的歌曲并非学界传统意义上的民歌，而是乐队创作的民谣歌曲。

同年，路易斯·卡洛斯·莫利纳·阿切维多（Luis Carlos Molina Acevedo）用虚拟乐团（Virtual Orchestra）制作民歌《金瓶似的小山》（*Chinese Folk Song: A Hill Like a Gold Bottle-in Bon Odori*）和《阿拉木汗》（*Chinese Folk Song: Alamuhan*）。"虚拟乐团是指各种不同类型的技术和艺术形式。最常用于指管弦乐模拟，无论是预录或现场环境，它也被用于其他方式，如 IRCAM 的虚拟管弦数据库"。[24]除此之外，路易斯还用虚拟管弦乐团制作了包括古典音乐、乡村音乐等世界经典音乐作品。

2019 年，瑞鸣音乐（Rhymoi Music）创始以来首张布鲁斯音乐（又称蓝调音乐）专辑《蓝调&中国：当布鲁斯遇见中国民歌时》（*When the Blues Meet*

---

24 参见网址：https://en.wikipedia.org/wiki/Virtual_orchestra.

Chinese Folk Music）发行，该专辑精选 12 首中国各地民歌：《日落西山刚过岗（广西）》（Just Past Sunset）、《羊肚子手巾三道道蓝（陕北）》（Sheep Belly Headband with Three Blue Stripes）、《太阳出来喜洋洋（四川）》（Joy of the Rising Sun）、《兴国山歌（江西）》（Xingguo Mountain Song）、《虹彩妹妹（内蒙古）》（Rainbow Girl）、《西厢坝子一窝雀（云南）》（XixiangBazi a sparrow's nest）、《洁白的仙鹤（西藏）》（The Pure White Crane）、《小黄马（内蒙古）》（Little Yellow Horse）、《加林赛（云南）》（Jialinsai）、《晚风花香（江苏）》（The Scent of Flowers on the Evening Breeze）、《知道不知道（陕北）》（Do You Know）、《浏阳河（湖南）》（Liuyang River），这些民歌选材宽泛，包含了江南小调、草原牧歌、西北信天游，西南花灯调，等等。唱片由著名音乐制作人叶云川汇聚美国西岸布鲁斯黄金阵容制作，整个团队包括多位格莱美奖获得者，有爵士钢琴演奏家罗素·费兰特（Russell Ferrante）、美国爵士乐队（Yellowjackets）、美国混音大师理查德·金（Richard King）、萨克斯演奏家奥马里奥（Justo Almario），编曲由两位年轻的作曲家罗斯·加伦（Ross Garren）与尼克·德平纳（Nick DePinna）完成。该专辑是中国民间音乐与西方音乐的又一碰撞，主创者们运用原有民歌的主旋律对歌曲进行再加工，使之具有了新的生命力，两种异域文化的融合也毫无违和感。通过《蓝调&中国：当布鲁斯遇见中国民歌时》这张专辑的制作，这两种音乐种类传播和生存方式都发生了转变，熟悉的民歌旋律使大众更容易接受原本并不主流的蓝调音乐；而西方的潮流音乐蓝调，也给了中国民歌更加广阔的传播空间。

拿索斯世界唱片（Naxos music）自 2019 年 9 月起发行了《中国民间音乐》CHINA Folk Music of China 系列专辑，专辑里附带了一本小册子，里面有大量的历史和人类学笔记，以及每首歌的介绍。这些来自中国各个乡村田野，由人们传唱的最真实的歌曲，均运用无伴奏原声录音。这些歌曲也许并未被众人熟知，但也正因此，这份资料更显得弥足珍贵，称得上是真正的音乐遗产。其分别是：《中国民间音乐，第一卷：青海和甘肃民歌》（*Folk Music of China, Vol. 1: Folk Songs of Qinghai and Gansu*），录音的歌曲是青海和甘肃地区的汉族及 5 个少数民族的民歌，分别是土族、博南族、东乡族、裕固族和撒拉族，其中包括了"花儿"的情歌、叙事歌、婚俗歌几种形式。查理·卡伍德（Charlie Cawood）评论称："在大多数情况下，歌曲是旋律的五声，而叙事则通过不断飙升的音乐节拍和令人惊叹的假声翻转来传达。专辑内附的手册提供了充足的历史和人类学背景以及完整的歌词。"[25]《中国民间音乐，第二卷：内蒙古、黑龙江民歌》（*Folk Music of China, Vol. 2: Folk Songs of Inner Mongolia and Heilongjiang*, 2019），收录了来自内蒙古和黑龙江地区的汉族及五个少数民族的民歌。杰姆·康德利夫（Jem Condliffe）评论道："就西方的看法（或至少是我们的看法）而言，蒙古人显然是蒙古人，达斡尔人的声音可能是北美人，其余的声音则更多的是中国人。达斡尔族的歌曲以一种更有活力的风格开始，爱人听起来更像是他的前任。《何时见你》和《思念母亲》是其歌曲的名字，所以达斡尔族听起来也很伤感。从赫哲族开始，听起来更像中国人。"[26]《中国民间音乐，第三卷：云南民歌》（*China Folk Music of China, Vol. 3: Folk Songs of Yunnan*, 2019），录音中的歌曲是云南的三个少数民族的民歌——佤族、布朗族和德昂族。《中国民间音乐，第四卷：广西民歌》（*Folk Music of China, Vol. 4: Folk Songs of Guangxi*, 2020）录音的歌曲是广西的四个少数民族的民歌，分别是壮族、布依族、木劳族、毛南族。《中国民间音乐，第五卷：台湾原住民民歌》（*Folk Music of China, Vol. 5: Aboriginal Folk Songs of Taiwan*, 2020）这张专辑收录了南岛原住民族的民歌，包括埃米族、泰雅族、赛斯雅特族、祖族、排湾族、鲁凯族、布依族、赛德克族和楚库族。

　　葛融在 2020 年 2 月编辑出版了《中国表演艺术的传统面孔》（*Faces of Tradition in Chinese Performing Arts*）一书，该书由印第安纳大学出版社（Indiana University Press）出版，为《遭遇：民俗学和民族音乐学的探索》（*Encounters: Explorations in Folklore and Ethnomusicology*）系列之一。书中收录了五位学者的调查情况，分别是：达特茅斯学院亚洲社会、文化和语言项目的中国语言文学助理教授葛融（Levi S. Gibbs），他的研究集中在当代中国歌手和歌曲的社会角色和地域认同的文化政治方面；美国波莫纳学院的客座教授夏洛特·德伊夫林（Charlotte D'Evelyn），她的研究主要集中在小提琴、地方民歌和内蒙古的政治和民间音乐遗产方面，同时，她也是一位西方的二胡演奏者；加州大学洛杉矶分校民族音乐学教授李海伦（Helen Rees），她的研究领域集中在中国西南

25　引自 https://www.naxos.com/reviews/reviewslist.asp?catalogueid=NXW76088-2&languageid=EN.

26　引自 https://www.naxos.com/reviews/reviewslist.asp?catalogueid=NXW76089-2&languageid=EN.

地区和上海的仪式和其他传统音乐流派上，还曾为欧洲和美国主要艺术节的中国艺术家提供翻译；印第安纳大学民俗学和民族音乐学系的教员，也是东亚语言和文化系的兼职教员苏独玉（Sue Tuohy），她曾在中国西北地区的音乐和社会、文化遗产项目、社会运动中的音乐和环境保护等方面进行了 30 多年的研究；密歇根大学安娜堡分校亚洲语言与文化系现代汉语研究助理教授魏美玲（Emily E. Wilcox），她是中国舞蹈和表演文化方面的专家，对 20 世纪的全球历史、跨国主义、性别和社会运动等有着广泛的兴趣。该书考察、审视了个人在中国传统表演艺术，如音乐和舞蹈发展中的关键作用。这些艺术家和他们的艺术作品，即"传统的面孔"，代表和重构了当今中国更广阔的文化生产领域。本书的作者探索了表演和录音的方式，包括歌唱比赛、文本选集、民族志视频和 CD 专辑，作为个人参与和重新定义更悠久的传统和他们自己的话语空间。

近二十年来，谭盾、盛宗亮、陈怡、周龙、葛干茹等华裔作曲家在西方音乐界受到了越来越多的关注，他们在自己的作品中运用了亚洲古代哲学观、儒家思想和佛教等观念，其创作的作品为世界各地的观众提供了一种新的跨文化的音乐体验。

陈怡是美籍华裔作曲家、美国国家艺术与科学院院士、美国霍普金斯大学皮博迪音乐学院全职作曲教授、美国密苏里州立大学音乐院终身教授。美籍华裔作曲家盛宗亮（Bright Sheng）这一时期在国际舞台上也颇为活跃，他的作品以融合东西方音乐传统而闻名。在他的早期创作中，盛宗亮经常使用五声调式和中国民间音乐，西方的作曲技巧则被用来加强中国音乐材料的表现。在美国生活了近三十年之后的盛宗亮不仅完全内化了西方文化和音乐传统，深入了解了不同民族背景的人之间文化交流的融合效应。盛宗亮的创作风格除了五声调性外，还包括多种调性手法。他融合中国民歌的作品有钢琴独奏《我的歌》（1989），小提琴独奏《小河淌水》（1990），大提琴独奏《七首中国调》（1995），小提琴、单簧管与钢琴三重奏《藏舞》（2001），钢琴独奏《我的另一支歌》（2007），混声合唱与室内乐《青海民歌二首》，等等。另外还有美国密苏里大学堪萨斯城音乐舞蹈学院作曲教授周龙，他在 1998 年著有《中国民歌三首》（为笛子，琵琶，筝，二胡，打击乐而作），等等。

通过梳理分析 20 世纪以来英美学界中国民歌的传播轨迹，一方面可以看出中国民歌乃至中国音乐的传播与发展受到科技发展带来的积极推动作用。

20 世纪以来，从留声机到黑胶、磁带，再到 CD、VCD、DVD 以及互联网技术、新媒体技术的广泛应用，科技领域的每一次重大突破，都会引发世界音乐领域和生态环境的深刻变革。特别是互联网的信息存储模式可以让中国传统民歌得到永久性的保存，互联网的多终端互动可以拓展中国传统民歌的传承渠道，移动互联网更是丰富了中国传统民歌的传播空间。另一方面，通过对中国民歌在英美学界的媒体传播和出版状况的大量文献调查和分析，可以得出几个结论：首先，中国民歌在英美的传播更多体现在对中国民歌的介绍，大多数中国民歌是由中国音乐家或华裔音乐家演唱，很少有外国本土的演唱者，所以华人音乐家对中国民歌的传播做出了重要的贡献；其次，西方作曲家、音乐制作人对中国民歌的青睐，更集中体现在使其与流行音乐、西方主流音乐元素相融合等方面。

第二节　英美学界中国民歌研究组织及其传播

在美国至少有四个不同的组织活跃在中国音乐研究领域，其中两家是《亚洲音乐》(Asian Music) 和中国演唱文艺研究会 (CHINOPERL)。他们都在大约 20 年前开始了组织活动、年会，并且出版自己的杂志。有关中国民歌的学术论文主要发表在以下几个英文刊物中：《民族音乐学》(Ethnomusicology)，国际音乐学会会刊《音乐学学报》(ActaMusicologica)，荷兰"欧洲中国音乐研究基金会"出版的期刊《磬》(CHIME)，美国中国音乐研究会主办的 ACMR Report，等，这些相关会议承办方多数以传播和研究中国民间音乐为主要目的。

一、欧洲中国音乐研究基金会与期刊《磬》(CHIME)

20 世纪中期，中国民歌的研究热潮在英美学界兴起，开始出现一批深入中国民间进行田野调查并进行研究的学者们。这一时期，荷兰汉学家施聂姐开始对江苏地区的山歌展开田野调查，并在莱顿大学成立"欧洲中国音乐研究基金会"(European Foundation for Chinese Music Research)，通过该基金会的刊物"磬 (CHIME)"向西方介绍中国民间音乐。1990 年，施聂姐与丈夫——荷兰汉学家高文厚 (Frank Kouwenhoven) 在莱顿建立了欧洲第一个传播中国音乐的机构"欧洲中国音乐研究基金会"，他们还自费在莱顿小镇购买下一栋小楼作为中国音乐研究的博物馆，其中收藏了大量中国传统乐器和研究资料，免费向公众开放。欧洲中国音乐研究基金会自 1995 年起，每年举办一次国际会议，会议举办地点已经遍布全球，会议结束后，其成果体现期刊"磬（CHIME）"之中。施聂姐和高文厚还投资拍摄了许多纪录片，尤其是 1995 年拍摄的关于中国五位现代音乐作曲家瞿小松、陈其钢、莫五平、郭文景、谭盾的纪录片《惊雷》（Broken Silence）反响不俗。"2005 年拍摄的河北编钟和 2007 年拍摄的甘肃环县皮影戏。他们还做了大量关于中国音乐的电台节目，出版了图书和唱片。他们到中国各地采风，足迹遍布江苏、福建、四川、河北、陕西等地，收藏了大量珍贵的录音资料，如今都保存在荷兰莱顿的磬档案馆"。[27]CHIME 主要作用是在欧洲建立一个联络平台，以便在欧洲从事研究中国音乐的专家学者们能定期地探讨他们的工作。CHIME 的研究范围包括在中国境内所有的汉族以及其他民族的音乐，还包括与邻国地区音乐文化的比较及研究。

该组织的总部设立在荷兰莱顿，在莱顿的办公室里，该基金会拥有一个收藏中国音乐书籍、文章、资料、期刊论文和学位论文的图书馆。目前，它包含了大约 4000 本书和音乐乐谱、3000 盒磁带和留声机记录（包括许多 78 转商业录音记录和历史现场录音记录）以及几百盘录像带。基金会订阅了一百多份民族音乐学和中国音乐方面的期刊，另外还收藏展示了一些中国和亚洲乐器。

（一）欧洲中国音乐研究基金学术讨论会

"欧洲中国音乐研究基金会"的学术研讨会成立于 1990 年初，创始人有英国学者钟思第（Stephen Jones），荷兰学者高文厚（Frank Kouwenhoven），德国学者马里斯·纳特布恩（Marlies Nutteboum），法国学者皮卡尔（Francois Picard）和美国学者李海伦（Helen Rees）五位。信息通讯的编辑由高文厚和荷兰莱顿大学的施聂姐（Antoinet Schimmelpenninck）担任。该组织不定期举办年会，并出版英文的 CHIME 系列的期刊和专著，在"中国音乐研究欧洲基金会"组织的年度会议中，往往包括研讨会和音乐会两部分。据调查，截至目前该组织举办的年会已举办二十五届。[28]

---

27 龚琳娜《天使在人间——纪念我的偶像》，资料来自：http://blog.sina.com.cn/s/blog_6616fd0f0100zrnt.html

28 资源来自：https://www.chimemusic.net/.

表1 欧洲中国音乐研究基金会年会统计

届　次	时　间	地　点	会议主题	会议介绍
第一届	1991年9月29日	瑞士日内瓦	中国音乐	与"欧洲民间音乐学会"（ESEM）联合举办
第二届	1995年9月11至14日	荷兰鹿特丹	东亚之声	与"世界音乐教学组织"（TWM）、ESEM、鹿特丹音乐学院、莱顿大学联合举办
第三届	1997年8月29至31日	荷兰莱顿	东亚弦乐	与荷兰民族音乐学学会、莱顿大学等联合举办
第四届	1998年10月1至4日	德国海德堡	少数民族的管乐和弦乐——交叉文化两千年对中国音乐的影响	与海德堡大学的汉学系、音乐学系和东亚艺术研究所联合举办
第五届	1999年11月15至19日	捷克布拉格	城乡音乐——转型中的东亚音乐	与查理大学、布拉格音乐研究院等联合举办
第六届	2000年8月23至27日	荷兰莱顿	亚洲表演艺术：观众、赞助者和表演者	与国际亚洲研究所（IIAS）和莱顿大学文化与社会研究系联合举办
第七届	2001年9月20至23日	意大利威尼斯	东亚和中国的音乐及其意义：美——力——情	与威尼斯大学和莱顿大学、威尼斯Giorgio Cini基金会等联合举办
第八届	2002年7月26至29日	英国谢菲尔德	性、爱和浪漫：对东亚音乐中情爱的思考	与谢菲尔德大学音乐系联合举办
第九届	2004年7月1至4日	法国巴黎	东亚音乐中的口头传统和即兴表演	与巴黎第四索邦大学联合举行
第十届	2005年10月5至9日	荷兰阿姆斯特丹	探讨中国往昔的音乐——重建与再发明	与国际亚洲研究所（IIAS）和KIT Tropentheatre合作，并与阿姆斯特丹中国艺术节一起举办
第十一届	2006年7月16至29日	中国北京、榆林	团结的力量——中国音乐实地调查	与中国音乐研究所、上海音乐学院和榆林文化馆联合举办。这次年会由中国学者与外国学者相结合进行实地调查工作

第十二届	2007 年 10 月 11 至 14 日	爱尔兰都柏林	我歌唱我是谁？中国音乐中的身份、种族与个性	与都柏林大学学院、切斯特·比替图书馆合作
第十三届	2008 年 10 月 16 日至 19 日	美国纽约	中国和东亚的音乐和仪式	与美国巴德学院合作
第十四届	2009 年 11 月 18 日至 22 日	比利时布鲁塞尔	中国和东亚音乐：过去的未来	与乐器博物馆合作（MIM）
第十五届	2010 年 11 月 24 至 28 日	瑞士巴塞尔	中国与东亚音乐的理论与实践	与"瑞士'文化风景线'艺术节（Culturescapes）．中国主宾国"合作举办
第十六届	2011 年 7 月 6 日至 9 日	英国伦敦	当代亚洲的表演艺术：传统与旅行	与伦敦皇家霍洛威大学、亚洲表演艺术论坛（APAF）合作举办
第十七届	2012 年 9 月 13 至 16 日	荷兰莱顿	中国乐器与西方博物馆	与香港中文音乐资料馆，莱顿大学，国立民族学博物馆合作举办
第十八届	2014 年 8 月 21 至 24 日	丹麦奥胡斯	声音、噪音和日常生活：当代中国的音景	与丹麦奥胡斯大学合办
	2014 年 10 月 16 至 19 日	意大利威尼斯	中国的说书人	与威尼斯 Giorgio Cini 基金会、威尼斯卡福斯卡里大学亚洲和北非研究系合作举办
第十九届	2015 年 10 月 21 至 24 日	瑞士日内瓦	中国音乐的面貌	与瑞士日内瓦大学孔子学院合作举行
	2016 年 11 月 17 至 20 日	德国汉堡	与汉堡大学孔子学院以及该城市的其他教育机构一同发起"孔子学院 CHIME 工作坊"	由汉堡大学孔子学院主办，CHIME 欧洲中国音乐研究基金会、中央音乐学院发起和组织，与汉堡音乐与戏剧大学、汉堡音乐学院、汉堡国际音乐学院合作
第二十届	2017 年 3 月 29 日至 4 月 2 日	美国洛杉矶	中国和东亚的节庆音乐；中国西部及其邻邦的表演艺术	加州大学洛杉矶分校赫伯阿尔伯特音乐学院民族音乐学系世界音乐中心主办，加州大学洛杉矶分校孔子学院赞助；第一主题基于和加州大学洛杉矶分校孔子学院和洛杉矶的盖蒂中心进行的敦煌项目的合作

第二十一届	2018 年 5 月 9 日至 13 日	葡萄牙里斯本	跨文化的中国音乐	由里斯本澳门科学文化中心、里斯本新大学民族音乐学院、里斯本大学孔子学院与阿威罗大学孔子学院和孔学院合作
第二十二届	2019 年 9 月 19 日至 9 月 22 日	中国北京、吕梁	"碰撞与交汇"——全球视野下的中国音乐当代研究	由中央音乐学院主办,中央音乐学院音乐学研究所、中国音乐研究欧洲基金会及其主办的杂志 *CHIME*（《磬》）等联合承办
第二十三届	2021 年 9 月 1 日至 3 日、9 月 8 日至 10 日	捷克布拉格	中国音乐与记忆	与布拉格查尔斯大学东亚研究所合作举办
第二十四届	2023 年 5 月 9 日至 13 日	葡萄牙里斯本、马夫拉	中国音乐与乐器	与里斯本澳门科学文化中心、马夫拉市里斯本新大学民族音乐学研究所、阿威罗大学和米尼奥大学的孔子学院合作举办
第二十五届	2023 年 10 月 1 日至 4 日	德国海德堡	跨文化视角下对中国音乐真实性的思考	与海德堡亚洲和跨文化研究中心合作举办

　　欧洲中国音乐研究基金会自 1991 年开始在日内瓦举办了首届国际会议,当时与会学者有 30 名,都是中国音乐的研究者或爱好者,这次会议为中国音乐研究者提供了一个良好的交流平台,使得作曲家和音乐家的合作日益增多,具有重要意义。随后,组委会接连在海德堡、莱顿、布拉格、威尼斯、巴黎、阿姆斯特丹、都柏林、伦敦、巴塞尔和中国陕西榆林等地举行的会议,每次会议的平均人数都在 70 至 100 人之间,每次会议的主题各不相同,但都围绕着"中国音乐"或"东亚音乐"展开。正如中文里"磬"之寓意,代表着和谐、包容、恭敬、团队协作等精神,这使得该会议吸引了来自不同领域的学者,汉学家、作曲家、人类学家、考古学家、音乐学家、艺术史家、民间艺人等,他们所展示的研究成果也涉及各个方向,有中国的宗教、戏曲、民歌,还包括电影音乐、流行歌曲、古代音乐等。会议的举办形式也十分丰富,例如第十八届在奥胡斯举办的会议包括会议宣讲、海报展示两种,学者们围绕着"Soundscapes"（音景）进行了包括音声哲学、声音生态、声景研究、个体体验和感知等方面的讨论。

其次，CHIME 十分强调田野调查的实际报告，并且将近期实地工作的结果以报告的形式在会议中展示。例如与欧洲民族音乐学研讨会第八届年会同时举行的第一届年会（1991 年 9 月）中，便要求没有特别的主题，但特别强调实际报告以及最近实地工作的结果，并在现场录音的帮助下加以说明。第三届 CHIME 国际会议也在第一个议题中就强调对实地考察的报告，第五届在布拉格举办的国际会议中也提到了以山歌的田野调查为基础的议题：《中国的城市民歌是否存在？以苏州为例》（高文厚、施聂姐）以及《山歌作为启发对城市和乡村歌曲传统进行思考的工具》（罗开云）等。

此外，会议注重中国音乐在欧洲的传播与教育，切实为中国音乐在欧洲的传播做出努力。他们曾于 1991 年 2 月至 6 月在莱顿大学举行关于中国音乐的联合系列讲座，由阿姆斯特丹大学音乐学研究所、荷兰莱顿大学汉学研究所和非西方研究中心的研究人员筹备组成。讲座内容包括对汉学、人类学和音乐学的学生开放的课程，这些课程广泛地介绍了各种类型的活态的中国音乐，同时涉及到当前民族音乐学和人类学研究领域。课程包括每周 2 小时的讲座，讨论的主题和类型包括：京剧、民间戏曲、中国音乐史、宫廷音乐、古琴音乐、道教和佛教音乐、曲艺、民间音乐、民歌、少数民族音乐、西化的"传统"的音乐、中国的流行音乐和爵士乐。他们邀请来自中国的音乐专家参加一些主题的讨论，像上海音乐学院黄白教授曾以《中国民歌——地域风格》的专题课程，向学生们展示了中国各地的演唱风格和演唱技巧，还教学生学习了一些有特色的地方民歌。

（二）欧洲中国音乐研究基金会学报《磬》（*CHIME*）

CHIME 期刊作为欧洲最主要的研究中国音乐的组织，其收录发表的研究对象很大程度上代表了西方学者的关注点，研究成果也充分体现了他者视角的理念。期刊内容收录了包括在中国实地进行的相关研究的报告、专著、音像材料以及科学杂志、音乐会、集会和正在进行中的研究工作、大学的培训课程等信息。

根据笔者的统计，该期刊共发表有关民歌的文章 7 篇，分别如下：

表 2　《磬》（CHIME）期刊中关于中国民歌的论文

序号	期号	标题	作者	主要内容
1	No.1 Spring 1990	采风报告——江苏民歌（Report on Fieldwork: Jiangsu Folk Song）	施聂姐（Antoinet Schimmelpen-ninck）	作者于1988年9月至1989年3月到江苏省南部的吴方言区，在当地寻找民歌手和收集当地民歌。文章记录了民歌的发展现状以及社会变迁对民歌产生的重大影响，分析了民歌逐渐衰落的原因，介绍了当地民歌旋律、内容和特点，民歌手的年龄层次（以60-80岁为主），文化水平（大多未接受教育），记述了地方文化部门对民歌文化缺乏足够重视，记载了民歌录制的环境，民歌手表演的具体情况以及遇到的困难。通过调查，作者界定了"山歌"的性质，梳理了"民歌"与"情歌"的关系和特征。
2	No.1 Spring 1990	采风报告——云南北部民间音乐（Report on Fieldwork: Music in Northern Yunnan）	李海伦（Helen Rees）	这是一份1989年4月至5月在云南北部实地考察音乐的报告，作者通过当地音乐家了解云南北部的音乐活动情况，记述了当地主要演唱类型：一是对唱，具有主要是汉族中老年人，对唱搭档不一定是夫妻但搭配合系固定，歌曲含有娱乐性质的性暗示。云南的地方戏剧，一是滇剧、有滇胡、越琴和打击乐伴奏，歌唱者大多为中老年人。表演者以青年人为主，歌舞结合，一些小额费用。三是彝族年轻人的歌舞。表演场地在公园、人民广场，还有街头艺人。此外考察了路南彝族、大理白族、丽江藏族的音乐文化表演。
3	No.2 Autumn 1990	中国民歌研究百年（Hundred Years of Folk Song Studies in China）	施聂姐（Antoinet Schimmelpen-ninck）	文章对20世纪西方对当时中国在民歌研究领域取得的成就，回顾了中国民歌研究的情况进行了介绍。作者认为20世纪中国民歌发展分为两个重要的阶段：一是20世纪四五十年代，中国收

序号	期号	标题	作者	内容
				集了大量重要的民歌资料，这些大多出于政治的需要——这些民歌曲调被借用来为音乐设定宣传文本。二是 20 世纪 80 年代以来的民族音乐学研究。作者还详细介绍了中国的早期民歌集《诗经》、冯梦龙的《山歌》、顾颉刚的《吴家山歌》、红色民歌、江苏民歌、民歌研究出版物、民歌研讨会、中国民歌的采集和录制、中国电影中的民歌，论述了 1918 年刘复（刘半农）等人成立的民歌征集局（歌谣征集局）的重要贡献、中日战争前后的民歌研究、民歌研究者的社会地位、中国的音乐学研究现状、分析了文化大革命导致的困难、中国近现代民歌采集研究存在的问题和困难、民族音乐风格差异、民俗和传统的概念混淆问题（民俗和传统、俗和雅）。
4	No.4 Autumn 1991	中国"山歌"：专用名词（China's 'Mountain Songs': Chinese Terminology Relating to Shan'ge）	张左之、沙和睦（Helmut Schaffrath）	该文章是埃默森大学音乐分析律项目启动的一项以汉族民歌为重点的中国民歌旋律计算机旋律分析项目。作者根据 12 个不同的标准对民歌旋律进行分析，论述了中国山歌的内涵和分布、山歌的功能、山歌的类型、山歌的基本结构、山歌的声乐技巧。目的是为了更好地了解曲调关系、具体的歌曲类型、情态特征以及中国民歌领域的其他问题。
5	No.4 Autumn 1991	民歌手又如何呢？：回答《中国"山歌"：专用名词》（In Reply to Zhang's & Schaffrath's Article-What about the Singers?）	施聂姐（Antoinet Schimmelpen-ninck）	该文章回应了张左之、沙和睦的文章《中国"山歌"：专用名词》，探讨了中国民歌和民歌学家对山歌类别的界定差异。评论该文因对民歌术语把握不准，对民歌的分类比较杂糅，容易引起混淆的问题。同时又探讨了民歌的记谱问题：文章中给出的音乐例子大多不属于任何特定的地区，也不属于任何特定的歌手；抄录似乎是旋律的泛化符号，而旋律的名称——或被认为是装饰物的东西——却被遗漏了；每首曲子都只有一节歌词。关于山歌曲的结构、节奏、情态和情感特征的认识：许多歌手对自己身份的讨论就变得非常困难。文章还论述了民歌手对自己是工匠，而不是歌手艺术家等等。

No.5 Spring 1992	"号子"是艺术化了的劳动呼声和号令——从上海的两首劳动号子谈起 (Haozi - Working Cries Turned into Art - A discussion of two Shanghai work songs)	黄白；施聂姐译	文章简要介绍了劳动号子这一民歌体裁，阐述了自己与《号子》演唱者的共同经历，并列举了两个来自上海的具体案例。
6 No.8 Spring 1995	江南采风报告：江苏的民歌手（一）Field Report from the Yangzi Delta-Chinese Folk Singers in Jiangsu Province (1)	施聂姐 Antoinet Schimmelpen-ninck	文章重点介绍了中国东部沿海地区靠近上海的江苏省的民歌传统，作者采访了100多位歌手，分析了民歌手的职业、文化兴趣、民工、娱乐活动、教育背景、经济状况等情况，探讨了"民歌手"和"会唱民歌的人"的界定关系，民歌歌曲对歌手带来的价值和意义，歌手对自身角色的认识以及对民歌传统逐渐衰落的认识、民歌是通过什么方式传播、歌手对民歌音乐和歌词文字变化的认识等。作者重点介绍了五位吴歌手以及他们的表演经历、歌唱风格等。
7 No.9 Autumn 1996	江南采风报告：江苏的民歌手（二）Field Report from the Yangzi Delta-Chinese Folk Singers in Jiangsu Province (2)	施聂姐 Antoinet Schimmelpen-ninck	本文研究了民歌歌手的各种特定群体及其曲目，例如牧民，渔民、民工、小贩、巡回歌手、牧师（民歌手以60到80岁为主，大多数以男性歌手为主）和他们的有组织性的歌曲，并分析了传统中的"山歌"，特殊事件和仪式在"山歌"传统中的作用，并探讨了当地神话中的"山歌"歌手的形象，山歌与男女求爱中的作用、情歌和反抗歌曲的流行，情歌与宗教的关系（天主教和基督教对山歌的影响），歌词内各个与歌手的生活状况的比照关系等。

二、美国中国演唱文艺研究会（CHINOPERL）

"中国演唱文艺研究会"（Conference on Chinese Oral and Performing Literature，缩写为 CHINOPERL），或译为"中国口传暨表演文学研究会"，它成立于 1969 年，由赵元任、哈罗德·沙迪克（Harold Shadick，1915-1992）和美国汉学家白之（Cyril Birch，1925-2018）成立，学会成员主要以美国学者为主，包括少量中国、澳大利亚、加拿大和欧洲的学者，涉及文学、语言学、戏剧、舞蹈、音乐、民俗学等领域。他们认识到口头表演对中国文学的独特性和重要性，鼓励记录、研究和实践中国传统文学形式，主要是口头的，如故事、歌剧、礼仪诵经、民歌以及那些传统上通过唱歌和吟诵得到延伸的文学形式。

口头和书面文本之间相互作用为该杂志的研究中心。目前，该学会已经形成了以年会、期刊、资料库、高校教育群在内的中国演唱文艺学术研究及传播系统，是以美国为主的英美学界专门研究中国演唱文艺的重要学术团体，代表了美国研究中国民间文艺的学术研究历程。除此之外，学会还设有"Chinoperl Frolic"晚宴，供歌手和研究者们演出交流。

（一）中国演唱文艺研究会 CHINOPERL 会议：因表演而产生不同的文学

1969 年 3 月 31 日至 4 月 1 日，中国演唱文艺研究会（CHINOPERL）在纽约伊萨卡的康奈尔大学发起了第一次会议，讨论在中国口头和表演文学领域发起某种有组织活动的可能性。出席这次会议的学者研究领域涉及音乐、戏剧、民俗学、社会学、人类学、文学和语言学。首次会议界定了学会的研究范围、涉及的领域及亮点。

由于首次会议是学会在开拓新领域的一次尝试，第一项任务便是界定这一领域。学者们协商一致认为，专家组的重点关注对象应集中在向听众介绍的文学形式的视听表演方面，以及这些形式的历史传统，这一点被更简单地重申为"表演占主导地位的文学"。[29]作为相关兴趣领域的例子，会议列举了流行于民间的诗歌、街头戏剧、说书人表演、鼓乐表演、歌剧表演、皮影戏、仪式吟唱、宗教仪式、古典文学朗诵以及吆喝歌。该组织认为自己将在三个主要领域拓展中国文学的工作。首先，它将通过增加文本材料的性能维度，为古典研

---

29 "First Meeting of the Conference on Chinese Oral and Performing Literature", in *CHINOPERL News*, 1969.

究增加一个新的视角。其次，它将鼓励对非经典和流行的形式的兴趣，这二者往往被研究传统形式的学者忽视。最后，它将努力保护那些由于各种原因而处于重大转变乃至灭绝的危险之中的传统形式。此次会议的工作要点之一是鼓励更多地利用现代录音技术和设备进行研究。其重点有两大类，虽然在一定程度上重叠，但它们形成了两个自然类别，以对它们的收集和保存最重要的记录类型进行区分。其中一类是收集磁带或磁盘上的口头材料，然后经由书面文本补充，包括歌词、剧本和音乐符号。另一类包括与口头不同的表演材料，只需添加动作、手势和乐章中的元素。这些材料必须记录在胶片上——无论以照片、电影还是录像带形式。在这类形式中，拍摄的记录必须补充文本，如包含详细的对舞蹈、运动、舞台指示等的分析。这两个大类都有重要的历史基础，都需要文献研究。

该学会的会刊跟随会议发布，用以刊登会议动态及发表会议论文。会刊最初于 1969 年作为时事通讯 *CHINOPERL News* 发行，后演变成期刊出版物。到第 6 号（1976 年）刊时，开始更名为 *CHINOPERL Papers*。2013 年，该杂志更名为《中国演唱文艺研究会：中国演唱文艺》（*CHINOPERL: Journal of Chinese Oral and Performing Literature*）。从第 32 号（2013 年）开始，该期刊隶属于新出版商 Maney Publishing 公司，该公司后来被 Taylor & Francis（2016 年）公司收购。在其最初的 15 年中，*CHINOPERL* 每年出版一次，随后的二十年平均每两年出版一次。近年来，该杂志恢复了年度出版。

CHINOPERL News 自 1969 年起，以每年一刊的形式发行，其中 1970-1971 年断刊两年，因此直到 1976 年共发行了五期。*CHINOPERL News* 与学会一同建立，其发刊的目的也非常明确——为学会搭建一个提供交流的平台，并每年通报会议的情况和当前的学术动向。这一时期的学术研究程度较浅，主要以描述和介绍中国民间文艺的事物为主，供稿来源主要是在海外生活的华裔——他们的身份以便于其顺利进行实地考察，采集一手资料。这一时期活跃在该组织的成员有：华裔民族音乐学家和中国语言学家赵元任之女卞赵如兰（Rulan Pian），她曾在哈佛大学、香港中文大学、中国台湾"中央研究院"等机构任职，对音乐与文学研究、口头传统研究等方面有突出贡献；刘君若（Liu Chun-jo）曾在美国明尼苏达大学东亚语言系、威斯康星大学、哈佛大学、斯坦福大学等大学任教，亦是 CHINOPERL 元老之一。刘君若热衷于教育事业，为搭建中美教育交流的桥梁做出了重要贡献，她是个热爱歌唱的学者，经常与

CHINOPERL 的其他歌手在一年一度的 CHINOPERL 晚会中演唱赵元任的原创作品，或编排中国民歌等多声部歌曲。

CHINOPERL Papers 自 1976 年更名开始，沿袭传统保持每年一刊的发行频率，共发行 27 期。与早期的 *CHINOPERL News* 相比，*CHINOPERL Papers* 开始向更加学术、更加规范的方向发展。*CHINOPERL Papers* 收录的文章也相比之前数量增多，多样性增强，包括了学术研究、翻译、书论、展评、会议报告等多种类文章。该刊发行年间正处于中国改革开放的历史进程之中，时代的车轮推动着中美建交以及中美学术交流的快速发展，产生了一批丰硕的成果。许多西方学者在这一时期开始进入中国大陆进行田野考察。活跃在这一时期的学者有：美籍华人、海外中国音乐研究的著名学者、匹兹堡大学荣休教授荣鸿曾（Bell Yung），他的研究领域为民族音乐学、中国传统音乐，他曾深入广州地区进行田野调查，对积极促进中外民间艺术的交流做出贡献。另外还有从事民族志研究的沈雅礼（Gary Seaman），研究苏州评弹的白素贞（Susan Blader），以研究仪式音乐、宗教音乐为主的汉学家和民俗学者梅维恒（Victor H · Mair），劳伦斯·毕铿的助手英国学者钟思第（Stephen Jones），还有著名汉学家傅汉思（Hans Frankel），以研究西北民歌"花儿"为主的民俗学者苏独玉（Sue Tuohy）等。

自 2013 年起，*CHINOPERL Papers* 开始以每年两期的发刊频率出版，模式较之以前更加成熟、主题更加明确、研究内容更加深入。活跃于这一时期的学者有研究陕北民歌的学者葛融（Levi Gibbs），研究民间文化、表演传统的包美歌（Margaret B. Wan），中国语言文学及文化研究学者伊维德（Wilt L. Idema）等等。如今，"中国演唱文艺研究会"作为北美地区研究中国民间表演艺术的最重要的聚集地，吸引了越来越多的相关学者、爱好者的加入，它的研究范围包罗了民间文学和曲艺表演，可以说是在英美学界中研究中国民歌最为重要的刊物之一。

（二）"中国演唱文艺研究会（美国）"期刊的中国民歌研究

CHINOPERL 的研究重点是与口头表演有关的文学，广义地讲，是指具有口头传播元素的任何形式的诗歌或散文，无论当前还是过去，都作为正式的日常交流手段在舞台上或非正式地进行。这种"文学"包括广为接受的体裁，例如小说、短篇小说、戏剧和诗歌，也包括谚语、民歌和其他传统的语言表达形

式。会议自 1969 年起开始举办，保持了每年召开一次学会会议的传统，截至
2020 年，已举办了 50 余次。

加州大学河滨分校人类学系 Eugene Anderson 的文章《香港船工的歌》
（Songs of the Hong Kong Boat People）发表在第 5 刊（1975 年）上。这篇文
章中所展示的民歌大多是支离破碎的，记录于 1965 年和 1966 年的香港青山
和大澳。中国文学研究者、俄亥俄州立大学东亚语言文学系教授马克·本德
尔（Mark Bender）涉猎中国少数民族民歌的研究，他的研究内容包含彝族、
壮族、苗族在内的西南地区的少数民族民间文学传统以及民俗文化。并且，
他与这些地区的国内研究者有着密切的联系，例如彝学学者阿库乌雾、苗学
学者今旦、壮学学者黄嫌现璠等。马克·本德尔的研究文章包括《砍掉古枫
树：贵州东南地区的苗族民间史诗对歌》（"Felling the Ancient Sweetgum":
Antiphonal Folk Epics of the Miao of Southeast Guizhou，发表于 1990 年第 15
刊），还在 2017 年第 36 刊上曾发表对伊维德专著《激情、贫穷与旅行：客家
传统歌谣》的书评。他曾于 1981 年在广西大学执教，后在美国教授彝族民间
文学，是中国改革开放新时期最早到中国工作并从事学术考察的美国青年学
者之一。康奈尔大学现代语言系的约翰·麦考伊（John McCoy）在第 10 刊
（1981）发表文章《语言学与方言文学、作为语言学和文学资源的山歌》
（Cantonese Folksongs-Authentication by Linguistic Criteria），并在香港录制及
抄录粤语及客家民歌。

著名汉学家傅汉思（Hans Frankel）在第 13 期（1984-1985）上发表文章
《乐府歌谣中叙述者与人物的关系》（The Relations between Narrator and
Characters in Yuefu Ballads），他在文章中称，"有充分的理由表明，许多汉代和
汉末时期的乐府诗，都是由专业歌手口头传播的。在这些歌曲中，有一些可以
归类为叙事诗。汉朝末年，文人对专业歌手的乐府歌曲产生了兴趣，并根据自
己的需要改编了乐府歌曲。在这样做的过程中，他们没有保留任何原有的特
征。该文章的主题包括叙述者与歌曲人物之间的特殊关系。"[30]

Su De San Zheng 在 1992-1993 年第 16 刊发表文章《从台山到纽约：民间
传统中的木鱼歌》（From Toisan to New York: Muk'yu Songs in Folk Tradition），
文章是关于美国亚美艺术中心（AAAC）资助的项目研究成果，是作者与艺术

---

30 Hans H. Frankel, "The Relation between Narrator and Characters in Yuefu Ballads" in
CHINOPERL Papers, Vol.13, Issue 1, 1985.pp. 107-127.

家伍尚炽（Sheung Chi Ng）先生的访谈和 1989 年 10 月至 1990 年 9 月作者在纽约市唐人街进行的研究和田野调查的结果，该项目从 1989 年开始。伍尚炽先生曾获得美国"国家传统奖"，以演唱广东台山木鱼民歌而得名。1910 年，伍尚炽在（广州）台沙县的一个小村庄创作了一种无伴奏的歌曲"木鱼歌"，自 1979 年以来，他一直住在纽约唐人街，在那里，他每天都在公园和繁忙狭窄的街道上唱他的"木鱼歌"，讲述中国人日常生活的艰辛和变迁，展现了移居美国的中国人和在国内生活的中国人的经历。1992 年 9 月，伍尚炽与其他国家遗产研究员一道前往华盛顿，在国会领奖。他在白宫拜访了布什总统，并在晚间音乐会上表演。伍先生已于 2002 年去世，《人民日报》发文称"当年'发现'并把伍尚炽介绍到主流社会的亚美艺术中心主任伍振亮说，木鱼歌这个台山传统，随着台山移民的老去，也将慢慢在纽约成为绝响"。[31]

哈佛大学的罗开云（Kathryn Lowry）在 1994 年第 26 届年会提交报告《晚明流行歌曲：冯梦龙的通志》。芬兰赫尔辛基大学的库德帆（Stefan Kuzay）在 2007 年第 27 号上发表文章《晚清中国山歌、时调中的倭袍传和其他戏曲》（The Wopaozhuan and Other Dramas in Shan'ge and Shidiao Songs of Late Qing China）一文，该篇文章论述了叙述艺术和戏曲艺术是如何在山歌、时调小曲中被重新架构，以及这些歌曲的文本价值、艺术风格和如何进行流传散布的。

在第 29 刊的 CHINOPERL Papers 中，伊维德（Wilt L. Idema）的民歌英译文章《四首海南苗族民歌》（Four Miao Ballads from Hainan），该文章建立在国内出版的《中国歌谣集成》基础之上。该书各卷中虽然绝大多数的材料都是短小的抒情歌曲，但每一卷中也包含一段叙事歌曲，这使得许多以前难以接触的民谣更容易获得，极大地促进了研究和介绍中国各地流行叙事诗在题材和形式上的多样性。伊维德认为，虽然近年来流行歌曲和歌谣的英译数量有所增加（还有更多的在增加中），但在这些丰富的资料中，现有的英译只占很小的一部分。在这一阶段，每一首歌谣的翻译在很大程度上仍然是任意性的。所以，他在翻阅《中国歌谣集成》各卷寻找"四大民谣"版本时，发现这四首民谣的题材和风格使其印象深刻，相信它们值得翻译——不仅仅是作为一个高度特定的地方传统（海南苗族）的代表性例子。

莫兰仁（Anne E. McLaren）对查义高的专著《河上歌》（Singing on the River: Sichuan Boatmen and Their Work Songs, 1880s-1930s）的书评，发表在 2017 年

第 36 刊上。Anne E. McLaren 认为《河上歌》是英语中第一部关于中国一个鲜为人知的小群体的歌文化和生活状况的专题研究。这个小群体是在 20 世纪初到中叶，推动木材船穿过险峻的长江上游急流，直到现代船运工具出现的船工。他们唱的歌，被称为"川江号子"，它们承袭了历代帝王文人和 19 世纪中叶众多西方观察家的想象。这些歌曲的演唱者大部分已经去世，到 1937 年，随着扬子江上游以船家为中心的歌曲文化的急剧衰落，川江号子终于在改革时代的早期（70 年代末）绝迹。因此，查义高没有采访到歌手，也没有收集到生活中的歌曲。在这方面，他的学术项目不同于其他中国歌曲专家，他们有机会对 20 世纪末及以后仍在活跃演出中的歌曲传统进行民族志研究。"政府赞助搜集的民歌旨在以一种当代读者易于理解的书面形式呈现原本晦涩难懂的口语、俚语，这可能涉及到个人的收集程序，甚至对被认为"淫秽"或过于粗俗的材料进行一定程度的歪曲"（如查义高原文第 35 页所述）。

总体来说，*CHINOPERL* 期刊的影响更为广泛，该期刊关注的内容包括民间曲艺、民俗、民族志、古代民歌，等等，其中民歌的种类也十分丰富，是研究海外民歌的重要刊物。

三、美国中国音乐研究会（ACMR）

作为世界性的音乐家联系网的北美"中国音乐研究会"（Association For Chinese Music Research，简称"ACMR"）成立于 1976 年，它提供了一个关于中国音乐研究交流思想和信息的论坛。该协会开创了有系统的音乐理论，包括"文化声学""乐器合奏学""乐队音响学""作曲心理学"等课题，是把"中国音乐思想及八千多年的连续音乐成果提升到它们应有的地位"。[32]协会还成立了民族管弦乐团、丝竹乐团，已成为北美最热门、最重要的艺术团体之一。学会组建的民族管弦乐团、丝竹乐团在北美掀起中国音乐演出及欣赏的热潮，创作并演出了《浔阳夜月》《东海渔歌》《奔驰在草原上》等优秀的管弦作品。"中国音乐研究会"的期刊《中国音乐》（*Chinese Music*）于 1978 年向国际发行，是全世界发行量最大的中国音乐与声学研究刊物，内容包括音乐分析、理论、评论、地方音乐、乐器、创作、声学、音乐学、社会学、音乐家介绍、新闻等。[33]。

---

32 沈星扬《在北美洲的中国音乐工作——写在北美洲中国音乐研究会国际会议之前》，载《人民音乐》1991 年第 3 期。

33 资源来自：http://acmr.info/.

此外，中国音乐研究会（ACMR）也刊发了一些关于中国民歌的研究成果。ACMR 第九届半年度会议于 1990 年 11 月在加州举行，会上发表了近四百篇论文和研讨会成果，关于中国音乐的报告和论文大约有二十篇。会中，施聂姐和高文厚在两篇论文中讨论了江苏民歌中的语言和音乐。施聂姐就其 1990 年收集的《江南乡村民歌集》做了报告。该报告认为江苏民歌中的声调与音乐的关系并不像中国其他类型的声乐或中国其他地区的民歌那样明显。她利用先进的计算机分析技术，提出了一种新的研究民谣声调与音高、声调方向关系的方法。这种方法可能有助于提供更可靠的图像，说明语音和音乐关系的复杂性，也可能引发对该领域早期研究结果的批判性重新评估。高文厚在他的论文《苏南民歌的诞生》中，讨论了江苏吴区这个适合于对旋律和音乐创作本质进行基础性研究的游乐场。在这一地区的许多村庄里，无论内容如何，大多数地方歌曲文本都只演唱一首曲子——情歌、政治歌曲、挽歌、婚礼歌曲、笑话和谜语，都是按照同一旋律演唱的。研究结果揭示了当地民歌文化中音乐性的含义和程度，在这种文化中，文本似乎比音乐重要得多。

该杂志的出现扩大了中国音乐在国际上的影响力，成为研究海外中国音乐必不可少的媒介。

四、其他研究中国民歌的组织及刊物

英美学界关注介绍"中国民歌"研究的相关英文类期刊，总体是以中国民间文艺为研究对象的，其中也包括人类学、民族学等。

亚洲音乐学会（Society for Asian Music, 美国），简称"SAM"，成立于 1959 年，其组织出版的期刊《亚洲音乐》（Asian Music）是一个集中研究亚洲的民族音乐的杂志，该期刊以"培养、促进、培育、赞助、发展及向其他感兴趣的人传播对亚洲音乐及音乐附属艺术的欣赏、理解、兴趣、品味及喜爱"[34]为宗旨。自 1969 年以来，该学会出版了《亚洲音乐》，这是一本不仅涵盖中国音乐，而且涵盖许多其他国家音乐的半年度杂志，其关注点涵盖了从中东到太平洋的广大地区。其第二卷（1989 年春/夏）集中在对中国音乐理论主题的探讨上，展艾伦（Alan R. Thrasher）教授承担了大部分编辑工作，并为这本书写了序言。该刊收录了包括钟思第《金字经：中国旋律透视》、高厚勇《论曲牌》、

---

34 Benjamin Pachter, "A Brief Institutional History of the Society for Asian Music (SAM)" in *Asian Music*, Vol.1, No.1, Winter, 2013. pp. 1968-1969.

韩国鐄《汉族民歌的特点和分类》、曹本冶（Tsao PenYeh）《中国故事音乐中的结构元素》等相关文章。

　　成立于 1955 年的民族音乐学学会（The Society for Ethnomusicology）是一个跨文化和历史的研究音乐的全球性、跨学科的组织，每年举行一次年会，旨在促进音乐在所有历史时期和文化背景下的研究和表现。学会出版的期刊《民族音乐学》（*Ethnomusicology*）由伊利诺伊大学出版社（The University of Illinois Press）出版，每年三刊，用以发表民族音乐学和相关领域的理论观点和研究的学术文章，以及书籍、录音、电影、视频和媒体的评论，是该领域的顶级刊物。1992 年 10 月，第 37 届民族音乐学学会年会重点发表了以下有关中国民歌的论文：井口俊多（Jundolguchi）《中国北方农村叙事传统中文本与调性表现的形成》（Formation of Text and Tune in Performance in a Narrative Tradition of Rural Northern China）；杨沐的《学术无知还是政治禁忌？中国民歌文化研究中的几个问题》（Academic Ignorance on Political Taboo? Some Issues in China Study of its Folk Song Culture），并且在学术界产生了较大影响。

　　国际传统音乐学会（International Council for Traditional Music，简称"ICTM"），由原来的"国际民间音乐学会"更名而成，原因是在国际上曾就关于"民间音乐"界定的争论。该协会旨在进一步研究、实践、记录、保存和传播所有国家的传统音乐和舞蹈。为此，理事会组织了多次世界会议、座谈会、学术讨论会和论坛，并出版了《传统音乐年鉴》（*Yearbook for Traditional Music*），并发布了 ICTM 的在线公告。第 31 届年会于 1991 年 10 月在中国香港举办，主题为"中国音乐研究近况"和"中国音乐改革和现代化中香港和澳门所扮演的角色"，副标题为"宗教在亚洲音乐和舞蹈史上所扮演的角色"和"欧洲音乐在亚洲的传播和发展"。在第 32 届年会在德国柏林举办，发表了大卫·修斯（David Hughes）的《台湾原住民：声乐复调研究实验室》，或李海伦（Helen Rees）的《个体因素：个体在保持和发展中国合奏传统中的重要性》，或施聂姐和高文厚的《中国民歌的形式主义与音阶》，或劳伦斯（J. Lawrence Witzleben）的《"香港民族音乐还是香港民族音乐学？"——国内民族音乐学的挑战》，或杨沐的《中国乐器概论：一部专为西方学生设计的音像片》和《中国西北花儿之歌研究》等。

　　丹麦哥本哈根大学于 1996 年召开的"中国现代口头文学国际研讨会"（International Workshop on Oral Literature in Modern China，简称"NIAS"），

由挪威语言学家、民俗学家 Vibeke Børdahl 发起，北欧亚洲研究院（Nordic Institute of Asian Studies）承办。该会议的参与者是来自美国、中国和欧洲的 30 多位学者，会议阅读和讨论了 18 篇关于口头文学的研究报告，从故事、民歌、相声、木偶剧到相关主题的研究，组织者还邀请了来自中国的艺术家进行展示和表演。除了关于民歌、戏曲、评书的讨论外，会议还邀请了来自扬州的说书者进行示范演出。会议中，施聂姐报告称，她对江苏民歌的研究中表明，即使是简短而看似僵硬的歌词，Lord 和 Parry 的公式化替代理论对来自江苏的中国民歌文本仍是有效的。

第 7 届欧洲民族音乐学研讨会（ESEM）1990 年 10 月 1 日至 6 日在柏林举行。英属哥伦比亚大学的展艾伦（Alan Thrasher）教授、荷兰莱顿大学的施聂姐和高文厚在中国音乐这一主题上做出了很大的贡献。国际歌谣协会（Kommissionfür Volksdichtung，简称"KfV"），1966 年成立于德国弗莱堡，该协会每年举行一次关于歌谣和其他传统歌曲流派的会议。在会议上，世界各地具有广泛理论观点的学者、歌手和爱好者齐聚一堂，讨论有关性别问题、民族认同问题、口头和表现的问题和其他相关领域的知识、历史等。由于该协会相关信息以德语发布，故本专著未能进行对该协会的研究。[35]此外，还有从《台湾乡土交响曲》论许石民歌采集与音乐记录脉络，网刊《亚洲研究评论》（*Asian Studies Review*），《澳大利亚音乐学》（*Musicology Australia*）等刊物对中国民歌也颇为关注。

英美学界对中国民歌的关注、研究和传播是促进中国民歌国际化推广的重要动力，英美学界的学者，特别是汉学家、华人学者对中国民歌情有独钟，通过各类基金会、学会、研究会、研讨会等学术组织，不遗余力地致力于中国民歌的研究与推广。

19 世纪末 20 世纪初以来，随着西方留声机的问世，黑胶、磁带、激光唱片、数字唱片等在音乐上的广泛应用，中国民歌在英美学界的传播呈现多元化的特点。本篇从英美学界的音像档案（传播载体）、民歌研究协会（传播主体）两部分展开评述，对各部分研究重点与特点做出整体评价，力图勾勒英美学界中国民歌的发展脉络，展现出目前英美学界中国民歌传播的全貌。通过梳理分析 20 世纪以来中国民歌在英美学界的传播状况，发现其有以下几个特点：

---

35 资料来自：http://www.kfvweb.org/.

一是新科技成果的应用对中国民歌乃至中国音乐的传播与发展起到了积极推动作用，科技领域的每一次重大突破，都会引发世界音乐领域和生态环境的深刻变革。

二是华人（华裔）音乐家在中国民歌的传播过程中扮演了重要的角色，越来越多有志于传播中国音乐文化的有识之士不遗余力在海外培养民族音乐人才，普及推广中国传统音乐文化，他们是中国民歌国际化传播的主要推动者，为民歌的传播和发展做出了重要的贡献。

三是中国音乐不仅走进了海外华人、西方民众的生活，还走进了西方的音乐，西方作曲家、音乐制作人对中国民歌给予了越来越多的关注，注重于中国民歌元素和西方流行音乐的融合。从意大利作曲家普契尼的歌剧《图兰朵》，到美籍俄罗斯作曲家阿巴扎的钢琴曲《16首中国曲调钢琴小曲》，再到当代英美学界对中国民歌的高度关注，以中国民歌为代表的中国音乐元素越来越多地融进西方音乐作品。

四是中国传统音乐文化正积极参与国际对话，中国的文化部门非常重视中国民歌在海外的传播，并积极与当地政府或华人组织举办各类音乐节、音乐会，中国民乐团体和音乐家也纷纷赴国外讲学、演出，寻求中西双方在音乐领域的对话与互鉴。

五是中国民歌在英美学界的传播影响力虽体现出中国特色，但常只是作为演出的曲目之一或者作为中国音乐研究的一个子课题，相对中西音乐的发展来说，其影响也有一定局限。

整体上来看，20世纪90年代以来，随着中西文化的交流更加深入，中国民歌在英美学界的传播范围更加广泛、影响更加深远，已经成为中国文化符号的代表，越来越受到英美学界文化艺术界人士的青睐以及观众的喜爱。

第二章　英美学界的中国民歌研究概览

中国民歌在英美学界的研究发轫于海外汉学家的研究，他们的关注点在许多方面与中国本土的研究者不同。相较于海外汉学家，中国学者的优势在于他们对自己的音乐有着强烈的、自然的亲和力，能够用同种文化的语言来研究和描述它的诞生。中国学者在各个方面都更接近音乐的源头，在某些方面甚至与之相统一：他们同时又是自己音乐传统的演奏者、研究者和管理者。相比之下，西方学者从很远的距离去看中国文化，这种距离有时能让他们发现迄今未曾预料到的中西音乐的关系和联系，甚至是意想不到的关于音乐美的表现。国外研究者与中国学者可以形成互补，这当然应该成为中国音乐研究所关注的问题。国内学者对于外国人研究中国文化，往往会有一种心态，认为外国人看中国，始终只能看其表象、难得要领，容易以自身的文化背景而对异国文化产生"想象中"的状态。如反复被谈起的萨义德"东方主义"思想，认为他们眼中的东方仅仅是想象中的"东方"而已。但是，无论海外中国学是否存在"西方中心主义"的倾向，它都已经成为中国研究不可或缺的一个重要部分。

国内对海外中国学的研究从近代开始，钱玄同、陈寅恪、姚从吾等人对海外中国研究的关注让国内开始重新认识这一领域。其实，海外中国学是以西方文明为主体，对其他文明进行"区域性"研究的一个分支。于是便有了两种对中国的研究，其一为"内省"型，其二为"旁观"型，两者不仅并行不悖，反而时时互为补充参照。[1]国外学者们在研究他们未知的领域时，往往更为专注

1　陈倩《东方之诗与他者之思：海外中国文学研究》，北京大学出版社，2017年，第3页。

而慎重，他们对待学术严谨、求实的态度，真正需要引起现代中国学界的思考。例如，荷兰汉学家施聂姐为研究吴歌，与丈夫高文厚二人背着沉重的行囊，深入中国农村徒步调查二十余年，收集了大量学术研究资料。他们不单为国际学术界，而且给中国学术界都提供了一批珍贵的材料。另外，他们还在莱顿成立了第一个由国外学者发起和组织的中国传统音乐组织"中国音乐研究欧洲基金会"，并自费建立了中国音乐研究的博物馆等等。

有些西方汉学家终其一生都在为传承中国传统文化而努力，他们往往对中国文化有着极其深厚的情感，有些甚至可以说比我们国人都要热爱，他们身上有一种人类学术共同体的使命感，从而对部分中国传统文化的日趋消亡倍感焦虑。如热爱中国传统音乐的英国学者毕铿（Laurence Emest Rowland Picken），他对亚洲音乐的研究始于 1944 年，在九十多岁高龄时还在撰写七卷本《唐朝传来的音乐》，并且在去世前仍在主持"亚洲古代音乐项目"课题。[2]西方汉学家们正在身体力行地为中国传统文化传承与发展做出贡献。

自 20 世纪以来，中国开始与世界对话，海外中国民歌的研究也从最初的歌词浅显的翻译和资料整理到后来形成自己独有的研究方法，从"西方中心主义"的桎梏开始向"中国观"的范式转移，经历了自我更新、自我发展的道路。在此过程中，由西学思潮影响而产生的不同流派、不同立场、不同视角也给中国民歌的研究注入了新的生机与活力。根据民歌研究、传播的影响力以及对研究资料的梳理，本专著将中国民歌在英美学界的研究分为三个阶段，即介绍传播阶段、探索发展阶段、多元深化阶段。

第一节　介绍传播阶段（18 世纪 70 年代至 19 世纪末）

自 18 世纪开始，陆续有前往中国旅行考察的传教士开始向西方介绍中国民歌，这一时期的传播者主要集中在来华并任职的西方传教士，他们对中国民歌的研究主要集中在翻译歌谣及民歌旋律摘录，少有研究民歌音乐性的资料，如英国领事官嘉德乐（C. T. Gardner）的文章《中国的诗歌》（Chinese Verse）提到了民歌《茉莉花》的音乐性特征。[3]F. H.在《中国评论》期刊中评论了歌

2　见杨沐文章《百年孤独——我的忘年交毕铿》，载于新浪博文，原文地址 http://blog.sina.com.cn/s/blog_1386e71f60102yybd.html。

3　C. T. Gardner, "Chinese Verse" in *The China Review*, Vol.1, 1873.

剧《图兰朵》中《茉莉花》曲调的使用，"将它看作是一个令人钦佩的中西音乐美的结合"。[4]

　　除此之外，记录乐谱的情况较为多见。杜赫德（Jean-Baptiste Du Halde）在其《中华帝国全志》（*The General History of China*，1741）第三卷中记录了包括《万年欢》《探亲家》《柳叶锦》等五首曲子的旋律。[5]法国天主教耶稣会传教士钱德明（Joseph-Marie Amiot）的手稿《中国古今音乐考》（1780）、《中国娱乐曲集》（1799），收录了多首中国民歌俗曲；[6]1804年，约翰·巴罗（John Barrow）出版的专著《中国游记》（*Travels in China*）中收录了《茉莉花》《白河船工号子》等十首曲子的旋律，[7]根据宫宏宇的考察，这几首民歌是由同样跟随该使团的翻译家德国人希特纳（Johann Christian Hüttner）考察记录的。[8]

　　19世纪末，西方学界对中国民歌的关注程度虽有一定程度的提高，但真正有代表性的记述和研究并不多见，这与鸦片战争之后中国的国际地位的跌落有直接关系。"英国人司登德（G. C. Stent）在1871年发表《中国歌曲》一文，收录了其采录、翻译并用五线谱记谱的多首中国街头小调和南北民歌，如《王大娘》《十二月歌谣》《烟花柳巷》《十五朵花》《玉美针》《小刀子》等。他所引述分析的这些民间小调的例子，常被后来学者引用"。[9]对于民俗学、社会学角度的探讨，有来华德国英籍传教士欧德理（Ernest Johann Eitel），他于1870年移居香港，后于1875年成为传教士协会中国研究主任，他曾撰写专著《客家人的历史》（*History of the Hakkas*），并发表了探讨客家民歌的文章《客家民族志：客家流行歌曲》[10]《客家歌曲》。[11]1884年，比利时人阿理嗣（J. A. Van Aalst）出版了《中国音乐》（*Chinese Music*）一书，通过比较中西方音乐的起源，介绍了中国的乐律、记谱法、调式，以及中国人的歌唱方法、和声概念、

4　F. H., "Dld Weber Compose Chinese Music?" in *The China Review*, Vol. II. 1873-1874. p. 322.

5　Jean-Baptiste Du Halde, *The General History of China*. London: John Watts, 1741. pp. 66-67.

6　Kii-Ming Lo, "New Documents on the Encounter Between European and Chinese Music" in *Revista de Musicología* , Vol.16, No.4,1993.

7　John Barrow, *Travels In China*. London: T. Cadelland Davies W, 1804. pp. 316-322.

8　宫宏宇《民歌〈茉莉花〉在欧美的流传与演变考——1795-1917》，载《中央音乐学院学报》2013年第1期。

9　宫宏宇《国际视野下的中国音乐研究》，载《中央音乐学院学报》2014年第3期。

10　E. J. Eitel, "Ethnographical Sketches of the Hakka Chinese: Popular Songs of the Hakkas" in *Notes and Queries on China and Japan*, 1867. p. 1.

11　E. J. Eitel, "Hakka Songs" in *China Review*, 1882. p. 11.

雅乐和俗乐、乐器等，其中还记载了《鲜花调》《王大娘》《烟花柳巷》《婚葬曲》《十五朵花》《妈妈好明白》《十二重楼》等多首中国民歌。[12]随后，意大利人韦大列（Baron Guido Amedeo Vitale）在 1896 年出版的《北京儿歌》（*Chinese Folklore: Pekinese Rhymes, First Collected and Edited with Notes and Translation*）[13]，被认为是最早的关于中国民歌研究的专著，其中关于北京歌谣的收集、阐释，对民国时期的"歌谣运动"产生了重要的影响。此时，中国民歌已经开始进入西方学者的学术视野，成为后来汉学家们所关注的对象。

第二节　探索发展阶段（20 世纪初至 20 世纪末）

一、民歌研究的兴起

20 世纪初至中国改革开放之前，随着新中国的对外开放，越来越多的国外学者接触到了中国民歌，西方学者关于中国民歌研究的学术研究成果多以介绍性研究为主，包括海外华人对国内中国民歌重要学术理念的译介、侨居中国的海外学者的介绍等。

美国传教士何德兰（Isaac Taylor Headland）曾有专著《孺子歌图》（*Chinese Mother Goose Rhymes*, 1900），书中记载了童谣的英文标题、汉语歌词并配上了插图。[14]英国人金文泰（Cecil Clementi）曾任香港总督，其间他将清朝文学家招子庸的专著《粤讴》译成了英文并加以介绍，其中包含了大量关于历史、神话和小说文学的典故。[15]1912 年，史密斯（A. Corbett-Smith.）在《音乐时代》（*The Musical Times*）中发表文章，谈论了中国音乐记谱法的由来，介绍了中国古代民间歌曲、仪式音乐等，文章虽然篇幅较短且有局限性，但却是西方人初识中国民歌的重要资料。张则之（Kinchen Johnson）曾编译了《北平歌谣》（*Chinese Folklore*）一书，在 1932 年由北平商务印书馆出版，书中编纂翻译

---

12 Van Aalst, J. A, *Chinese music*. Shanghai: Statistical Dept. of the Inspectorate General of Customs, 1884. pp. 19, 38, 42, 44, 46.

13 Guido Amedeo baron Vitale, *Chinese Folklore : Pekinese Rhymes, First Collected and Edited with Notes and Translation*. Peking: Pei-Tang press, 1896. 周作人译作《北京儿歌》，胡适译作《北京歌唱》，徐新建译作《北京歌谣》。

14 Isaac Taylor Headland, *Chinese Mother Goose Rhymes*. New York: Fleming H. Revell Company, 1900.

15 Cecil Clementi, *Cantonese Love-Songs: Translated With Introduction and Notes*. Oxford: Clarendon Press, 1904.

了 214 首北京历代童谣，对阐发当时北京的民俗文化具有非常高的价值。他已经认识到民歌对民俗学学科的价值，所以《北平歌谣》非常谨慎地选择那些最重要、最有价值、最有教育意义、最有趣和最生动的材料进行记录。涉及当时的昆虫、动物、鸟类、人（尤其是儿童）、食物、身体、行为、职业、贸易和商业等方面。[16]

美国文学教授沙善德（Malcolm F. Farley）于 1922 年来华记录了闽江的船工号子，后来由美国传教士葛星丽（Stella Marie Graves）配以钢琴伴奏出版。[17]清代驻广州领事倭讷（E. T. C. Werner.）专著的《中国小调》（*Chinese Ditties*）于 1922 年出版，这部专著曾于 1921 年 2 月在《新中国评论》（*The New China Review*）中出版过。该书是为西方学习汉语的学生准备的读物，记录了 122 首中国民谣并进行了逐字翻译和介绍。[18]伊丽莎白·施罗克格洛夫（Elizabeth N. Shirokogoroff）于 1924 年发表文章《中国民间音乐》，记录了其在东北地区田野采集的多首民间曲调。[19]弗里茨（Fritz Kornfeld）（1955）对中国音乐的旋律特征进行了有趣的学术研究，他从民歌和器乐中提取了第一手资料。美国人康世丹（Samuel Victor Constant）曾在北平学习，其专著《京都叫卖图》（*Calls, Sounds & Merchandise of the Peking Street Peddlers*）于 1936 年出版为专著，书中以四季为顺序，对街头小贩的叫卖场景进行了记录，并配以黑白照片、彩色插图和少量记谱，成为还原 20 世纪初中国北方社会风俗的珍贵资料。[20]

1943 年，著名旅美学者陈世襄（Shih-Hsiang Chen）、姚锦新（Chin-Hsin Yao Chen）在纽约市由约翰·戴公司（John Day Company）出版了中国民歌与文化书籍《花鼓和其他中国歌曲》（*The Flower Drum and Other Chinese Songs*），其内容包括序言、导论和正文三个部分，其中正文部分共有古今歌曲 17 首，分为"'花鼓歌''江南''古都内外''爱情与自然之歌''当代歌曲'五个部分"。[21]"这些民歌包含了来自中国不同地区、不同音乐传统的音乐，既

---

16 原文参见 http://charlie-zhang.music.coocan.jp/LIB/ZHANG.html.

17 Stella Marie Graves, *Min River Boat Songs*. New York: John Day, 1946.

18 E. T. C. Werner, *Chinese Ditties*. Tientsin: The Tientsin Press, Limited, 1922. Preface.

19 Elizabeth N. Shirokogoroff, "Folk Music in China" in *The China Journal of Science and Arts*, Vol. II March, 1924 No.2, 1924.

20 Samuel Victor Constant, *Calls, Sounds & Merchandise of the Peking Street Peddlers*. Peking: The Camel Bell, 1936.

21 宫宏宇《让世界同唱中国歌——姚锦新与〈花鼓及其他中国歌曲〉》，载《中央音乐学院学报》2010 年 11 月。

有出自安徽北部的凤阳花鼓，也有遍传华夏的老八板；有江南特有的方言情歌，也有北方流传的'小白菜'。其中，'花鼓歌'部分包括安徽'凤阳花鼓'两首"。[22]"江南"部分收录了"孟姜女哭长城"、对话式的情歌"啥花开来"和小曲"无锡景"两首。"古都内外"则包含了北京城内和附近流行的民歌。这些民歌可能最初来自全国各地，但在北京地区颇为流行，如河北民歌"小白菜"、源自民间乐曲"老八板"的歌曲"小和尚"、来自民间歌舞剧的"探亲家"、用作摇篮曲的"紫竹调"等。该歌集收录的歌曲新颖、伴奏风格独特，但与其他同类书籍不同的是，《花鼓和其他中国歌曲》没有将中国音乐旋律与西方和弦伴奏结合起来，相反，姚锦新"尝试着用中国的支声复调手法为民歌和词调配伴奏"[23]，以其独特奇妙的钢琴技法，创作出了一套适合中国音乐的伴奏手法，呈现了"笛子、鼓、琵琶、二胡等其他中国乡村老百姓用来伴歌的乐器"[24]的效果。美国著名音乐理论家考威尔高度评价道："此书是我所知的对西方人来说最好的中国民间音乐风格和魅力的入门书。"[25]

《花鼓和其他中国歌曲》"作为最早为美国听众和西方乐器现实地再现中国传统音乐的英文歌集之一"[26]，"它在向世界展示中国传统音乐的历史性、多样性的同时，也让世界领略到了中国当代作曲家的创新性和中西音乐融合发展的可行性"。[27]

二次世界大战以后，美国意识到汉学研究的重要性，迅速地把自己确立为新的中国研究中心，开始建立起相关学术机构，这不仅吸引了一些欧洲的杰出学者，也包括一些杰出的中国学者。

---

22 宫宏宇《让世界同唱中国歌——姚锦新与〈花鼓及其他中国歌曲〉》，载《中央音乐学院学报》2010 年 11 月。

23 李西安《学业的导师、为人的楷模——女音乐教育家姚锦新》，向延生编，《中国近现代音乐家传》（第 2 卷），春风文艺出版社，1994 年，第 165 页。

24 Chin- Hsin Yao Chen& Shih-Hsiang Chen, *The Flower Drum and Other Chinese Songs*. New York: John Day, 1943. p. 5.

25 Chin- Hsin Yao Chen& Shih-Hsiang Chen, *The Flower Drum and Other Chinese Songs*. New York: John Day, 1943. p. 7.

26 Jennifer Talle, "An American Song Book?: An Analysis of The Flower Drum And Other Chinese Songs By Chin-Hsin Chen And Shih-Hsiang Chen" in *MM Thesis*, 2010·

27 宫宏宇《让世界同唱中国歌——姚锦新与〈花鼓及其他中国歌曲〉》，载《中央音乐学院学报》2010 年第 4 期。

谱例 1《花鼓和其他中国歌曲》中关于《离情》曲谱

1946 年，曾任金陵女子大学音乐教授的葛星丽（Stella Marie Graves）"根据美国汉学家马尔卡姆·法雷（Malcolm F. Farley, 1896 -1941）所采集的闽江船工号子曲调改编创作了《闽江船歌》（Min River Boat Songs）"，《闽江船歌》是以福建闽江船工号子曲调为素材的 10 首创作歌曲，"但《花鼓》无论是在编者、选材上，还是在编辑旨意、编排体例上都与其有着明显的不同"。[28]

1958 年，M. K. 在国际民间音乐协会（Journal of the International Folk Music Council）的期刊中发表简短评论，对贺绿汀《什么样的音乐适合中国？》、阴法鲁《中国音乐：过去和未来》和马可《中国民歌》做出评述。1966 年，罗伯特·莫克（Robert T. Mok）在《中国民间音乐的复调》一文中对中国民间的多声部歌曲进行了较为详细的论述。他认为，中国民间音乐在很早以前就懂得支声性复调的存在，并且在歌曲表演中有"唱""和"的现象，中国民间歌手在演唱多声部歌曲时并不是严格地遵守一致，而是即兴地在接力中改变自己的部分。他列举并分析了花鼓戏、湖南民歌、劳动号子等民歌的演唱模式来证明这一观点，这应该是英美学界中最早的一篇较为详细地研究中国民歌理论问题的文章。

英国学者、音乐家毕铿（L. E. R. Picken）被剑桥大学誉为"20 世纪最伟

---

28 宫宏宇《让世界同唱中国歌——姚锦新与〈花鼓及其他中国歌曲〉》，载《中央音乐学院学报》2010 年第 4 期。

大的学者之一"[29]，他对中国古代音乐的研究做出巨大贡献。其中，他在为MasatoshiShiga 和志贺正年所著的《中国现代民歌试探》撰写的书评中，认为其"考察了中国北方六省'吆号子'的形态和分类，但却没有对音乐符号进行探讨。他区分了不同类型的对音响应，不同类型的对音响应，声音范围内按场所和职业分类的运动类型，无意义音节的类型，并讨论了功能"。[30]客家山歌的研究专著最早见 Tin-yuke Char & C. H. K wock 的《中国客家——起源和民歌》（*The Hakka Chinese-Their Origin&Folk Songs*, 1969）一书，该专著由 Tin-yuke Char 和 C. H. K Wock 的两篇研究长文组成，并附有 C. H. K Wock 对客家民歌歌词的英语翻译。[31]

美籍华人韩国鐄（Kuo-Huang Han）是中国最早关注民族音乐的学者之一，对中国音乐海外研究和传播工作做出大量贡献。自 1964 年韩国鐄前往美国任教，度过了四十多年学习与研究生涯，任教于北伊利诺大学、肯塔基大学。他曾为《格罗夫音乐和音乐家词典》（*New Grove Dictionary of Music and Musicians*）、《加兰世界音乐百科全书》（*Garland Encyclopedia of World Music*）、《当代中国百科全书》（*Encyclopedia of Contemporary China*）、《大英百科全书》（*EncyclopediaBritannica*）等国外典籍撰写词条。他还在《亚洲音乐》上发表了数篇文章，其中《中国的标题音乐观》（1978）比较了中国与西方对于标题音乐的追求；《现代国乐的产生》（1979）阐述了中国现代民族乐团的进化史等；发表的特殊的参考书目《三位中国音乐学家：杨荫浏、阴法鲁、李纯一》（1980）一文介绍了三人的生平和研究内容；[32]《阿理嗣和他的〈中国音乐〉》（1988）探讨了《中国音乐》一书的出版问题；《中国调式和民族曲式》中，强调了民间音乐在中国的积极研究，讨论了汉族和少数民族音阶、调式、五声性特征等问题；[33]《汉族民歌的特点与分类》一文，详细分析了汉族民歌的曲式调式、旋律发展、音乐结构，"起、承、转、合"的规律，并列举了以五声音阶为基

29 "Laurence Picken" in *Times*, 2007 -03-24.

30 L. E. R. Picken, "Review: Chūgoku gendai minka shitan: Yogōshi no taisō to onkan o toraete by MasatoshiShiga &志贺正年" in *Revue Bibliographique de Sinologie*, Vol.4, 1958.

31 T. Char &C. H. K. Wock, *The Hakka Chinese-Their Origin& Folk Songs.* San Francisco: Jade Mountain Press, 1969.

32 Han Kuo-Huang, "Special Bibliography: Three Chinese Musicologists: Yang Yinliu, Yin Falu, Li Chunyi" in *Ethnomusicology*, Vol.24, No.3, 1980.

33 Ho Lu-Ting & Han Kuo-huang, "On Chinese Scales and National Modes" in *Asian Music*, Vol.14, No.1, 1982.

础的调式是如何运用在《三十里铺》《绣荷包》《思情鬼歌》及一些少数民歌中；[34]另外，在《民族音乐学中》还发表了对于《东方音乐选集》的评论。此时，中国民歌的理论问题也开始进入西方学者的研究视野。

展艾伦（Alan R. Thrasher）为哥伦比亚大学音乐学院名誉教授，主要从事民族音乐学、音乐社会学研究，对东亚音乐研究开始于 1970 年，曾在中国台湾、香港、广东、上海等地采风调查，对这些地区的音乐做过大量深入的调查和研究。他学术论文主要发表在《东亚音乐》《民族音乐学》《世界音乐》等期刊，并担任新格罗夫音乐词典（1984 版、2002 版、2013 版）的词条编纂工作。他的文章《中国音乐的社会学面向》（*The Sociology of Chinese Music: An Introduction*）于 1981 年发表在《亚洲音乐》期刊，该文对汉族和少数民族文化地区，与政府、宗教、教育等问题的社会关系，是如何影响了音乐发展等一系列探讨。[35]

1993 年，罗基敏（Kii-Ming Lo）在《音乐学杂志》（*Revista de Musicología*）中发表文章《关于欧洲音乐与中国音乐相遇的新文献》，文中探讨了天主教与中国文化交流、早期中国人理解的欧洲音乐、以及钱德明在中国音乐向西方传播方面的贡献等。[36]探讨"西北花儿"的文章《"性与死亡之美"——花儿（西北民歌）》（1994）一文由冯立德（Feng Lide）和凯文·斯图尔特（Kevin Stuart）发表于《人类学》（*Anthropos*）期刊，该文章考察了"花儿"的定义和已有的研究成果，以及"花儿"的分布区，"花儿"的内涵、起源、融合、结构、韵味等，都是一个个复杂而有争议的问题。[37]1995 年，向晨·哈利斯（Xiang Chen Hallis）以博士论文《1912 年至 1949 年的中国艺术歌曲》毕业于德州大学奥斯汀分校。该论文通过对 1912 年至 1949 年间 12 位中国作曲家创作的 18 首歌曲的分析，探讨了中国艺术歌曲的体裁，简要论述了中国艺术歌曲发展的四大流派发展的历史背景。这些来源包括中国民歌、中国戏曲、中国古代曲调和西方古典音乐输入的影响。

---

34 Han Kuo-Huang, "Folk Songs of the Han Chinese: Characteristics and Classifications" in *Asian Music*, Vol.20, No.2, 1989.

35 Alan R. Thrasher, "The Sociology of Chinese Music: An Introduction" in *Asian Music*, Vol.12, No.2, 1981.

36 Kii-Ming Lo, "New Documents on the Encounter Between European and Chinese Music" in *Revista de Musicología*, Vol.16, No.4, 1993.

37 Feng Lide & Kevin Stuart Liping Feng, "'Sex and the Beauty of Death' Hua'er (Northwest China Folksongs)" in *Anthropos*, 1994.

二、田野调查成果初显

改革开放之后，随着中西文化交流的频繁与深入，英美学界中关于中国民歌的研究成果日益丰富。这一时期，西方学者陆续来到中国，开始进行中国的民歌田野调查、民族志研究，良好的国际开放环境为西方学者调查研究中国民歌的繁荣起到了决定性作用。

这一时期，以白安妮、施聂姐、苏独玉为代表学者，相关主题的学术专著和博士论文成果大量出现。如美国印第安纳大学民俗学与音乐人类学系教授苏独玉（Sue Tuohy）的博士论文《中国传统之想象：论花儿、花儿会和花儿的学术研究》（*Imagining the Chinese Tradition: The Case of Hua'er Songs, Festivals, and Scholarship*, 1988），荷兰汉学家施聂姐的专著《中国民歌和民歌手：苏南的山歌传统》（*Chinese Folk Songs and Folk Singers: Shan'ge Tradition in Southern Jiangsu*, 1997）等，这几项研究建立在田野考察的基础之上，都称得上是资料详尽的民族志研究成果。

（一）苏独玉《中国传统之想象：论花儿、花儿会和花儿的学术研究》概述

苏独玉的博士论文《中国传统之想象：论花儿、花儿会和花儿的学术研究》[38]，将花儿、花儿会和中国学者的研究作为案例，探索被想象的中国传统中的过程、符号和关系。在这篇论文中，作者将社会人类学家本尼迪克特·安德森（Benedict Richard O'Gorman Anderson）的"想象的共同体"（Imagined Community）[39]概念，扩展和重新表述为一个称为"传统想象"（Imagined Tradition）的理念，认为花儿作为民族中的想象结构，也具有特殊的"文化人造物"[40]的属性。在她的研究，花儿歌被视为多种多样的符号——论文解释了花儿歌是如何以及为什么被认为是地方性产品、是大西北精神的一种表达、是中国文化遗产中不可或缺的宝贵组成部分的。苏独玉认为，作为一个多民族的国家，中国的情况和美国很相似，美国代表着文化的多样性，美国历史上是由

---

38 黄鸣奋译为《中国传统之映照：花儿歌、节日与学术》，柯杨译为《中国传统文化的纵想：论花儿、花儿会和花儿的学术研究》。

39 （美）本尼迪克特·安德森在其《想象的共同体——民族主义的起源与散布》（*Imagined Communities Reflections on the Origin and Spread of Nationalism*）一书中分析了国家被想象，以及曾经被想象、模仿、改造和转变的过程。

40 （美）本尼迪克特·安德森《想象的共同体——民族主义的起源与散布》，吴叡人译，上海世纪出版集团，2011年，第7页。

许多不同的群体组成的，他们被鼓励、有选择地保持他们文化的一部分。花儿歌曲的推广部分是因为它们反映了中国"民族大家庭"——中国人民的民族团结。花儿是多元符号的典型代表，可以有选择地运用和表现当地文化、种族和阶级，这些都是当前中国传统想象中的重要因素。

苏独玉将花儿的音乐表演放置在中国音乐、学术和时代的大背景下进行研究，认为这样才可以解释花儿作为一种文化，是如何成为中国传统的一部分，才可以使它不脱离现实，才可以找到花儿文化形成的基础是什么，以及花儿文化表达和实施的方式。

论文分为六个部分：第一章为"传统想象"，这一章中首先对传统的概念进行了进一步的探讨，并将传统重新定义为一种想象中的传统。苏独玉解释了传统想象的来源，她从传统及其修饰语、传统的定义和管理、想象的共同体和他们的传统三个方面入手，强调了研究的对象——花儿，以及它的传播和影响过程，追溯花儿作为阶级和地区身份的象征被纳入中国传统、作为中华文化代表的过程，也就是研究花儿的生存语境。

第二章是"文化遗产：想象和制度化"。首先，苏独玉在这章中有选择地考察了中国封建传统的想象和实施的例子以及对 20 世纪初最后一个朝代结束、民间艺术研究学科出现时的一些重新定位。中国的花儿艺术被称为"非物质文化遗产"，在这一章首先对文化遗产进行了总结性和选择性的讨论，苏独玉指出："'文化遗产'是指代过去——包括帝国和现代（1949 年以前）历史的一个术语。1911 年以来，有些人试图毁灭历史，但没有成功。即使他们从概念上可以抹去其痕迹，也会不断地在国际学术、博物馆和相关批评中面对它。中国历史在各个时期都呈现出引人入胜的两分法，例如同时声称拥有丰富的历史遗产和历史压迫之间的两分法，即理想观念与现实实践之间的矛盾。"[41]其次，苏独玉对古代中国的政治背景进行了阐述，她认为儒家思想是政府的执政思想和集权理想的基础。苏独玉讨论了想象理论中的制度、国家为弥合统治者和被统治者之间的鸿沟而指定的统治手段等，这些关于古代中国社会政治体制的描述对接下来进行花儿从古至今的发展演变具有重要意义。随后，苏独玉探讨了西方学者对中国新旧的两个传统进行的重新评价，他们认为中国社会的历史和现状有一种不健康的分裂，一部分学者和历史学家开始重新评估

41　Sue Tuohy, "Imagining the Chinese Tradition: The Case of Hua'er Songs, Festivals, and Scholarship", Indiana University, PhD, 1988. p. 69.

和评价这些传统及其支持者，对象首先是儒家学派的地位。当帝国面临危机趋向停滞时，儒家学说便成为落后的腐朽的标志，但是经过顾颉刚等学者们的努力，学者们开始相信人民，并去发现民间艺术。最后，苏独玉分析了作为知识分子思潮代表的民歌运动，表现出一种对历史、对人民的基本矛盾心理，以及中国人如何寻找和表达中国的民族精神以及"国风"作为符号和文字对中华民族的重要性。

第三章围绕着花儿的歌曲展开。首先，苏独玉对中国花儿诞生的地区"大西北"展开论述，如以中国边疆开放的视角来讲述甘青地区的历史事件和发展历程，论及西北地区的民族、军阀和战争、国家的西部大开发战略、花儿以外的其他表演艺术，等等。其次，苏独玉对花儿歌曲进行阐释，她认为，要讨论花儿的定义问题，首先要厘清几个点：第一就是定义——"'花儿'这个词应该包括哪些歌？第二是一致性——有多少人同意这一定义以及指定该类别的歌曲？第三个问题涉及时间和体裁——花儿歌曲被称为'花儿'，并被视为一种独特的体裁有多久了"？[42]

在第四章"花儿会的交流"中，分析了关于西北花儿歌的表演以及花儿会的信息，进一步深入研究中国传统想象的过程。苏独玉从莲花山的花儿歌曲入手，分析花儿会的构成，指出它"是政治舞台，宗教活动场所，娱乐和朝圣地点，旅游景点，文化表演，颠倒的世界，和与世俗有界限的决裂"。[43]如果要给花儿会拟定标签，那将否定这个节日所带来的广泛边界。在中国学者看来，花儿会的理论探讨有两个突出的问题：一是花儿会趋向世俗化的问题；二是花儿会是一种交流的场合——包括商品、思想、友谊、文化、知识、语言和歌曲的交流。在这里，苏独玉强调了花儿会与寺庙的关系，这也是各族宗教的聚集盛会，从而引出花儿与庙会密切的历史联系、宗教集会与花儿会联系等。苏独玉进一步介绍了康乐县莲花山、岷县二郎山、和政县松鸣岩、永靖县炳灵寺、青海省瞿昙寺五个地方花儿会的详情。本章中，苏独玉对1978年以来花儿会的发展进行了详细研究，"文革"的结束和四个现代化道路的开始，标志着国家恢复重建、走向繁荣发展，由此花儿学跟随着文化政策的开放逐渐开始发展，"非物质文化遗产"的标识让花儿重现舞台，旅游、团体演出、学科建设、文

---

42 Sue Tuohy, "Imagining the Chinese Tradition: The case of Hua'er Songs, Festivals, and Scholarship", Indiana University, PhD, 1988.p. 144.

43 Sue Tuohy, "Imagining the Chinese Tradition: The case of Hua'er Songs, Festivals, and Scholarship", Indiana University, PhD, 1988.p. 200.

化工作等使得对花儿的抢救工作全面展开，这一时期的花儿会具有新的特征，即"（1）节日组织更大；（2）节日规模和参与者数量的增长；（3）表演艺术和物质产品种类的增长；（4）节日、歌曲和歌手的更大推广，向节日里的人们，向中华民族，向全世界承认它们的美丽和价值"。[44]随后，苏独玉记录了她在1985年的莲花山花儿会现场的采风过程。

第五章主要论述了西北地区关于花儿的学术研究以及国家学术的总体趋势。苏独玉就花儿研究的热点问题进行了概述：首先，共识性问题，大家普遍认为，花儿歌是人们生活的载体和反映，花儿被认为是思想感情交流的艺术载体，是西北生活的写照；其次，花儿经历了压迫和解放，是区分封建社会和社会主义社会的产物；花儿具有感染力和生命力，需要继续弘扬发展。再次，花儿学术界的争论观点主要围绕着花儿的起源和传播，定义、名称和管辖，还有已出版的花儿的性质，以及一些"花儿"丛书的准确性等。在本章的最后，苏独玉将花儿引入民族化转向，目前，花儿以通过各种媒体被全国人民所熟知，成为民族的代表，在这样的背景下，花儿成为西北各省传统文化的伟大象征和对中华文化的贡献者，也获得了民族和国际的高度评价。

在此背景下，第六章接着讨论了该研究对理解当代中国民间音乐的启示——民族化、专业化和表演——以及对中国传统的想象。在这章"中国的民间艺术研究"中，苏独玉从文化工作中的构成和发展入手，阐述了五四以来文化工作者们的活动和出版发行的刊物，以及在人民中开展的民俗学研究和民族音乐与少数民族的研究，把花儿研究从一个独立的区域活动的位置放置到这个国家的学术、政策、表演、教育和人民的背景中，研究在这个更大的背景中，花儿研究和大众在政治、艺术和学术上的交叉和互动。此外，她还对民歌的分类、功能、定义、表演风格等方面以及少数民族文学的发展进行了宏观介绍。在共时性理论目标、指导原则中，她探讨了毛主席在1942年和1964年，在《在延安文艺座谈会上的讲话》以及回复《对中央音乐学院的意见》中提出的"古为今用""洋为中用""推陈出新"是如何实施的。在"古为今用"方面，对两千年来的文学古籍中的相关材料进行了分析和解释，同时提到了周杨、贾芝、何承伟、郭沫若、黎本初等人对承古创新改革民间艺术做出的努力。

44　Sue Tuohy, "Imagining the Chinese Tradition: The case of Hua'er Songs, Festivals, and Scholarship", Indiana University, PhD, 1988.p. 224.

继 1988 年的博士论文后，苏独玉在《文化隐喻与推理：当代中国的民俗学与意识形态》[45]（1991）和《近代中国民族主义的声音维度：音乐表征与转换》（2001）[46]两篇文章中进一步拓展了她的"中国传统"（反映民族主义观念）思想，并以花儿为例来支持她的论点。此外，苏独玉还在她的文章《体裁的社会生活：中国民歌的动态》中，用一个章节来探讨人们如何通过叙事和人物形象，在不同的语境和动机下赋予花儿歌曲意义。[47]

（二）施聂姐《中国民歌和民歌手》概述

荷兰汉学家施聂姐在她生命的大部分时间都在为中国音乐在世界的传播和研究做出贡献，学术领域无一例外与中国民间音乐有关，尤其是对"山歌"的研究成果非常丰富。《中国民歌和民歌手：苏南的山歌传统》（*Chinese Folk Songs and Folk Singers: Shan'ge Tradition in Southern Jiangsu*）[48]1997 年由 Chime 基金会出版，该书为《东亚音乐研究》的第一卷，这一系列的专著由施聂姐的丈夫高文厚编辑。《中国民歌和民歌手：苏南的山歌传统》研究的对象是江苏南部的山歌，由于其发源自江苏省东南部，也被统称为"吴歌"。施聂姐总结出进行田野工作的经验报告，并在本书的前两章进行了概述，而她的主要研究核心——山歌的文本和音乐，则在后两章进行阐释。全书分为五个部分：

第一章中，施聂姐关注了"普通视角下的中国的民歌研究"，该章介绍了吴歌所处的背景、时代、历史、环境等问题，为其接下来的研究起到了铺垫的作用。施聂姐强调了中国民歌在西方学界被忽视的地位以及介绍了中国民歌在 20 世纪的研究和在现代的田野调查研究成果。她认为中国的古典诗歌，包括文人所改编的民间诗歌都已经被汉学家广泛地研究，而他们却忽视了中国现存的、活态的民歌传统，这些民歌仍然可以在当代的中国被寻找到。

第二章为"吴歌文化介绍及田野调查工作经历"，这一章是主要的田野调查报告，同时也对吴语地区及其民歌文化进行了概括性的介绍。首先，作者介绍吴语地区的景观与经济、宗教、居民和移民的情况以及文化生活的一些方

---

45 Sue Tuohy, "Cultural Metaphors and Reasoning: Folklore Scholarship and Ideology in Contemporary China" in*Asian Folklore Studies*, Vol.50, No.1, 1991.

46 Sue Tuohy, "The Sonic Dimensions of Nationalism in Modern China: Musical Representation and Transformation" in*Ethnomusicology*, Vol.45, No.1, 2001.

47 Sue Tuohy, "The Social Life of Genre: The Dynamics of Folksong in China" in*Asian Music*, Vol.30, No.2, 1999.

48 施聂姐为荷兰汉学家，该专著由其在莱顿大学的博士论文的基础上形成，原文及专著皆为英文出版。

面。其次，在对吴歌的介绍中，施聂姐从历史文献和近年来的研究中入手，阐述吴语地区的民歌文化和兴衰。值得注意的是，在本章中施聂姐记录了在田野调查中经历的交通、通讯、天气、行程安排、录音过程、调查的关键位置、后期资料的处理等情况，这些成果为田野调查工作方法提供了有利的资料依据。

第三章是施聂姐对《山歌》在吴歌地区的表演环境及歌手对歌曲的看法的一般调查结果。在这一章中，施聂姐首先介绍了五位歌手：来自浙江的乡村女性陆福宝、山歌之王钱阿福、吴江芦墟"山歌知了"赵永明、"文化歌手"金文胤、"追魂者"廉大根，主要强调了这些民谣歌手的形象和自我认知的形象，包括在现实中，在民间神话中，以及关于口头传授和文学素养的问题。其次，施聂姐阐释了"语境中的民歌演唱"，她从民歌文化的地域性传播，民歌产生的因素，渔民、工人、小贩、巡演歌手等的山歌传统，女性与民歌的关系等出发，记录了白茆村的山歌比赛传统。还记录了大量的口述民歌节选，歌曲的由来和歌曲内容，这种资料的拯救行动对吴地山歌的保存、流传具有重大意义。

第四章介绍了歌曲的文本，该章前半部分对吴歌的题材进行了简要的梳理，但主要集中在吴歌中最流行的情歌类型的内容上。后半部分是关于结构和风格的问题。但它特别关注调性的使用文本的临时扩展。在这一章，施聂姐还对某首歌的 19 个版本进行了民歌本体的变异分析，这无疑是一个创新的分析角度。

第五章介绍了吴地山歌的音乐。音阶、节奏、音域、声乐技巧、独奏与合唱以及语言或旋律关系都在这一章进行了一般性的讨论。详细分析了吴歌的"单主题"现象、成因和特征，关注了吴歌音乐和文字之间的关系、山歌与其他类型的歌曲的比较，以及她的视野中山歌传统的过去、现在和未来。总的来说。第五章阐释了像文本一样的程式化的变化过程也在音乐中起作用。在这两个领域中，文字和音乐公式在记忆和口头传播过程中都扮演着重要的角色。语言和音乐的公式是相互独立的，但它们有相同的基本功能：帮助维持演出的动力，这使表演者能够及时地激活记忆，以确保音乐和文字的不间断流动。

该专著充实的田野调查资料、完整的工作路径，为后人提供了良好的借鉴。西方学者们对于施聂姐在吴歌研究上的成绩是十分肯定的。1999 年，于慧（Yu Hui）在《传统音乐年鉴》（*Year Book for Traditional Music*）上发表评论，她称："长期以来，西方音乐和文学界忽略了中国音乐研究的这一重要领域。《中国民歌与民歌手》是迄今为止出版的第一本以中国民歌为研究对象的专著，为改变中国民歌研究的现状做出了重要贡献。"[49]于慧还强调了施聂姐专著中随附光盘的价值，她认为这个光盘为想要了解吴歌的人提供了除实地考察之外几乎很难找到的资料，以及一种广泛全面的视角。这本书与大多数其他西方关于中国音乐的出版物的不同之处在于，它的主题"山歌"是一种音乐传统，也是一种中国学术概念，这本书在这两个方面都提供了丰富的信息。虽然书中吴地区一词的文化含义有待进一步研究，但本书是西方民族音乐学文献中第一本直接关注中国学术研究中有影响力的汉族文化的出版物，是非常具有时代意义的。在 CHINOPERL2012 年第 31 卷第 1 期中《怀念施聂姐》的文章中，作者肯定了施聂姐的学术研究价值，认为施聂姐最重要的贡献是她在博士论文的基础上于 1997 年写作的《中国民歌和民歌手：苏南的山歌传统》，"是苏南吴语地区'山歌'研究的一部开创性著作，在中国民俗学、民乐、史诗等研究领域具有重要意义"。[50]约尔格·贝克（Jörg Bäcker）感慨道，任何对中国民歌感兴趣的人都会发现这里有丰富的资料，以及广泛的、非常有思想的和高度实证的研究，这些研究让我们看到了中国文化中鲜为人知和被忽视的部分。

除此之外，施聂姐的民歌研究文章也占据了英美学界的重要一隅，例如《中国民歌表演中的音乐与记忆》[51]《中国江苏的女歌手》[52]《未完成交响曲：苏南民歌的公式化结构》[53]《追随中国苏南的民歌》[54]等共 18 篇，音频资料《中国苏南民歌》[55]等 CD2 张。在国内期刊发表关于中国音乐的文章《中国

49 Chinese Folk Songs and Folk Singers. Shan'ge Tradition in Southern Jiangsu by Antoinet Schimmelpenninck. Review by Yu Hui, *Year Book for Traditional Music*, Vol.31, 1999. pp. 147-148.

50 "In Memory of Antoinet Schimmelpenninck (1962-2012)" in *CHINOPERL*, Vol.31, Issue 1, 2012.

51 Antoinet Schimmelpenninck, "Music And Memory in Chinese Folk Song Performance *Chime*" in Abstracts of the 5th Triennial ESCOM Conference, 2003.

52 Female Folk Singers in Jiangsu, China *Ethnomusicology* in the Netherlands Leiden: Present Situation and Traces of the Past. Eds. Zanten, Wim van and M. J. van Roon. Oideion: The Performing Arts World-Wide.Leiden: Research School CNWS, 1995.p. 261.

53 Antoinet Schimmelpenninck, "Unfinished Symphonies: The Formulaic Structure of Folk-Songs in Southern Jiangsu" in Vibeke Børdahl ed. *The Eternal Storyteller: Oral Literature in Modern China*. 1999. pp. 78-87.

54 Antoinet Schimmelpenninck, "Chasing a Folk Tune in Southern Jiangsu, European Studies" in *Ethnomusicology,* 1990.

55 *Folk Songs of Southern Jiangsu, China*. Leiden: Chime Foundation; Pan Records. (CD), 1997.

民歌研究百年》[56]《中国的传统音乐：不是要"保存"而应要"延续"》等 4 篇（包括与高文厚合著）。由于施聂姐的大多数文章发表在 *CHIME* 上，并且国内已有武汉音乐学院黄瑾的硕士论文《高文厚夫妇与 CHIME 的中国音乐研究》和西安音乐学院张芯瑜的硕士论文《施聂姐中国音乐研究之路》两篇文章进行总结，在此便不再赘述。

译介类专著《乡村的活化石：现存粤语儿歌研究》（*Fossils from a Rural Past: A Study of Extant Cantonese Children's*, 1990），由郭倩雯（Helen Kwok）和陈美美（Mimi Chan）二人出版，书中记录了作者自 1986 年开始采集的广东、香港的民谣歌曲。作者认为正是这些歌曲，使香港即使在被英国殖民时期，依旧保存着它最原始的中国传统。书中不仅对采集的歌谣进行了介绍，还对其语言、结构、风格做了具体研究。[57]

1990 年，罗开云在英国爱丁堡大学出版社出版的论文集 *Cosmos* 发表《在说话与唱歌之间：中国西北地区花儿会上的赛歌》，她着重翻译了西北花儿的唱词，研究了花儿会有关民俗的内在联系。[58]

琳达（Feng Linde）和凯文·斯图尔特（Kevin Stuart）于 1994 年发表了一篇题为《性与死亡之美：花儿》（西北民歌）〔"Sex and the Beauty of Death. Hua'er"（Northwest China Folksongs）〕的文章，考察了花儿的定义、花儿的唱区、花儿的内容、花儿的起源、花儿的会议、花儿的结构和韵脚。[59]值得注意的是，该文作者对 20 世纪 80 年代的花儿研究做了简要的回顾，并将一些中国学者收集出版的花儿歌曲翻译成英文。1993 年，崔丽丽（Cui Lili）在《北京评论》上发表《王洛宾和他的歌》，论述了王洛宾采集民歌素材创作歌曲的历程。

1997 年，施聂姐在其博士论文的基础上出版专著《中国民歌和民歌手：苏南的山歌传统》研究的对象是江苏南部的山歌，被国内誉为"西方学者详细介绍当代吴歌的第一部专著"，[60]全书以田野调查为基础，对中国苏州南部地

56 施聂姐《中国民歌研究百年》，《世界音乐文丛（1）》，徐康荣译，人民音乐出版社，1993 年，第 26 页。

57 Helen Kwok & Mimi Chan, *Fossils from a Rural Past: A Study of Extant Cantonese Children's Songs*. Hong Kong: Hong Kong University Press, 1990. p. 1.

58 Kathryn Lowry, "Between Speech and Song: Singing Contests at Northwest Chinese Festivals," *Cosmos*, Edinburgh: Edinburgh University Press,1990, volume 6.

59 Feng Lide and Kevin Stuart, "Sex and the Beauty of Death. " Hua'er (Northwest China Folksongs), *Anthropos* , 1994, Bd. 89.

60 杨俊光《唱歌就问歌根事——吴歌的原型阐释》，苏州大学博士学位论文，2007 年，第 27 页。

区的山歌进行了从研究视角、背景、文本、音乐、歌手等一系列的研究考察。作者的调查研究从 1986 年底开始，主要研究对象是以苏州为中心的江南方言区的民歌文化（无特定地理区域研究），在田野调查的过程中，施聂姐总结了进行田野工作的经验报告，并在该书的前两章进行了概述，而她的主要研究核心——山歌的文本和音乐，则在后两章进行阐释。

1998 年 8 月，奥地利国家音响档案馆馆长许勒博士与中国民族音乐学家乔建中等组成联合考察组，深入青海采集了大量的花儿曲令。1999 年，戴延景、凯斯·戴德（Keith Dede）、慧民、朱永忠、凯文·斯图尔特（Kevin Stuart）在《亚洲民俗研究》发表《"烽火台上的欢笑"：来自青海的春节歌曲》，文中介绍和讨论了 1996 年 3 月中国农历新年期间，在青海省湟中县西两旗村进行的一系列歌舞表演以及歌曲中的音乐，并提供了这些歌曲的表演环境、汉字文本、IPA 转录的音标和英文翻译。[61]

20 世纪 80 年代以来，随着中外文化交流更加开放、频繁，英美学界对中国的研究进入了新阶段。一方面，西方学者可以亲自到中国来考察采集民歌资源，感受原汁原味的中国民歌，为其研究获得了第一手资料；另一方面，随着 21 世纪以来中国非物质文化遗产保护工作的深入开展，各地政府和文化部门加大了对当地民歌资源的挖掘、保护和宣传力度，越来越多的中国民歌开始进入英美学界学者的研究视野，成为他们关注和研究的对象。随着中西文化艺术思潮的碰撞、交流和发展，不仅英美学界音乐学者对中国民歌情有独钟，而且西方的人类学、民俗学、社会学等都将其纳入了自己的学术视野，这给中国民歌的研究开辟了新的学术境地。因此，在研究时，也尽可能多地使用不同学科、不同门类关于中国民歌的研究材料，多维度、客观地研究这一对象。英美学界与国内学界对中国民歌的研究相比较，笔者认为有以下两个特点：

一是英美学界的研究更注重民歌与中国文化、民俗之间的关系，往往从民俗学、人类学等多学科的研究路径去窥探中国民歌及其背后的文化世界，不仅考察民歌的传承现状、民歌特色、民歌手的生活环境，也记录研究中国传统社会发展变迁、政治因素和文化因素等给中国民间音乐生态带来的多元影响，体现出跨学科的研究特点；国内研究更多是注重民歌的音乐本体形态研究，无论

---

61 戴延景, Keith Dede, 慧民, 朱永忠& Kevin Stuart, "'Laughing on the Beacon Tower': Spring Festival Songs from Qinghai" in *Asian Folklore Studies*, Vol.58, 1999.

是民歌的体裁分类，还是从旋律、节奏、调式、曲式等方面的理论归纳，总上来讲，国内"音乐学界主要的研究成果还是在于本体研究"。

二是英美学界的研究更注重实地调查研究，一些学者为了研究原生态的中国民歌，已经不满足于英美学界早期关于中国民歌研究的"二手资料"，许多学者多次来到中国，并长期生活在中国民歌地区，观察、采集和研究中国民歌。他们采用实地调查研究的方法，一方面是源于西方学者对中国民间音乐的浓厚兴趣，另一方面也体现出西方学者严谨、求是、负责的治学方法和学术精神；国内"传统音乐学的研究更加强调的是案头的分析工作"，虽然早期的民间音乐研究成果绝大部分也都是建立在采风、走访等实践基础之上，但现今学术界对已有文献的二次研究、研究之研究的现象十分普遍。

20 世纪，以英文著述的中国民歌的研究开始在探索中走向发展，出版了大量关于中国民歌以及相关主题的英文文章和书籍，总体呈现以下的特点：

首先，田野调查开始成为西方学者研究中国民歌的重要方式。研究"花儿"的英国学者苏独玉（Sue Tuohy）、罗开云（Kathryn Lowry），研究苏南民歌的荷兰汉学家施聂姐（Antoinet Schimmelpenninck），研究仪式音乐、道教音乐的英国汉学家钟思第（Stephen Jones），还有美国学者李海伦（Helen Rees）、韦慈鹏（J. Lawrence Witzleben）、英国学者施祥生（Jonathan P.J. Stock）等。他们都亲自来到中国，参与中国地方民歌的田野调查，并发表了大量重要的田野调查英文研究成果。

其次，西方学者组建了专门研究中国音乐的学术组织机构，开始建立"中国音乐学术圈"。1955 年，在北美成立"民族音乐学会"（Society for Ethnomusicology），中国音乐被纳入"民族音乐学"中的世界民族音乐范畴。1990 年，荷兰学者施聂姐（Antoinet Schimmelpenninck）和高文厚（Frank Kouwenhoven）夫妇建立了欧洲第一个传播中国音乐的机构"中国音乐研究欧洲基金会"，取名为"磬"（CHIME）。自 1991 年第一届欧洲中国音乐研究基金"磬"（CHIME）年会举办以来，截至目前已经举办了 22 届，在增进中西跨文化理解、推动中外音乐文化交流、促进中国音乐包括民歌的国际传播做出了重要的贡献。另外还有北美的"中国演唱文艺研究会"（CHINOPERL）、"亚洲音乐研究会"（ACMR）等组织。随着海外研究中国音乐的学术团体不断壮大，越来越多喜爱中国音乐的研究者、作曲家、爱好者、音乐家等加入进来，这也使得中国音乐特别是中国民歌在英美学界的传播范围更广、影响也逐渐加深。

第三节 多元深化阶段（21世纪以来）

新世纪以来，全球化进程的不断加深，海外汉学研究也进入了一个新的历史时期，同时中国对外交流的日益频繁、人民的物质生活水平的不断提高，也为中国音乐跨文化交流提供了有力保障。国际学界关于中国民歌的研究进入多元化深化发展时期。

这一时期英美学界中国民歌研究的学者出现了三股研究潮流，一类借助后现代思潮之风，对传统民歌研究进行解构，并开始了新的建构，例如美国的电子技术与信息科学工程师协会（IEEE）收录了数篇关于中国民歌的研究论文，涉及统计学分析、音乐心理学分析、风格分析、曲式分析、结构分析、符号分析等方法。另一类延续20世纪正统的研究思路方法，对中国民歌进行更加翔实、更加广泛地探讨，具有代表性的是日本学者大木康和意大利汉学家史华罗关于中国明代冯梦龙《山歌》的研究《山歌：中国明代的情歌》（*Shan'ge, the "Mountain Songs": Love Songs in Ming China*）、华沙大学查义高的《河上歌：四川船工与川江号子》（*Singing on the River: Sichuan Boatmen and Their Work Songs, 1880s-1930s*）以及白安妮的《中国式淫秽：四至五世纪的中国民歌》（*China's Bawdy: The Pop Songs of China, 4th-5th Century*，2008）[62]等。第三类为海外留学生的学位论文，这类文章是21世纪以来新兴起的一股重要支流，它们以分析中国民歌作品为主要内容，为海外传播中国文化的传播做出积极贡献。研究者们将中国民歌与西方学术思维融合，为民歌在西方的研究起到了重要的传播推动作用，例如陈璐萱（Lu-Hsuan Lucy Chen）博士论文《中国民歌：古老民族的宝藏》等。

一、新技术手段的引入

国际学界对于中国民歌的研究也出现了多元化的趋势，跨学科研究成为热点。例如2001年在第七届系统和比较音乐学国际研讨会暨第三届认知音乐学国际会议中，佩特里（Petri Toiviainen）和托马斯·阿罗拉（Tuomas Eerola）在其《基于音乐特征提取和神经网络的民间音乐比较分析方法》一文中，运用模型建构与统计学的方法，开发了一个简单的数据挖掘工具，来统计民歌旋律的分布的特征，使用了2226首中国民歌的歌曲库来作为样本进行特征统计分析。

---

62 Anne Birrell, *China's Bawdy: The Pop Songs of China, 4 th -5 th Century*.UK: McGuiness China Monographs, 2008.

在世界上最大的非营利性专业技术学会——美国电气电子工程师协会（IEEE）的研究视野中，亦有电子信息科技方面的研究涉及中国民歌。其下属协会计算机协会 IEEE Computer Society（IEEE CS）是国际上致力于计算机科学和技术的全球顶级组织，其承办的 2007 年的语义计算国际会议（International Conference on Semantic Computing, ICSC 2007）年会中，由 Yi Liu、JiePing Xu、Lei Wei、Yun Tian 提交的长文《中国民歌的地域风格分类研究》（The Study of the Classification of Chinese Folk Songs by Regional Style）探讨了一种利用支持向量机（SVM）对中国民歌进行地域风格分类的方法，后收录在论文集中。在 2008 年图像和信号处理国际会议（International Congress on Image and Signal Processing，CISP 2008）上，Peng Wang、Jieping Xu、Li Yan 的文章《中国民歌自动分类的特征选择》介绍了一种启发式的封装器方法：基于分类贡献比的选择（CCRS）。其利用 RBF 神经网络作为分类器，对来自 10 个地区的 517 首中国民歌的 74 个特征数据集进行了实验。在 2009 年世界计算机科学与信息工程大会 2009 WRI World Congress on Computer Science and Information Engineering 上，Yi Liu、Lei Wei、Peng Wang 发表的文章《中国民歌地域风格的自动识别》研究了基于不同机器学习方法的地理样式自动识别。他们为了提高分类精度，发现区域风格分类中最重要的特征，提出了一种主动特征选择方法。

二、传统研究的延续

杰克·博迪是新西兰知名作曲家，他创作了许多以中国民间元素为题材的音乐作品。2000 年 6 月，杰克·博迪和杜亚雄出版了《少年：来自中国西北部的情歌——歌手、歌词与音乐》的英文版专著，作者对所附"花儿"音像制品中的甘肃歌手李贵洲、姬正珠二人做了简介，并对二人演唱的歌词进行了分析。

同年，安妮·麦克拉伦（Anne McLaren）和陈勤建《在亚洲民俗研究》（*Asian Folklore Studies*）发表《中国妇女的口头文化和仪式文化：南汇的哭嫁歌》一文，这是西方世界第一次研究中国长三角地区新娘的哀歌，也是第一次将汉民族的哀歌作为具有特定仪式和修辞策略的口头传统文学的例子来研究的论文。随后，该文被姜丽萍、李金珏译为中文，发表在 2004 年《民俗研究》期刊上。他们翻译并分析了四个来自于哀歌不同部分的主要旋律。[63]

---

63 Anne McLaren & Chen Qinjian, "The Oral and Ritual Culture of Chinese Women: Bridal Lamentations of Nanhui" in *Asian Folklore Studies*, Vol.59, No.2, 2000.

  法国巴黎第四大学教授法兰索瓦·皮卡尔（François Picard）以英文发表了两篇文章：《17-18世纪的中西音乐交流》（2001）一文探讨了西方传教士自16世纪到达中国以后，西方乐器、西方音乐理论、宗教音乐在中国的传播以及中国音乐向西方的传播过程。[64]

  苏独玉在这一时期依旧有研究成果面世，如2003年的《地方差异的选择与挑战：中国音乐中的地域依附与方言》考察了西北地区人们在唱、说、写花儿歌曲时的语言选择。苏独玉认为，"关于语言的许多决定都是由这样一个事实决定的：这种体裁被提升为一种独特的地方音乐形式，这种地方性的区别是由中华民族定义的，并且与中华民族有关"。[65]此外，她还讨论了音乐表演中的语言选择以及在推广花儿歌曲中的语言选择。2001年她在《民族音乐学》上发表长文《现代中国民族主义的声音维度：音乐表征与转型》，探讨了中国从古至今以时代为背景的时政歌曲。从曾侯乙编钟的绝响，到5个世纪后士大夫们收集歌谣来收集人民的评价，到民国时期的民歌收集机构和偏远山区的红色歌曲……苏独玉勾勒出音乐民族主义的广义维度，考察音乐民族化与民族音乐化的相互转化过程。在整个20世纪，不同形态、不同社会背景下的中华民族意识的建构中，音乐作为一种表现形式和一种体验性的组织形式。它不仅象征性地代表了民族主义者的民族观念，而且为民族人民积极参与民族活动提供了语境。民族主义者在各种不同的音乐风格的意识形态框架下，苏独玉对什么是中国人，什么应该是国家的问题提供了不同的音乐答案。

  国内《中国民间音乐集成》的出版在国际上产生了较大影响，钟思第（Stephen Jones）于2003年发表文章《言外之意：对中国民间音乐选集的反思》（Reading between the Lines: Reflections on the Massive "Anthology of Folk Music of the Chinese Peoples"），评估了《中国民间音乐集成》的价值，认为其是一部具有纪念意义的文献，记录了来自中国的三十个省、自治区、省级直辖市的传统音乐流派。[66]《中国民间音乐集成》始于1979年，它公开地揭示了中国悠久的历史在中国的整个城市乃至整个乡村地区对传统音乐的持续实践的普遍性。

---

64 François Picard, "Music (17th and 18th centuries)" in Nicolas Standaer ed. *Handbook of Christianity in China* (vol. 1), Leiden: E.J. Brill, 2001. pp.851-860.

65 Sue Tuohy, "The Sonic Dimensions of Nationalism in Modern China: Musical Representation and Transformation" in *Ethnomusicology*, Vol.45, No.1, 2001.

66 Stephen Jones, "Reading between the Lines: Reflections on the Massive 'Anthology of Folk Music of the Chinese Peoples'" in *Ethnomusicology*, Vol.47, No.3, 2003.

　　英国学者施祥生（Jonathan P. J. Stock）的专著《沪剧：现代上海的传统戏曲》（*Huju: Traditional Opera in Modern ShangHai*，2003）一书，详细阐明了"沪剧"是如何由"东乡山歌"演变而来的，总结了其从地方民歌——说唱——戏曲的发展历程。[67]其中译本由赵玥翻译，于 2009 年由上海音乐学院出版。

　　随着全球学术共同体的建构，一系列学术问题的讨论也凸显出来。有些学者注意到了民歌的版权问题——民族音乐学家对将民间音乐推向全球市场，给欣赏者体验这种音乐的方式带来的根本性变化，使更多人接触到了民间音乐并产生兴趣，这种变化既有明确的音乐提供者和消费者的距离，也有音乐的技术中介。2005 年伦敦亚非学院（SOAS）的研究生蕾切尔·哈里斯（Rachel Harris）在《现代中国》发表的论文《王洛宾：西北民歌王还是歌贼？版权、代表权与中国民歌》，从音乐版权问题展开，主要讨论了 20 世纪中国著名作曲家、民歌收藏家王洛宾所引起的争议，即所有权和真实性的问题，特别是版权（谁有权获得利润）的法律问题和道德权威（谁有权代表）的情感问题。此外，蕾切尔·哈里斯还曾于 1991 年至 1992 年在北京中央音乐学院学习了一年的中国音乐。在中国期间，她还去了甘肃省参加了一个民歌节（花儿会），并在 1994 年的 CHIME 会议上作出考察报告。

　　Xiaoshi Wei 的硕士论文《正在消失的花儿传统：中国农村中的电子媒体个案研究》一文中，提到了"花儿"作为一种口传心授的传统艺术，在电子媒体技术的冲击下，正在失去其口头传播的重要方式。该文章以民族志的研究方式着眼于现代技术对民歌传统的深刻影响。[68]

　　莱斯大学的博士论文《贺绿汀：中国近代的音乐反抗者》（2010）由 Sarah Spencer Rawley 撰写，该文章研究了中国著名的作曲家、教育家贺绿汀在接受了古典传统音乐的学习后，如何致力于改革中国音乐的道路历程。[69]

　　Mo Li 的博士论文《花儿歌曲的音乐与抒情多样性》以国内对"花儿"的主要研究为基础，考察了"花儿"具有代表性的地方传统民歌创作技法和音乐风格。并从抒情和音乐结构、内容、表演语境等方面进行了回顾和整理，对新

---

67 Jonathan P. J. Stock, *Huju: Traditional Opera in Modern ShangHai.* Oxford: Oxford University Press, 2003.

68 Xiaoshi Wei, "The Disappearing Hua'er Tradition: A Case Study of Electronic Media in the Chinese Rural Vilage, Lianlu", University of Central Missouri, PhD, 2007.

69 Sarah Spencer Rawley, "He Luting: Musical Defiance in Maoist China", Rice University, PhD, 2010.

中国成立以来中国民歌研究中的地域、多民族歌曲多样性研究进行了独特的审视。[70]

哥伦比亚大学出版的《哥伦比亚中国大众文学作品集》（*The Columbia Anthology of Chinese Folk and Popular Literature*，2011）由著名汉学家梅维恒（Victor H. Mair）和美国俄亥俄州立大学东亚语言文学系主任马克·本德尔（Mark Bender）收集编撰。其中，在"传统民歌"一节中，收录了由柯杨（Ke Yang）、Ye Jinyuan（回族）和罗开云（Kathryn Lowry）三人共同收集的民歌作品。罗开云单独翻译并介绍的文章《中国西北部的花儿》，介绍了花儿以及花儿会的大致情况并翻译了一些花儿歌曲，该文为甘肃、青海、宁夏的花儿、花儿"节日"（聚会）提供了翔实的介绍，为田野调查中收集的华语歌曲提供了有价值的英译。然而，在这篇论文中，罗开云忽视了新疆维吾尔族自治区也有花儿歌曲的事实。康奈尔大学语言学教授约翰·麦考伊（John McCoy）的论文《清代山歌》，介绍了一些清代出版的流行歌曲选集及它们的部分翻译。施聂姐和高文厚收集整理的文章《江苏省的民歌》，阐述了他们 1986 年至 1994 年在中国苏南地区进行田野调查时收集的民歌以及它们的翻译，并介绍了福建省山居社的劳动与婚介歌；加州大学河滨分校人类学名誉教授尤金·N.安德森翻译介绍的《香港咸水歌》，对香港和广东的疍家人所唱的咸水歌进行介绍和文本译介。马克·本德尔收集整理的《广西柳州的山歌（不同种族间）》，介绍了广西壮族自治区柳州的山歌传统。[71]

2011 年，夏威夷大学的研究生 Yang Man 在 11 月举行的民族音乐学会年会上发表了题为《建筑遗产：中国西北的花儿歌》的论文。她的实地调查主要集中在省级、国家级和世界级非物质文化遗产（ICH）认定背后的文化权威标准和网络。她认为，中国国家非物质文化遗产认定制度旨在强化国家对集体遗产的所有权，并根据国家确定的意识形态构建国家身份。

（一）查义高《河上歌：四川船工与川江号子，1880-1930 年》研究概述

2015 年，查义高出版专著《河上歌：四川船工与川江号子，1880-1930 年》，这本书由两部分组成。第一部分为"研究背景"，分为两章，概述了四川船工

---

70 Mo Li, "Musical and Lyrical Multiplicity of Hua'er Flower Songs", The Ohio State University, PhD, 2011.

71 Victor H. Mair& Mark Bender, ed., *The Columbia Anthology of Chinese Folk and Popular Literature.* New York: Columbia University Press, 2011.

的历史，介绍了"号子"这一歌种。第二部分为"社会空间、工作、性别和自我认知"，主要关注了川东船夫如何感知他们所生活和工作的物质和社会世界，以及如何与其互动——主要依靠1980年代从重庆地区和四川东部收集的歌曲剧本语料库。具体来说，查义高的"号子"材料来自《中国歌谣集成·重庆卷》和《川江号子》两卷。改革时期的歌曲集作为当地传统的综合体现很有价值，其目的是保存该流派的亮点，并增强地区自豪感。

第一章"歌曲的社会渊源：川东的工人阶级（1880年代至1930年代）"中，结合了四川省经济社会发展历史和其他交通运输从业人员和城镇劳动者的状况，对四川船工的起源和社会经济状况进行了详细的研究。查义高认为，四川的快速城市化和商业化以及农村人口的相对过剩，推动了船工职业的发展，加之西方帝国主义把中国纳入一个经济体，这也是对新资本主义经济和西方帝国主义创造的需要的回应。文章通过对四川船工劳动生活状况的考察，揭示了其劳动歌曲和船工文化的历史根源和社会经济根源。

第二章"河的声音"查义高从民族音乐学的角度对这些歌曲进行分析，强调这些歌曲在船夫工作的特定社会、文化和环境背景下的重要性和实用性。通过对中国学者所采用歌曲的复杂分类，论证了号子这一民歌体裁是如何适应河流上的自然环境的，以及它们歌曲的多样性如何揭示其社会上的功利性和工具性。后来，通过对1911年号子的一个精选传统和最古老的录音资料的仔细分析，查义高发现船夫的歌曲最基本的功能是确保他们作品的交流和同步。之后的三章为第二部分，是从文化史的角度来深入解读船夫的歌曲。

第三章"河流世界的地图"，查义高考察了那些描述和代表川东社会的号子，最重要的是重庆这个地域大都市里的号子。此部分内容提出两个要点：首先，这些船工歌曲包含了河流和城市的详细信息，因此成为了能够在该城市成功航行的必要"地图"；其次，歌曲对城镇、码头，尤其是重庆的再现，体现了船工的审美偏好，以及他们对社会的憧憬和对城市社会文化空间的祈望。

第四章"我们属于哪里？四川社会的自谋职业"分析了船工如何看待自己的工作，进而如何看待自己在四川社会中的社会地位。作者认为船工为他们工作的辛苦和低下的社会地位而哀叹有三个原因：第一，他们表达并抗议老板和控制他们进入劳动力市场对他们的剥削；第二，当船夫们唱着受害者、悲惨的事故和对他们未掩埋的身体的可悲破坏时，在这些歌曲中注入了一种"死亡文化"——他们把自己想象成软弱、没有人性甚至懦弱的人，以此抗议剥削，并将工作中的致命事故归咎于老板；第三，他们对宗教上可以控制的自然力量和残忍的人类行为所带来的危险进行了严格的区分。为了保护自己，他们嘲笑那些梦想改善社会经济地位、强化作为这一职业基本特征的苦难和忍耐的共同精神的人。这些歌曲突出了船夫在逆境中的兄弟情谊和团结，表达了一种在艰难中铸就的阳刚之气。

第五章"关于女人和爱情"中，讨论了女性和船夫与女性之间的爱情关系的歌曲。它主要关注的是对船夫男性气质的看法的分析，这也是通过歌曲来体现的。查义高证明了四川船夫这一阶层的男人对于"规范"男性的自我认知存在很大的问题，因为他们大多没有建立家庭，没有达到儒家规范规定的受人尊敬的程度。船夫声称自己强壮、迷人、在性方面具有侵略性，却害怕、软弱，无法与女性建立持久的、社会可接受的关系。他们可能会赞美不正当的或通奸的性行为，并为妓女唱赞歌，同时表达他们对因贫穷和移民生活方式而导致婚姻破裂的悲伤。这一看似矛盾的事实有其内在逻辑，既表现了船夫对规范的社会角色的反抗，又表现了船夫对规范的社会角色的顺应。因此，船夫对"规范"男性气质的态度与他们对工作和社会地位的看法是一致的。

（二）葛融《民歌之王：连接着当代中国的人、地点和过去》研究概述

葛融于 2018 年出版的专著《民歌之王：连接着当代中国的人、地点和过去》（*Song King: Connecting People, Places, and Past in Contemporary China*, 2018），考察了"西部民歌之王"王向荣的生活和演唱，以了解巡演歌手如何向观众呈现传统、现代、乡村和城市的"自我"和"他者"，以及如何在这两者之间、在这持续变化的世界中不断重新定义自己的。葛融通过聚焦这样一位标志性的歌手，了解他为了适应和调和不同的观众群体，在微观层面上是如何就特定场合调整他的言语和歌曲，是如何将这种见解与中国和世界各地的其他歌手联系起来的。在这部专著中，葛融首先在开篇考察了古代传奇英雄歌手和当代中国民谣歌手之间的相似之处，指出那些标志性巡回表演者在群体之间旅行时突出且克服了社会张力。通过与他者互动，这些歌手为观众提供了令人信服的存在模式，让他们在一个不断发展的世界中协调自己的自我感和群体感。在概述了典型英雄歌手的故事之后，葛融在这里关注了王向荣生活的方方面面——随着他从默默无闻的农村生活到城市生活，引起了公众的关注。他认为王向荣的形象将他年轻时居住的山顶村庄和他后来居住的省城联系了起

来，体现了社会流动和对待爱情和婚姻的态度的张力。像王向荣这样的人生故事之所以引人注目，部分原因是它们与早期的歌神传说以及 20 世纪中国当代民歌歌手的人生传记产生了共鸣。

其次，他在第二章中探讨了王向荣青年时期所遇到的歌唱家和歌曲如何为歌坛权威和作为公众对话的歌曲提供了模板。葛融探讨了与乡村环境有关的歌曲——宴会、仪式、节日和求爱歌以及它们后来被改编成代表更大实体（包括地区、国家和公司）之间的对话。在列举了几首基于地点——对他的故乡村庄和周遭环境的歌词指代——的歌曲后，葛融提出王向荣继续扩大了地理和歌词之间的联系，以代表越来越广阔的地域。与这一拓展相联系的是对不同声乐面具的使用，葛融称之为"歌唱人格"（sung personae），即在歌曲中构建的声音，这些声音随后会成为更大的集合实体的体现。当不同的声音聚集在歌曲的"汇合点"边缘时，个体的欲望被共享和融合，导致新观点的形成。

随后，在第三章中讲述了王在榆林民间艺术团的职业生涯中，如何运用他所受的歌曲教育来创作和表演具有地域代表性的作品。探索当地的传统是如何适应的，使其配得上舞台，以及歌手如何将带有色情意味的当地节日曲调"扩展"成忧郁的、纪念性的颂歌，以反映该地区的历史，转变歌曲的意象、人物和节奏。在看过 20 世纪 80 年代王向荣改编的一部电视剧之后——例如著名的革命歌曲《东方红》的发展也经历了类似的过程，葛融认为，除了修改歌词，歌手还能够逐渐代表更大的区域，并在这些区域中实现更加灵活的自我表达。他引用王向荣在 2011 年至 2012 年的各种演出中的口头介绍，认为他作为地区代表的角色要求他根据观众基于身份和演出地点来改变自我的表现和他所唱的歌曲。然后他分析了王演唱的《东方红》的两个版本，考察它们是如何将王向荣青年时期歌曲的主观性融合到国家和历史的表现中去的。

第四章中，葛融考察了在国外演出时，本土的和地区的文化是如何成为国家的文化的，以及"中国性"的模糊概念是如何作为一个便捷的象征性场域——当在场的不同群体互相确立自己位置时，可以在观众间以此作为支点。他考察了陕西省北部的玉林州如何利用王向荣的歌曲和二重奏表演的歌舞，以促进中国最大的煤炭公司和基于美国的跨国化学公司陶氏化学的联合项目。通过聚焦于 2008 年玉林民间艺术团在密歇根州米德兰陶氏全球总部举办的"远东遇见西方"活动上的表演以及次年陶氏赞助的美国国家交响乐团在中国的互惠演出，葛融探讨了在一个全球化时代，在不同地区建立关系的过程中，互惠表演的象征性作用。"在国际舞台上，歌曲所产生的对话变得更加复杂，多重层次和不同群体都会参与进来"。[72]

在第五章中，葛融探讨王向荣和其他歌手为适应多样场合的演出而做的考虑，包括与朋友的小型私人聚会和与民歌学者的会面。通过引用适合不同观众的不同歌曲版本，葛融表明，歌王和歌后在不同地区间演出时，学会了对不同地区的审美观念保持敏感。他也提及在与王向荣及两位退休的陕西民歌收藏家交流时，他们对"情色"材料的不同阐释突显了歌曲表演是如何成为一个讨论公众道德的场所——这个主题从早期的歌王传说到现在都一直存在。无论是民谣歌手还是民歌收藏家，都通过他们的表演和记录，在基于农村和基于城市的道德观念之间进行调解。

在第六章里，葛融探索了歌王和歌后是如何通过创造熟悉景致和异国情调来进行交替的表演，让观众在不断变化的世界中找到自己的位置。通过检视王向荣在他家乡的一场表演——这场表演中，作为一个外国学者和陕北民歌的爱好者，葛融成为了表演流程的一部分。他提出，语言、地点和旋律在熟悉和遥远之间的转换就像一个特殊的棱镜——一个半透明的镜头，把观众投射到他们自己身上，把他者投射在他们身上，也呈现了他们在他者眼中的意象。葛融认为这些意象给观众提供了重新调整自己与不同他者之间关系的机会。当王向荣从远方回到故乡，挑战他的听众去聆听他的歌曲中基于地域的真实性（"地道"），以及在大型晚会表演中与其他节目并置时，也提供了类似的反思机会。

2019 年，印第安纳州立大学出版了由张丽君（Lijun Zhang）、Ziying You 编辑的专著《当代中国民俗学研究：话语与实践》（*Chinese Folklore Studies Today: Discourse and Practice*），该书主要由研究中国民俗学的资深学者撰写，由中国和美国民俗学家在 2015 年在加州长滩举行的美国民俗学会年会上的"中美民俗学合作：进展报告"论坛上的对话引发，同时也是对英文民俗学出版物的重要补充，旨在通过阐释当代中国民俗学研究的动态，解决美国学者对中国民俗的知识空白。书中第三章由葛融编写，章节命名为"歌的符号学：当代中国抒情叙事与社会叙事的融合"（A Semiotics of Song: Fusing Lyrical and Social Narratives in Contemporary China），主要介绍了中国民歌民俗学方面的关注焦点，认为在中国的历史进程中，学者们把民歌解释为与政治、道德、地理和阶级方面的文

---

72 Levi S. Gibbs, *Song King: Connecting People, Places, and Past in Contemporary China*. Honolulu: University of Hawaii Press, 2018. p. 21.

化想象有关的民意表达。受到歌曲多重力量的启发，学术分析从对地点、传统和过去的一般性讨论，到研究歌曲与个人生活之间的"联想"意义。

三、音乐分析及创作

随着新世纪以来全球化进程的不断加深，海外汉学研究也进入了一个新的历史时期。这一时期，海外中国学的研究成果激增，包括留学海外的华人学子，通过期刊论文、学位论文等形式向世界推广中国文化。

在此期间，2000 年，陈璐萱以其博士论文《中国民歌：古老民族的宝藏》（*Chinese Folk Song: Hidden Treasures of an Old Nation*）毕业于美国马里兰大学帕克分校，该文是以一系列的多媒体形式的课程总结稿组成，共有三个课题：第一部分讨论了该文的理论基础，以历时性歌曲的创作发展为主题，讲述了作者的调查和实例，以及其中所涉民歌的翻译音乐在中国文化中的作用；第二部分是乐理方面的讲述，讨论了中国民歌表演实践的三个方面：音乐理论、音乐表现、地域风格，其中在音乐理论方面展开了对音阶、调式、伴奏、和声和节奏的讨论；第三部分为比较类，其中详细说明了采用罗马拼音和国际音标的中国歌唱用语，还讨论了许多美国歌手在尝试用中文演唱时遇到的困难。该论文的每个课题都附有歌词翻译和视频，且附录了涉及歌曲的英译。[73]

这一时期，以中国民歌创作的作品音乐及作品分析类论文也颇为多见，如2004 年美国波士顿大学艺术学院的音乐艺术博士 Chao-jan Chang 以自己创作的电子弦乐五重奏《我的祖国的民歌》毕业，这是一首以弦乐五重奏、打击乐手和电子乐的方式创作的三乐章室内乐。弦乐五重奏包括两部小提琴、一部中提琴、一部大提琴和一个倍低音弦乐器。电子声音需要电脑和音乐软件，用其中的播放列表功能来播放声音文件。

2006 年，亚利桑那州立大学的音乐艺术博士 Shumin Lin 以博士论文《盛宗亮小提琴独奏作品〈小河淌水〉演奏指南》毕业，该文就美籍华裔作曲家盛宗亮的作品《小河淌水》，探索盛宗亮创作中的跨文化音乐影响。盛宗亮的小提琴独奏作品《小河淌水》以云南民歌《小河淌水》命名。这首作品的第一部分使用了民歌的主题。《小河淌水》是中国最受欢迎和认可的民歌之一，已经被传唱了一个多世纪。除了音乐分析之外，作者对中国民歌的背景做了简要介绍，以帮助读者理解盛宗亮的创作特点，还通过对盛宗亮的采访讨论了表演问

---

73 Lu-Hsuan Lucy Chen, "Chinese Foik Song: Hidden Treasures of an Old Nation", University of Maryland, PhD, 2000.

题和对音乐的诠释问题。同年，辛辛那提大学音乐学院硕士生 Lingyan Zhao 以其创作的《弦乐四重奏》毕业，这些弦乐四重奏的音乐主题都是来自中国民歌旋律，弦乐四重奏 I 是根据《幸福的拉索》改编的，第二首使用了《小白菜》的旋律，最后一个弦乐四重奏的主题来自中国民间舞音乐。

2009 年，辛辛那提大学音乐艺术博士 J. Carlton Monroe IV 的博士论文《陈怡合唱作品指挥指南》对当代重要的器乐和合唱作曲家陈怡的生平及其作品进行分析。陈怡的作曲风格集中在体现中国传统元素、民歌和风格与西方技法、形式结构和声语言的独特结合上。该论文分为三章，第一章为陈怡的传记与创作概览；第二章分析了陈怡的合唱作品：在混声合唱《宋词三首》中分析了三首宋词合唱作品，以及为钱蒂克利尔男声合唱团（Chanticleer）而作的无伴奏合唱《唐诗四首》，还有童声合唱《中国古诗合唱五首》；第三章分析了陈怡的以神话传说为题材创作的管弦乐、四件民乐与合唱《中国神话大合唱》，这首作品是以中国神话故事为素材，曲调融合了西方和东方元素，由大型管弦乐队配乐和中国传统乐器结合而成的男声合唱。

对陈世襄和姚锦新的专著《花鼓和其他中国歌曲》进行分析的硕士论文《一本美国歌曲集？陈世襄、姚锦新〈花鼓和其他中国歌曲〉分析》于 2010 年由 Jennifer Talley 完成。该论文第一、二章介绍了陈氏夫妇及其生平、美国人对待中国移民者的态度等内容。陈氏夫妇移民美国时，正值中国处于政治动荡和美国处于极端反华情绪的年代，这种背景给此书赋予了更特殊的含义。第三章介绍了该专著出版的背景、发行价值以及创作思路等问题。第四章分析了陈氏书中的音乐、艺术、文化和历史部分。陈氏夫妇的书分为五个主要部分，每个部分都包含了一段关于作品的艺术、文化和历史信息。《花鼓和其他中国歌曲》中的每首民歌都有声乐和钢琴的伴奏，并配有英文音标和罗马拼音注音的中文歌词。姚锦新在前言中说，她一直在尝试模仿伴奏中常见的各种中国乐器，所以文中还列举了各种音乐实例，并对这些民歌原始伴奏和现代表演的描述进行了比较。结语部分还讨论了这些现代表演以及这本书在美国音乐史上的重要性。[74]

剑桥大学出版社于 2010 年出版了 Jin Jie 所著的普及性专著《中国音乐》（*Chinese Music*），书中简要阐述了中国音乐自古至今的发展历程、影响古代

---

74 Jennifer Talley, "An American Song Book?: An Analysis of the Flower Drum and Other Chinese Songs by Chin-Hsin Chen and Shih-Hsiang Chen", Florida State University, M.A., 2010.

音乐的思想内涵、中国乐器、中国民歌等内容，其中还记录了美国儿童表演中国民歌《茉莉花》的场景。[75]同年，休斯顿大学音乐艺术博士 Yi Zhang 的博士论文《当东西方相遇时：盛宗亮钢琴作品的文体分析》，对盛宗亮的钢琴作品进行了一系列的风格分析，并将这些分析置于盛宗亮个人的影响以及他独特的生平和音乐经历的语境中，揭示出盛宗亮融合东西方文化的独特作曲风格的发展路径。

Carol Shortis 的硕士论文《提炼精华：杰克·博迪作品中的声音来源》完成于 2010 年，该论文通过对作曲家的三个具体作品的批判性分析，来探讨音乐的文本设置和他对原始音乐素材的使用，以及这二者间是如何融合并进行变革的。[76]

2011 年，Wei Xiaoshi 在密苏里州中部大学传播学硕士学位论文中，以莲庐村的"花儿"民歌为例，阐述了现代科技对这一传统民歌的影响，认为花儿在面对当代电子媒体技术时，正逐渐失去其口头交际性。俄亥俄州立大学 Li Mo 的一篇音乐艺术博士论文《花儿歌的音乐性与抒情性》研究了具有代表性的花儿地方传统的诗歌创作技巧和音乐风格，并回顾了多民族花儿歌曲的抒情和音乐结构、内容和表演语境。这项研究是基于一些中国的体裁研究，但没有提供这些来源的批判性评价。

21 世纪以来，英美学界关于中国民歌的研究进一步深化发展，呈现以下几个特点：

一是西方学者的研究成果更为丰富、研究更加深入，更多西方学者深入中国民间，对民歌进行发掘和采集。具有代表性的专著主要有：意大利汉学家史华罗和日本学者大木康关于中国明代冯梦龙《山歌》的研究《山歌：中国明代的情歌》（*Shan'ge, the "Mountain Songs": Love Songs in Ming China*, 2011），华沙大学查义高的《河上歌：四川船工与川江号子》（*Singing on the River: Sichuan Boatmen and Their Work Songs, 1880s-1930s*, 2015），俄亥俄州立大学东亚语言与文学系的葛融（Levi Samuel Gibbs）出版专著《民歌之王：在当代中国建立人、地域和历史的联系》（*Song King: Connecting People, Places, and Past in Contemporary China*, 2018），这几部专著都是建立在田野考察的基础之上，其

---

75 Jinjie, *Chinese Music*. Cambridge University Press, 2010. p. 83.

76 Carol Shortis, "Distilling the Essence: Vocal Provenance in the Work of Jack Body", New Zealand School of Music, M.D., 2010.

研究内容十分翔实，记录论述了中国不同时代、不同地域的民歌，具有重要的学术价值。

二是跨学科研究、新技术手段的运用。2001 年，芬兰科学院院士 Petri Toiviainen 与音乐认知学教授 Tuomas Eerola 共同发表了《基于音乐特征提取和神经网络的民间音乐比较分析方法》一文，其运用模型建构与统计学的方法，提出了一个简单的数据挖掘工具来统计分析民歌旋律的分布特征，文中使用了 2226 首中国民歌的歌曲库作为样本进行特征统计分析。由 Yi Liu, Jie Ping Xu, Lei Wei, Yun Tian 联合撰写的《中国民歌的地域风格分类研究》发表在 2007 年的语义计算国际会议 International Conference on Semantic Computing（ICSC 2007）论文集中，文中探讨了一种利用支持矢量机（SVM）对中国民歌进行地域风格分类的方法。新技术手段和跨学科研究方法的运用，一方面使得西方对中国民歌的研究更加深入，另一方面促使西方学者对中国民歌研究朝着多元化的趋势发展。

同时，很多留学海外的华人学子通过期刊论文、学位论文等形式向世界推广中国民歌文化，丰富了民歌在英美学界的研究成果。2000 年，Lu-Hsuan Lucy Chen 撰写了博士论文《中国民歌：古老民族的宝藏》；Anne McLaren 和陈勤建《在亚洲民俗研究》（Asian Folklore Studies）发表文章《中国妇女的口头文化和仪式文化：南汇的哭嫁歌》等。随着民歌在海外的广泛传播，英美学界还大量出现了以中国民歌创作的作品和对作品分析的研究成果。如南加州大学桑顿音乐学院的音乐艺术博士 Yi-Jung Tseng 在 2003 年提交的学位论文《台湾本土作曲家萧泰然的〈1947 年序曲〉》，该文分析了这部作品的结构；美国波士顿大学艺术学院的音乐艺术博士 Chao-jan Chang 创作的电子弦乐五重奏《我祖国的民歌》；亚利桑那州立大学的音乐艺术博士 Shu Min Lin 的博士论文《盛宗亮小提琴独奏作品〈小河淌水〉演奏指南》，辛辛那提大学音乐学院硕士生 Ling Yan Zhao 提交其创作的《弦乐四重奏》等。这些音乐学及作曲专业的学生以自身的专业研究，积极地向世界推介和宣传中国民歌，促进了中国民歌在英美学界的传播、发展与研究。

综上所述，通过梳理英美学界有关中国民歌记载的相关文献资料，根据不同时期英美学界对中国民歌的关注、传播与研究的重点，本专著将英美学界对中国民歌的研究划分为介绍传播、探索发展、多元深化三个阶段，并对各个阶段的重点学者、主要著作以及研究成果进行介绍、分析和评述，将其置于本来的历史话语背景中，以总结各个时期英美学界中国民歌研究的总体特征、学术价值和历史意义，尽力还原18世纪以来英美学界中国民歌的研究概貌。

20世纪80年代以来，随着中外文化交流更加开放、频繁，英美学界对中国民歌的研究进入了新阶段。一方面，西方学者可以亲自到中国来考察采集民歌资源，感受原汁原味的中国民歌，为开展研究获得了第一手资料；另一方面，随着21世纪以来中国非物质文化遗产保护工作的深入开展，各地政府和文化部门加大了对当地民歌资源的挖掘、保护和宣传力度，越来越多的中国民歌开始进入英美学界学者的研究视野，成为他们关注和研究的对象。随着中西文化艺术思潮的碰撞、交流和发展，不仅英美学界音乐学者对中国民歌情有独钟，而且西方的人类学、民俗学、社会学等都将其纳入了自己的学术视野，这给中国民歌的研究开辟了新的学术境地。因此，在研究时，本专著也尽可能多地使用不同学科、不同门类关于中国民歌的研究材料，多维度、客观地研究这一对象。

纵观英美学界几百年来关于中国民歌的研究成果，可以看到英美学界对中国民歌研究从猎奇到传播、从乐理到学理、从本体到多元的追求历程与研究轨迹，反映了中国民间音乐在英美学界的传播价值和学术影响，同时西方学者的研究方法、研究视角和研究成果无疑对国内学术界的相关研究具有重要的启示意义。

第三章　英美学界中国民歌的
民族志考察与研究

　　民族志是描述和分析一个种族或者一个群体中人的生活方式和文化场景，是一种为了调查和阐释社区、团体及其他社会组织的社会文化模式与意义的人类学研究方法。有学者认为，广义的民族志是"把对异地人群的所见所闻写给和自己一样的人阅读，这种著述被归为'民族志'"[1]，而狭义的人类学范畴的民族志"是对人以及人的文化进行详细地、动态地、情境化描绘的一种方法，探究的是一个文化的整体性生活、态度和行为模式，它要求研究者长期地与当地人生活在一起，通过自己的切身体验获得对当地人及其文化的理解"。[2]总之，就本质而言，民族志是一种人类学研究方法，强调研究者需要进入研究对象的世界，通过参与研究对象的真实生活环境获取最原始、最真实的资料，然后结合研究对象文化中的各种因素加以分析阐释。民族志研究与量化研究不同，其不致力于追求研究的普遍性和成果的推广性，而是十分重视对研究对象的原创性、独特性及本身内在意义与价值的诠释。

　　英美学界的民族志"用以对异民族社会、文化现象进行记述，它包括旅行者、探险家的游记，商人、传教士以及殖民时代'帝国官员'们关于'土著'的报告"。[3]人类学发展进入"现代人类学"阶段之后，西方学者们开始质疑早

1　高丙中《民族志发展的三个时代》，载《广西民族学院学报（哲学社会科学版）》
　　2006 年第 3 期。

2　大卫·费特曼《民族志：步步深入》，龚建华译，重庆大学出版社，2007 年，第 2
　　页。

3　咸晓萍《论民族志方法与"花儿"研究》，载《西北语言与文化研究》（第一辑），
　　兰州城市学院西北方言研究中心，2013 年 3 月，第 156 页。

期那些传教士、探险家、商人们对于非西方社会持有的偏见性的论述。19 世纪末 20 世纪初，以马林诺夫斯基（Malinowski）为代表的学者开始基于对异文化的查考来反观自身的文化历程，逐渐使民族志由文学体裁衍变为研究方法，他在其著作《西太平洋上的航海者》(Argonauts of the Western Pacific, 1922)中将人类学民族志方法总结为三条原则："首先，学者理所当然必须怀有科学的目标，明了现代民族志的价值与准则；其次，他应当具备良好的工作条件，主要是指完全生活在土著人当中无须白人介入；最后，他得使用一些特殊的方法来搜索、处理和核实他的证据。"[4]自此之后，在人类学的研究领域，越来越多的学者开始以民族志为学术工具进行知识生产和文化研究，将自己的研究活动作为社会实践来进行反思和批判。

　　英美学界学者对于中国民歌的民族志式考察与研究，不仅为我们留下了珍贵的历史记录，他们的研究方法对国内学者也具有较大的影响。尤其是这种实地调查研究，往往代表了学者自身的学术兴趣或某种学术思潮、学术传统，他们没有功利性的研究意图，更不是"经世致用"式的采风。虽然在他们的中国各地民歌考察和研究中，由于受到身为外国人的特殊身份、语言的隔离以及文化差异等因素的影响，他们对民歌的观察和视角还不能深入到那些被考察地区的文化内部，因而在认识论上难免存在误解或误读，但不可否认的是，他们对中国民歌的调查、研究与阐释对国内外学界产生了重要影响，他们的努力和贡献也将随着民族音乐学研究的深入而被重新认识。

第一节　西北"花儿"：多民族文化的交流与互惠

　　"花儿"被联合国教科文组织列入 2009 年人类非物质文化遗产代表作名录，主要在甘肃、青海、宁夏、新疆等地流传。英美学界的学者们对"花儿"这一民歌体裁产生了浓厚的兴趣，产生了较多的研究成果，例如美国印第安纳大学民俗学与音乐人类学系教授苏独玉（Sue Tuohy）曾发表过数十篇有关中国文化和音乐民俗方面的论文。她是目前英美学界中"花儿"研究最为深入的学者，她寻求将"花儿"置于"中国传统"的框架之内。她指出，"花儿"的定义应当包括地理、民族、表演背景、表演者、歌曲内容、音乐特色以及主要分布在甘肃和青海的六个民族的一种民歌类型。除此之外，苏独玉还有《关键

4　马林诺斯基《西太平洋的航海者》，华夏出版社，2002 年，第 4 页。

词、理论和辩论：流行音乐研究课程》（*Journal of Popular Music Studies* 1997-1998）、《现代中国民族主义的音阶维度：音乐表现与转型》（*Ethnomusicology*，2000）、《都市声音：1930 年代的中国电影音乐》（*Cinema and Urban Culture in Shanghai*, 1922-1943, 1999）、《中国音乐当前书目》（*ACMR Reports*, 1996）等文章发表。苏独玉自 1984 年始在中国的西北地区进行"花儿"的田野调查，她的研究方法以民俗学、民族音乐学、政治学、社会学以及田野调查为主，其博士论文《中国传统之想象：论花儿、花儿会和花儿的学术研究》[5]（*Imagining the Chinese Tradition: The Case of Hua'er Songs, Festivals, and Scholarship*, 1988），将花儿、花儿会和中国学者的研究作为案例，探索被想象的中国传统中的过程、符号和关系。苏独玉将花儿的音乐表演放置在中国音乐、学术和时代政策的大背景下进行研究，认为这样才可以解释花儿作为一种文化是如何成为中国传统的一部分。本节以苏独玉的博士论文为研究对象，分析阐释其对中国花儿及其背后的中国进行的调查与解读。

一、想象中的传统与花儿的多样性

苏独玉将社会人类学家本尼迪克特·安德森（Benedict Richard O'Gorman Anderson）的"想象的共同体"（Imagined Community）[6]概念，扩展和重新表述为一个称为"传统想象"（Imagined Tradition）的理念，认为花儿作为民族中的想象结构，也具有特殊的"文化人造物"[7]的属性。

首先，将传统重新定义为一种想象中的传统。苏独玉解释了传统想象的来源，她从传统及其修饰语、传统的定义和管理、想象的共同体和他们的传统三个方面入手，强调了研究的对象——花儿，以及它的传播和影响过程，追溯花儿作为阶级和地区身份的象征被纳入中国传统、作为中华文化代表的过程，也就是研究花儿的生存语境。花儿这一传统艺术形式不是生来有序的，而是一种经过选择的，更是根据一种想象中的传统来发展的。安德森曾将关于国家形成

5　黄鸣奋译为《中国传统之映照：花儿歌、节日与学术》，柯杨译为《中国传统文化的纵想：论花儿、花儿会和花儿的学术研究》。

6　（美）本尼迪克特·安德森在其《想象的共同体——民族主义的起源与散布》（*Imagined Communities Reflections on the Origin and Spread of Nationalism*）一书中分析了国家被想象，以及曾经被想象、模仿、改造和转变的过程。

7　（美）本尼迪克特·安德森《想象的共同体——民族主义的起源与散布》，吴叡人译，上海世纪出版集团，2011 年，第 7 页。

和想象的思想，扩展和重新表述为一个被称为传统想象的过程，他们是音乐的、民俗的或者民族的，这种方法与传统的其他定义不同，比如近代史大师艾瑞克·霍布斯鲍姆（Eric Hobsbawm）的传统的发明概念[8]，因为它不把传统视为一组物品或一个保存的过去，而是通过形成、组合和交流符号和意义的创造性过程而形成的一个灵活的形象。

其次，花儿被视为多样的符号。西北是中华民族的边陲，多民族聚居，在花儿歌的内容、语言、音乐、表演、节庆组织等方面都有其独特的"韵味"。苏独玉解释了花儿歌作为地方性的文化产物，却是大西北精神的一种象征，也是中国文化遗产中不可或缺的宝贵组成部分。苏独玉认为，作为一个多民族的国家，中国的情况和美国很相似，美国代表着一种文化的多样性，因为历史上的美国是由许多不同的群体组成的，他们被鼓励、有选择地保持他们文化的一部分。花儿是多元符号的一种典型代表，可以有选择地运用和表现当地文化、种族和阶级，这些都是当前中国传统想象中的重要因素。在苏独玉的研究视野里，花儿是传承于中国西北的甘肃、青海、宁夏、新疆等地村落社会里的一种文化模式。

最后，花儿的歌曲和节日不是静态的或固定的，而是非常灵活和多样的。花儿歌曲可以即兴创作并且适用于任何场合，从恋人之间的情感表达，到官方的节日表演，花儿都可以成为其中的重要节目。同时，一年一度的花儿节可以容纳民间的花儿歌手、佛教信徒、穆斯林商人和省级表演艺术团体的专业表演。花儿只有在特定的情况下才会被赋予特别的风格或地位，其价值、意义和想象力是有特定背景的。对于花儿的一致性认知是基于对传统共同的想象，而不是基于一首音乐或节日表演的目的。不同花儿表达的情感和含义是纷繁各异的，只有认同花儿歌曲所呈现的意义，那么才是一种共同态度的表达、一种文化的表达。这也说明花儿的影响传播与接收与其创造和分享的意义和思想有至关重要的关系，而更往深处的原因是与文化信仰和民族身份等更大的主题有关。

8　（英）艾瑞克·霍布斯鲍姆《传统的发明》一书认为传统不是古代流传下来的不变的陈迹，而是当代人活生生的创造；那些影响我们日常生活的、表面上久远的传统，其实只有很短暂的历史；我们一直处于而且不得不处于发明传统的状态中，只不过在现代，这种发明变得更加快速而已。

二、社会制度与社会风俗

（一）社会制度

苏独玉以社会学的视角来研究中国古代的政治结构，她认为古代中国的意识形态有三个关键的主题：文明、中国化和政治化。文明的中国人的形象是一个人已经掌握了文字，以及它所表达的文学、思想、礼仪和行为。就像社会学家艾森斯塔特（Shmuel N. Eisenstadt）发现的那样，中国传统文化中的儒家思想所表达的文明和所基于的文明主要是由国家推动的儒家术语，因此政治和文明在思想和结构上是紧密联系在一起的。等级森严的中国古代社会被西方认为是建立在社会不平等的前提下，最高权力者基于权利或教育程度将民众按等级划分为四类人：士大夫、农民、匠人、商人。但是，这种对理想层次结构的概括描述在实践中不一定能实现，往往存在的社会群体概念只有两个主体——精英和农民。文人阶层可以享受一个属于精英的教育资源和礼仪传统，而农民（包括工匠等没有权利和财富的人）只能在社会底层永久性地靠最基础的体力劳动生存。

苏独玉有选择地考察了中国封建传统的想象和实施的例子以及对 20 世纪初最后一个朝代结束、民间艺术研究学科出现时的一些重新定位。这样的概述是很有价值的，它为花儿研究提供了一种历史背景，即中国的花儿艺术被称为"非物质文化遗产"。首先，苏独玉对文化遗产进行了总结性和选择性的讨论，苏独玉指出："'文化遗产'是中华人民共和国的领导者用来指代过去——包括帝国和现代（1949 年以前）历史的一个术语。1911 年以来，有些人试图毁灭历史，但没有成功。即使他们可以从概念上抹去其痕迹，他们也会不断地在国际学术、博物馆和相关批评中面对它。中国历史在各个时期都呈现出引人入胜的两分法，例如同时声称拥有丰富的历史遗产和历史压迫之间的两分法，即理想观念与现实实践之间的矛盾。"[9]其次，苏独玉对古代中国的政治体制背景进行了阐述，她认为儒家思想是中央政府的执政思想和中央集权理想的基础。苏独玉讨论了想象理论中的中国制度、国家为弥合统治者和被统治者之间的鸿沟而制定的科举制度以及官方对外围统治的手段等，这些关于古代中国社会政治体制的描述对接下来进行花儿从古至今的发展演变具有重要意义。

9　Sue Tuohy, "Imagining the Chinese Tradition: The Case of Hua'er Songs, Festivals, and Scholarship", Indiana University, PhD, 1988. p. 69.

苏独玉探讨了西方学者对中国新旧的两个传统进行的重新评价，他们认为中国社会的历史和现状有一种不健康的分裂，一部分学者和历史学家开始重新评估和评价这些传统及其支持者，对象首先是儒家学派的地位。当帝国面临危机趋向停滞时，儒家学说便成为了落后的腐朽的标志，但是经过顾颉刚等学者们的努力，学者们开始相信人民，并去发现民间艺术。最后，苏独玉分析了作为知识分子思潮代表的民歌运动，表现出一种对历史、对人民的基本矛盾心理，以及中国人想象中的西方的传统、如何寻找和表达中国的民族精神以及"国风"作为符号和文字对中华民族的重要性。

（二）社会风俗

苏独玉在对西北花儿的民族志调查中发现，在所有的花儿演唱语境中，"花儿节"是花儿展示、演唱、交流非常重要的平台，歌手们常常聚在一起，相互交流、相互学习花儿的表演技巧和方式，但是花儿的表演常常受到社会习俗和社会规则的影响。

第一，花儿表演的场域限制。苏独玉考察发现，"无论是历史上还是今天，都有中国人所谓的社会规则和禁忌来影响歌曲表演的场合与位置。有一个习俗是'禁止在村子里、家里或与家人一起唱花儿'，花儿歌手十分遵守规矩，尊重习俗，所以在乡村听不到花儿的声音"[10]，这样反而可以让他们受封建儒家礼教约束的心灵在自己家中暂时得到放松。"但节日或庙会通常被认为是一个相对不受限制的舞台，在庙会周围的山坡上，禁令是比较宽松的"。[11]在某些情况下，花儿歌被认为是不可接受或不合适的。根据苏独玉调查发现，这些禁令中，最常见的解释是"花儿是一些情歌，往往含有露骨的性暗示。因为花儿的大部分内容都是关于爱情的，这就决定了它的表演地点——只能在村庄外的山谷和森林里唱歌"。[12]然而，许多花儿并没有明确的性暗示，只是描述风景或讲述其他歌曲类型的故事，这些类型的花儿歌曲是可以在家中演唱的。苏独玉认为"花儿情歌和政治歌曲不符合占统治地位的封建、宗教和统治思想。从某种意义上说，它们是反霸权的，是与伦理规范背道而驰的"。苏独玉

---

10 Sue Tuohy, "Imagining the Chinese Tradition: The Case of Hua'er Songs, Festivals, and Scholarship". PhD, Indiana University, 1988. p. 170.

11 Sue Tuohy, "Imagining the Chinese Tradition: The Case of Hua'er Songs, Festivals, and Scholarship". PhD, Indiana University, 1988. pp. 169-170.

12 Sue Tuohy, "Imagining the Chinese Tradition: The Case of Hua'er Songs, Festivals, and Scholarship". PhD, Indiana University, 1988. p. 171.

在中国考察西北花儿时处于中国改革开放以后的 80 年代末期，她认为在新中国成立 30 多年后，这种关于花儿的禁忌依然在村庄里存在，一些学者以"习惯性生存"来解释这种现象。然而，她通过调查还发现，"一些地方的花儿已经被允许登上优雅的舞台，村里的限制正在解除，人们不再害怕在村里歌唱了"[13]，她认为这种变化是基于社会经济的发展和个人因素的转变。

　　第二，女性在花儿表演中的地位。由于历史原因和传统习俗，妇女能自由地尽情歌唱的机会很少，这些历史原因和习俗就是妇女受到过去封建制度的影响——封建社会里女性的地位低下，无法自由地表现自己的感情和思想。苏独玉在考察中发现，关于女性是否被允许演唱花儿以及在哪里被允许演唱，存在一些争议。因为有女性在公开场合表演的记载，如"19 世纪末的《外国游客》报道了女性在公共场合唱歌的情况，尤其是在节日期间，其中提到的藏族女性最多"。[14]她在后期的研究中发现，"在过去的四十年里，许多著名的莲花山歌手都是女性"。[15]女性没有受到封建社会"裹脚"的习俗约束，在田野里唱着歌曲劳动，她们是可以参加山下的音乐节的。但是她从中国学者马晓军的研究中得知，1936 年以前，莲花山的妇女是不能唱歌的。她还列举了一位冲破封建束缚，敢于在舞台上歌唱花儿的中国女性——邛加梅（音译，Qiong Gamei）以及她的婆婆、她的第一任丈夫（二人经由包办婚姻结婚）和社会对她唱歌的限制和审判。她小时候跟随母亲学唱花儿，但结婚时"她的丈夫和婆婆告诉她不要唱花儿歌。当她终于被允许去参加音乐节时，他们告诉她不要在那里唱歌。1936 年，她在莲花山艺术节上演唱，引起轰动"。[16]当然，一些固守封建思想和传统风俗的人却并不认为女性演唱花儿是时髦的、高尚的，反而讥讽妇女唱花儿亵渎莲花山的神灵。

三、花儿歌曲、歌手与花儿学的兴起

　　苏独玉对中国对花儿诞生的地区"大西北"，以中国边疆开放的视角来讲

---

13 Sue Tuohy, "Imagining the Chinese Tradition: The Case of Hua'er Songs, Festivals, and Scholarship". PhD, Indiana University, 1988. p. 172.

14 Sue Tuohy, "Imagining the Chinese Tradition: The Case of Hua'er Songs, Festivals, and Scholarship". PhD, Indiana University, 1988. p. 180.

15 Sue Tuohy, "Imagining the Chinese Tradition: The Case of Hua'er Songs, Festivals, and Scholarship". PhD, Indiana University, 1988. p. 180.

16 Sue Tuohy, "Imagining the Chinese Tradition: The Case of Hua'er Songs, Festivals, and Scholarship". PhD, Indiana University, 1988.p. 181.

述甘青地区的历史事件和发展历程，论及西北地区的民族、军阀和战争、国家的西部大开发战略、花儿以外的其他表演艺术，等等。

第一，关于花儿歌曲的阐释。苏独玉认为，要讨论花儿的定义问题，首先要厘清几个点：首要就是定义——"'花儿'这个词应该包括哪些歌？第二是一致性——有多少人同意这一定义以及指定该类别的歌曲？第三个问题涉及时间和体裁——花儿歌曲被称为花儿，并被视为一种独特的体裁有多久了？"[17]在这里，苏独玉谈及了关于花儿定义的讨论，她认为定义的方式应当从西北部逐渐缩小花儿表演的范围，缩小范围的部分过程特别适用于特定的地理空间类别，但也涉及社会、情景和空间类别。比如，常见的定义方式是使用省界来为歌曲流派创造边界，使用"山歌"一词圈定演出地点，或是以在"花儿会"上演唱的歌曲来界定。

第二，关于花儿的两个派别，苏独玉阐述了洮岷花儿和河州花儿，以及花儿文本的内容、语言和方言的问题。在她眼中，中国人喜欢将某一艺术种类分为不同的类型，就花儿来讲，最普遍接受的分类体系是把花儿分为两个不同的派别（或流派或类型），每个派别都有几个特点：流行的区域、表演实践、文本或音乐的独特性，歌词长度和每行音节数的文本特征、文本或音乐的稳定性、音乐范围和代表性的"令"——"令"主要识别旋律/文本类型，而不是所演奏的单个曲调。

第三，关于花儿的表演者。花儿歌手是花儿的创造者和传播者，他们也是这一地区文化遗产的保护者和开发者，在花儿节上，他们可以是当地的任何职业的任何人，人人都可以成为歌手，并且业余歌手、民谣歌手和专业歌手之间没有明显的界限。男人和女人都是各种歌唱团体的成员，但男性占主导地位。苏独玉对花儿会上的表演情景和表演者进行了考察，她认为，在所有的花儿活动中，花儿会都是以花儿表演活动为先导的，每逢花儿会，都会有数以万计的花儿演唱家聚集在一起。

第四，关于花儿的学术研究。由于花儿学不局限于任何一门学科，所以，苏独玉从研究者、花儿教学等方面来探讨花儿学这个复杂组织。首先，苏独玉介绍了花儿的学术简史：据苏独玉的调查，1911-1949年花儿学研究的兴起，北京大学《歌谣周刊》的第28卷发表的《花儿集》，其作者包括第一位向全国

---

17 Sue Tuohy, "Imagining the Chinese Tradition: The Case of Hua'er Songs, Festivals, and Scholarship". PhD, Indiana University, 1988. p. 144.

介绍花儿的袁复礼，花儿研究之父张亚雄等。1949-1977 年是花儿研究的曲折时代，新中国成立至"文化大革命"期间，花儿的研究和表演活动受到政治失误的严重打击。20 世纪 80 年代后，录音媒体、学术研究等活动开始迅速发展，政府成立了专门的组织促进花儿研究，设立文化中心，为收集和表演花儿歌曲、文学、戏剧、比赛等提供了必要基础，同时还成立了甘肃省歌舞团、宁夏回族自治区文工团等演出团体传播花儿。随后的民歌采集运动，各类研究期刊、专著的出版，在大学开设民间文学课程教授花儿学，等等，发展路线的修正为花儿研究回归正轨。

第五，苏独玉对中国的花儿研究学者、歌手进行了考察分析。在西北，花儿研究者往往也是花儿表演艺术家，"有数百名全职或兼职的研究员自称或被他人称为'花儿学者'，但这些人之间的共同点（如学科或所属机构）很少，唯一的共同点是都以某种方式学习花儿歌曲、参与花儿会的表演"。[18]脱离了人民，脱离了艺术的学术是没有价值的，所以民间艺术家是研究花儿的主力军，比如柯杨、卜锡文，等等。另外，苏独玉介绍了中国国内的花儿的研究组织、研究方法和视角。

第六，关于花儿研究的热点问题。首先是共识性问题，大家普遍认为，花儿歌是人们生活的载体和反映，花儿被认为是思想感情交流的艺术载体，是西北生活的写照；其次，花儿学术界的争论观点主要围绕着花儿的起源和传播，定义、名称和管辖，还有已出版的花儿的性质，以及一些《花儿》丛书的准确性等。在最后的阐释中，苏独玉将花儿引入民族化转向，目前，花儿已通过各种媒体被全国人民所熟知，成为了民族的代表，在这样的背景下，花儿成为了西北各省对中华文化的伟大象征和贡献者，也获得了民族意识和国际意识的高度评价。

四、民族与花儿的关系

民族与花儿的关系问题在今天的花儿研究中开始引起人们的广泛关注，因为对单个社区或民族的花儿和花儿绩效的深入研究很少。要解决花儿语的构成和表现中如何涉及种族因素的问题，不仅需要我们进行田野调查，还需要了解几个不同文化语系及其在地方层面的表现。由于特定群体定居地的历史

---

18 Sue Tuohy, "Imagining the Chinese Tradition: The Case of Hua'er Songs, Festivals, and Scholarship". PhD, Indiana University, 1988. p. 273.

因素、地方政府的类型、经济结构和组织等因素，青海和甘肃几乎每一个节庆场所都有独特的民族组合，而且各民族之间的关系必然也有很大的不同。除了这些地方、民族混合和权利关系的变量外，任何一个民族群体的文化都存在着差异。

对花儿节地区民族关系的分析不能一概而论——每个地方都不一样，其身份也不总是按照民族的界限来划分的。在整个区域内，没有任何具体的依据来讨论花儿表现中的民族因素。苏独玉将传统当作一类灵活的图像，使过去和现在能够灵活交流。她将花儿放置在更宽广的音乐语境中，解释了花儿成为中国传统文化重要组成部分的过程，以及这种传统是如何被表达和实施的。

花儿会是一个民间交流的平台，白安妮认为"花儿会是一个交流的平台。花儿会为大量的人之间的各种交流和互惠创造了一个舞台，它为人们之间的各种交流和互惠创造了一个舞台；它们有助于创造、维持或揭示该地区人民之间以及该地区与该省和国家之间的联系"。[19]在苏独玉看来，中国这种类似庙会形式的集聚节日对多民族间文化交流、地方社会发展有着重要意义。几个世纪以来，在花儿会上不管是来自附近村庄的本地居民或其他民族、地区的人们，以及中亚、美国、西藏、蒙古和西方的旅行者、表演者、商人和移民都会在这里参加节日和集市，这对西北地区多民族的交流发展是至关重要的。例如，多种多样的表演艺术——从甘肃民歌到民族歌舞剧、传统戏曲，到当前的爵士音乐和电影到历史史诗——他们在花儿会中共存。在这里，苏独玉将美国加州大学社会人类学家马康纳（Nean Mac Cannell）的"场所神圣化"（site sacralization）理念引入对花儿会的研究，她认为马康纳在旅游和社会一体化的背景下使用的这一理论可以应用得更广泛，直接关系到对想象传统的定义和管理。马康纳在他的《旅游者：休闲阶层新论》中指出，在那些尚未被现代化破坏的遥远地方，人们可以窥见生活的真实性和传统方式。去偏远的地方旅行，尤其是那些被认为是原始和历史的地方，可以让游客一瞥其他人的"真实生活"，在表面上帮助游客更好地了解自己和他们在社会中的地位。[20]因此，苏独玉讨论了这些交流和场所神圣化的因素以及这两者在不同的人看来意味着什么。

---

19 Sue Tuohy, "Imagining the Chinese Tradition: The Case of Hua'er Songs, Festivals, and Scholarship". PhD, Indiana University, 1988. p. 201.

20 Dean MacCannell, *The Tourist: A New Theory of the Leisure Class*. New York: Schocken Books Inc., 1976. p. 214.

音乐和民族学这两门学科在花儿研究中占有重要地位，进而延伸到民间艺术研究中。这两个领域在今天是相对明确的研究领域，它们的总体范围只是间接地与民间研究有关，但其研究主题与花儿研究的交叉点是至关重要的，尤其是在民族音乐、民族形式、学术训练在社会中的作用和目的，民族主义与多元民族主义的相互作用以及文化和艺术的分类问题等方面。

苏独玉关于西北花儿的民族志考察和阐释对理解当代中国民间音乐具有一定的启示意义。苏独玉从文化工作中的构成和发展入手，阐述了五四运动以来文化工作者们的活动和出版发行的刊物，以及在人民中开展的民俗学研究和民族音乐与少数民族的研究，把花儿研究从一个独立的区域活动的位置放置到这个国家的学术、政策、表演、教育和人民的背景中，研究在更大的背景下，花儿研究和大众在政治、艺术和学术上的交叉和互动。此外，她还对民歌分类、功能、定义、表演风格等方面以及少数民族文学的发展方面进行了宏观介绍。在共时性理论目标、指导原则中，她探讨了"推陈出新""古为今用""洋为中用"是如何实施的——在"古为今用"方面，中国已经对两千年来的文学古籍中的相关材料进行了分析和解释，首先是将民歌和文学作品作为反映社会移风易俗的历史依据；其次是在民间资料中搜寻有关阶级统治的描述，主要通过反叛、异议和怨恨的表达来举例说明百姓为对抗这种压迫而进行的斗争；最后是将艺术作为历史文献进行研究，考察书面和民间文学之间的相互影响和相互作用。她提到了周杨、贾芝、何承伟、郭沫若、黎本初等人对承古创新改革民间艺术作出的努力。在"洋为中用"中，西方技术和方法应该并且如何适应？中国对国际文化的贡献是什么？中国应该并且如何适应外国的批评和需求？一方面，民族与外国（尤其是西方）之间的紧张关系被称为外国/本土化问题，这个问题甚至在本世纪初就已得到一定的重视。另一方面，中国学者经常提到这样一个事实，即外国音乐对中国音乐、乐器、音阶、名称和思想的发展一直存在着外国影响。在这条道路上，经过朱崇懋、管林、叶涛、钟敬文、刘锡诚等学者的努力，通过国际学术研讨会、音乐会、中国学者翻译的西方语言刊物、报刊等展示了"洋为中用"的核心观点。

第二节　苏南"吴歌"：山歌传统的采集报告

"吴歌"发源自江苏省东南部，它是江苏省的苏州地区的地方性传统民间文学，也是中国的国家非物质文化遗产。它以吴语方言作为口头文学创作的手段，有芦墟山歌、白茆山歌、河阳山歌等支脉，分为引歌、盘歌、劳动歌、时政歌、情歌、生活歌、儿歌、长篇叙事歌和历史传说歌。施聂姐是荷兰汉学家、音乐学家，荷兰莱顿大学汉学研究院伊维德（Wilt L. Idema）院长的博士生，她对中国传统音乐十分热爱，毕生致力于在西方传播中国音乐血，她的专著《中国民歌和民歌手：苏南的山歌传统》研究的对象便是江苏南部的山歌。

国内对吴歌的研究由来已久，宋代郭茂倩编有《乐府诗集·吴声歌曲》，明代冯梦龙著有《山歌》《桂枝儿》，以致近代的《江南十大民间叙事诗》《中国歌谣集成：江苏、浙江、上海卷》，顾颉刚《吴歌甲集》《吴歌·吴歌小史》，过伟著《吴歌研究》，包括前文提到的白安妮的专著《玉台新咏》《汉代的通俗歌曲和歌谣》，等等，说明吴歌是古来有之的民歌形式，历史悠久。施聂姐的《中国民歌和民歌手：苏南的山歌传统》被国内誉为"西方学者详细介绍当代吴歌的第一部专著"[21]，全书以田野调查为基础，对中国苏州南部地区的山歌进行了从研究视角、背景、文本、音乐、歌手等一系列的研究考察。作者的调查研究从 1986 年底开始，主要研究对象是以苏州为中心的江南方言区的民歌文化（无特定地理区域研究），在田野调查的过程中，施聂姐总结出进行田野工作的经验报告，并在该书的前两章进行了概述。

吴歌文化的介绍及田野调查工作经历是施聂姐这部专著主要描述对象，施聂姐首先强调了中国民歌在西方学界被忽视的地位，并介绍了中国民歌在20 世纪的研究和在现代的田野调查研究成果。她认为中国的古典诗歌，包括文人所改编的民间诗歌都已经被汉学家广泛地研究，而他们却忽视了中国现存的、活态的民歌传统，这些民歌仍然可以在当代的中国被寻找到。首先，作者介绍了吴地区的景观与经济、宗教、居民和移民的情况以及文化生活的一些方面。其次，在对吴歌的介绍中，施聂姐从历史文献和近年来的研究中入手，阐述吴地区的民歌文化和兴衰。施聂姐在她的田野调查工作中围绕着这几个问题展开：吴歌地区到底有什么独特之处？人们为什么要唱山歌？为什么人们喜欢它们？这些歌曲来自哪里？谁是传承山歌的"歌手"？他们到底是什么样的人？他们会在什么样的场合唱歌？他们如何传递他们的歌曲？施聂姐运用了英国学者彼得·伯克（Peter Burke）在其专著《欧洲近代早期的大众文化》（*Popular Culture in Early Modern Europe*, 1978）中提到的研究方法，为这些

---

21 杨俊光《唱歌就问歌根事——吴歌的原型阐释》，苏州大学博士学位论文，2007 年，第 27 页。

问题提供了一个有用的参考框架，罗马尼亚作曲家、民族音乐学家康斯坦丁·布雷伊洛尤（Constantin Brăiloiu）的实地研究模型也为施聂姐的江苏山歌田野调查提供了参考。但是，施聂姐在调查过程中最大的阻碍便是歌手越来越少，而且大多零星地分布在各个村落，有时千里迢迢寻到一个歌手，歌手却因为身体不适无法接受调查，这种情况时有发生，使得田野调查的进展缓慢。值得注意的是，在本章中施聂姐记录了在田野调查中经历的交通、通讯、天气、行程安排、录音过程、调查的关键位置、后期资料的处理等，这些成果为田野调查工作方法提供了有利的资料依据。

一、吴歌手

国内的多数民歌研究者，无论是文学理论家、音乐学家、歌唱家还是语言学家，对民歌手的关注都很少——文学理论家强调历史，并寻找与其他地区发现的神话和题材的重要联系；音乐学家分析民间弦乐并对其体裁进行分类。这些学者大多赞美乡村人民的健康精神和传唱歌曲的巨大表现力，但往往以一视同仁的眼光看待民歌手：唱歌的是市民或农民，他们由一种自发的、共同的创造行为而一展歌喉。而英美学界的学者们是首先要将民歌手作为研究重点的，这在施聂姐对吴歌的研究中有突出表现，她针对"山歌"在吴歌地区的表演环境及歌手对歌曲的看法进行了针对性调查。施聂姐针对五位歌手：来自浙江的女歌手陆福宝、山歌之王钱阿福、吴江芦墟"山歌知了"赵永明、"文化歌手"金文胤、"追魂者"廉大根进行全方位调查探讨，强调了这些民谣歌手的形象和自我认知的形象，包括在现实中，在民间神话中，以及关于口头传授和文学素养的问题。鲁思·芬尼根（Ruth Finnegan）的《究竟什么是口头文学？》（*What is Oral Literature Anyway?*）中的个性和创造力的理论也对施聂姐研究这些方面提供了有力指导。她还注意到流行文化和精英文化以及吴歌传统中的口头和书面材料之间有着丰富的相互作用，实际上，这两个领域之间的界限并不总是很清楚。也就是说，吴歌的即兴特征十分明显，这也是民间音乐的显著特征，它并非像艺术歌曲一般有固定的音高、旋律、节奏等，而是根据歌手的意愿即兴改编。施聂姐在采访的时候，这些民歌手都年逾六十，这也是当地山歌文化的一个普遍现象——会唱山歌的人趋于老龄化，而年轻一代人已经不愿意去接受这些传统的东西，认为它们是庸俗的、老掉牙的东西。其次，施聂姐阐释了"语境中的民歌演唱"，她从民歌文化的地域性传播，民歌产生的因素，渔民、工人、小贩、巡演歌手等的山歌传统，女性与民歌的关系等出发，记录了白茆村的山歌比赛传统。书中记录了大量的口述民歌节选、歌曲的由来和歌曲内容，这些资料的拯救行动对吴地山歌的保存、流传具有重大意义。

这项研究中的五位歌手都在田野里工作或曾经工作过，但是除此之外，他们还有其他职业身份，例如保姆、店主、木匠、教师、歌剧作家、文化官员等。在施聂姐书中记录的71位歌手中，有32人是农民，另有建筑工人9人，文化干部8人，渔民5人，工厂工人4人，护士3人，店主2人，乞丐2人，其他13人。[22]除此之外，歌手的文化兴趣、休闲活动和教育背景也有很大差异，大约三分之一的受访者识字或是半文盲。有充分的证据表明，识字对吴语民歌传统产生了相当大的影响，所以，这些歌手通常都对文化有着特殊爱好。

从各个方面来看，唱山歌曾经是一个非常流行的传统，尤其是对那些在田里工作的人来说。这一传统的活跃歌手数量通常是有限的，但是很多人加入了山歌合唱团来进行表演。有迹象表明，山歌演唱在传统上是年轻人的特权，而且不仅用于支持工作或在晚上或节日期间提供娱乐，它还帮助建立个人关系，表达不满和解决冲突。虽然也有例外，但在表演山歌的人群中，男性总是占主导地位。[23]山歌手们演唱的曲目从几行到一万行甚至更多，而强大的记忆力被认为是一个好歌手最重要的品质。[24]一些歌手对他们的声乐或即兴创作能力感到自豪，但其实通过施聂姐的调查，声乐技巧和创造力是相对次要的。[25]

总的来说，通过对陆福宝、钱阿福、赵永明、金文胤、廉大根的采访调查，总结出在民歌手们构成的社会中民歌的功用，以及它是如何生长、发展和对文化及社会产生影响的。

---

22 Antoinet Schimmelpenninck, *Chinese Folk Songs and Folk Singers: Shan'ge Traditions in Southern Jiangsu.* Leiden: CHIME Foundation, 1997.p. 391.

23 Antoinet Schimmelpenninck,*Chinese Folk Songs and Folk Singers: Shan'ge Traditions in Southern Jiangsu.* Leiden: CHIME Foundation, 1997. p.90.

24 Antoinet Schimmelpenninck,*Chinese Folk Songs and Folk Singers: Shan'ge Traditions in Southern Jiangsu.* ibid. p.126.

25 Antoinet Schimmelpenninck,*Chinese Folk Songs and Folk Singers: Shan'ge Traditions in Southern Jiangsu.* ibid. p. 128.

二、吴歌的文本

　　歌曲的文本也是施聂姐采集调查的重点，她首先对吴歌的题材进行了简要的梳理，但主要集中在吴歌中最流行的情歌类型的内容上。同时，施聂姐还注意到了吴南地区山歌和小调的区别，长篇叙事诗通常被称为"山歌"，但绝大多数的抒情诗——"小调"则要短得多，在一到十二小节之间，这两种类型都有相同的主题，而且大体上都有相同的结构。这单从文本的角度来看是有限的，而且都有相同的主题互相渗透，总体来说，山歌和小调在这一区域的调查中特征并不明显。

　　随后是关于音乐风格的问题，施聂姐选取了具有代表性的情歌，并对吴歌中的爱情主题进行了粗略的探讨。在施聂姐收集的歌词中，超过一半是关于爱情方面的，通常是关于"私情"——私人和禁忌的、没有得到父母或婚姻纽带的授权的爱情关系所以，情歌意象在歌曲中有丰富的隐喻，这也是施聂姐关注的重要对象。爱情歌曲构成了本研究收录的吴歌曲目的主体，也是其他突出的题材。她又通过对363首情歌的分析，发现其中最突出的主题是"爱的渴望"，通常以年轻女性的视角来表达。施聂姐通过对山歌分析整理后发现，虽然有的作品中直接提到性器官，或者使用粗鄙的语言，但演唱者并不一定要回避。[26]性交常以比喻动物的方式出现，身体接触主要用模棱两可的词语来描述——例如，一个女孩"护理"一个生病的男人。尽管收集爱情民歌经常在中国学者和官员中激起强烈的抵制，而且这种抵制还在继续，但江苏的一些学者倾向于提倡一种更客观的方法，并试图将一些曲目保存在档案中。村民们在很大程度上接受情歌是他们歌曲文化中固有的一部分，而不是令人震惊或"不道德"的部分。关于"私情"的歌曲可能歌颂了放荡不羁的态度，但其中许多最终以尖锐的悲剧告终，如疾病、强迫婚姻或自杀。秘密的爱情纽带经常被武力打破，婚姻状况也很难成为一个吸引人的选择。吴地区绝大多数情歌都是从女性的角度来呈现情歌的现状，但演唱情歌的歌手多为男性。此外，施聂姐还研究了不同类型的求爱歌曲。关于求爱的资料中经常提到，山歌是求爱过程中必不可少的工具之一，这已经成为了大家的共识，即山歌的对歌传统是年轻人调情的主要手段。

---

26 Antoinet Schimmelpenninck,*Chinese Folk Songs and Folk Singers: Shan'ge Traditions in Southern Jiangsu*. ibid. p. 167.

值得注意的是，除了特定文本的层次，歌曲表演的许多个别方面——歌手的声音、本地讲话习惯、本地曲调，以及在文本中可能偶然提到的当地生活的独特之处——寻找独特的元素的尝试注定是徒劳的。当然，方言也是一个主要的特点。歌手在歌曲中很快就会用当地的表达方式和他们所使用的熟悉的调音模式来召唤"家"。除此之外，由于歌曲的形式和内容以及歌手在表演中不断地强烈要求"连续性"，还有为了达到这一目的而使用的高超的技巧，民歌的很多内容都具有更广泛的相关性，这种情形可能也适用于中国其他许多地区的民歌。

三、吴歌的音乐

（一）单主题旋律特征

音阶、节奏、音域、声乐技巧、独奏与合唱以及语言或旋律关系都是施聂姐的重点调查对象，但施聂姐关注的是三个更重要的问题：第一，山歌演唱者在音乐创作方面强烈的保守的特点，导致了"单主题"的显著程度；第二，山歌旋律变化幅度；第三，固定旋律公式作为构建曲调的基础。[27]施聂姐发现，吴地的每一个村庄似乎都有自己的曲调或当地流行曲调的变体，在每一个村庄里，每一个歌手似乎都有自己对这种曲调的个人诠释，表演者的这种"单一化"风格是该地区山歌演唱最显著的特点之一。关于这个现象，她使用了"单主题"（Monothematism）一词来表示单一曲调的使用。在书中，施聂姐详细讨论了吴地区当地山歌剧目的"单一性"，称："这个问题是当时的中国民俗学家研究中几乎没有观察到，也从来没有进行过详细的分析的内容。"[28]施聂姐阐述了山歌旋律结构中的作曲，通过对"wu-a-hei-hei"类歌曲的审视和比较分析，认为吴地的山歌是一个联系紧密的曲调系统，而这个系统却存在歌手创作曲调单一、过于保守等问题。

总的来说，吴歌的这种像文本一样的程式化的变化也在音乐中起到很大作用。文字和音乐曲式在记忆和口头传播过程中都扮演着重要的角色，虽然他们互相独立，但它们有相同的基本功能：帮助维持演出的动力，这使表演者能够及时地激活创作欲望，以确保音乐和文字的不间断流动。同时也映射出吴歌

---

27 Antoinet Schimmelpenninck,*Chinese Folk Songs and Folk Singers: Shan'ge Traditions in Southern Jiangsu.* Leiden: CHIME Foundation, 1997. p. 223.

28 Antoinet Schimmelpenninck,*Chinese Folk Songs and Folk Singers: Shan'ge Traditions in Southern Jiangsu.* Leiden: CHIME Foundation, 1997. p. 232.

音乐和文字之间的关系、山歌与其他类型的歌曲的比较以及山歌传统的过去、现在和未来方面的文化问题。

（二）吴歌的即兴特征

民歌的即兴性特征是各个歌种的共性，吴歌也不例外。据施聂姐的调查，可以认为纯粹的民间歌手在田野间演唱吴歌时，都是极其随性的。他们的旋律没有一个固定的标准，总会根据个人的风格、喜好、心情而有所变化。有时，他们会随着灵感而瞬间创造个别文本。这一事实可能并不令人惊讶，创作的过程可能是一个熟能生巧的过程，但它发生的本身就是迷人的。歌手在紧密相关的语言结构框架内运用熟悉的旋律——虽然无关乎专业的作曲，但在这个过程中他们没有严格遵守韵律条件——自由节奏是山歌的一大特色。诗歌可能在这些歌曲中占主导地位，但歌词的音乐性，即在自由和有节奏变化的声音流畅性上，似乎是更为重要的。

这种情形现在以西方的话语解释，可以称为调性的使用和旋律的临时扩展，也就是我们所说的民歌即兴性特征。施聂姐对某首歌的 19 个版本进行了文本变异分析，显然，这 19 首作品同属一"宗"——这无疑是一个创新型的分析角度。施聂姐研究了最受欢迎的整体建构形式，如十二月歌、花名歌和谜语歌，所有歌曲的结构都是以聚合、串联和平行的方式完成。某些歌曲名称和地方术语的使用反映了歌手对歌曲结构特性的认识，但其形式概念往往比较简单，在一定程度上比较模糊。吴歌在音韵和每行音节数上有明确的约定俗成，但在实际演唱中很少有与任何形式真正一致的。即兴性使得无意义音节的大量加入，扭曲了许多歌曲文本的理论规则，难以以传统音乐作曲技法来分析。

《中国民歌和民歌手：苏南的山歌传统》是一部翔实地记载苏南地区民歌传统的民族志，施聂姐运用了曲式分析、音乐学、社会学、民族音乐学等方法，以西方视角对这一古老的民间艺术开展研究，其价值性意义难能可贵。

（三）吴歌的声乐特征

同时，施聂姐还关注吴歌的声乐演唱。她认为吴歌的演唱方法与中国戏曲或其他专业声乐演唱技巧几乎没有相似之处，唱歌对他们来说是一件很自然的事情。吴语地区的民歌手演唱是声音粗犷、未经训练的，演唱时不做作。他们演唱时板着脸，保持不变的姿势，不试图通过微笑或手势来赢得观众。在演唱中，虽然响度作为一种音质得到了广泛的重视，但响度和音色的变化并没有被用来强调文本的重要部分或戏剧化的内容。大多数歌手在整首歌中都保持着大致相同的音量，除了在高音部分需要更多的努力。歌手对节奏作为一种表现手段同样不感兴趣。他们的歌曲节奏在整个演出过程中通常保持不变；放慢节奏的唯一原因是歌手感到疲倦或无法集中注意力。歌手们在演唱时大多喉咙紧绷，张大嘴巴唱歌，没有充分利用口腔共鸣。相比之下，有些人则咬紧牙关唱歌，或者至少嘴唇几乎不张开。在带有假音部分的歌曲中，音质会变得紧张，有时甚至接近尖叫，尤其是在填空音节中。演唱中也经常出现声门的停止，重音的任意性，突然下降的音高，锋利的断奏，假声和胸部之间突然波动的声音（实际上接近约德尔调的唱腔[29]来吟唱民歌），非常长的音符震动（泛音）中破音（ei-hei-hei-hei）和广泛的滑音，但颤音和人工颤音很少见。男歌手通常使用高音，在男高音范围，而男中音和低音实际上是不存在的。苏州区女性声音传统上被推崇的温柔、甜美和圆润，在演唱和说话中不一定能体现。女歌手的声音可能和男歌手一样粗糙、刺耳。民间艺术的传统性，使民歌难以向现代化的发声技巧靠拢，所以西方人难免有些不太适应这种常发，但是吴歌作为传统文化遗产的魅力仍然吸引着国内外学者。

　　《中国民歌和民歌手：苏南的山歌传统》这部专著为读者提供了一个崭新的视角，整本专著完全建立在田野考察的基础之上，工作之翔实，分析之透彻，资料保存之完整，受到了学界的广泛赞誉。该专著研究的基础建立在1986-1992年期间进行的田野调查，施聂姐和高文厚收集了来自吴地区的865首歌曲。虽然对歌曲传统的民族志背景进行了详细的论述，但本书真正关注的是文本及其音乐，从主题、公式化的形式、即兴创作（相对于固定的形式）的角度来研究歌曲的语言和音乐元素。书中涉及了歌手、他们歌曲的文本和音乐以及大量关于歌曲的作者和地点的信息，分析了歌曲的上下文背景、对各种类型的山歌音乐的调查、语音语调和旋律关系，以及分析的大量歌曲的汉字抄写。最重要的是，施聂姐将西方的"口头理论"和民族音乐学应用于中国民歌领域。

---

29 约德尔（Yodeling）是源自瑞士阿尔卑斯山区的一种特殊唱法、歌曲。在山里牧人们常常用号角和叫喊声来呼唤他们的羊群，牛群，也用歌声向对面山上或山谷中的朋友、情人来传达各种信息。久而久之，他们竟发展出一种十分有趣而又令人惊叹的约德尔唱法。这种唱法的特点是在演唱开始时在中、低音区用真声唱，然后突然用假声进入高音区，并且用这两种方法迅速地交替演唱，形成奇特的效果。参考自 https://baike.baidu.com/item/%E7%BA%A6%E5%BE%B7%E5%B0%94%E5%94%B1%E6%B3%95/2647051?fr=aladdin.

第三节　川江号子：群体、职业和阶层的关系

查义高（Igor Iwo Chabrowski），华沙大学历史研究所助理教授，香港中文大学博士后，他于 2009 年起前往川渝地区，对重庆、四川一带的川江号子这一民歌体裁进行田野采集，研究成果体现在其博士论文和专著中。他的专著《河上歌：四川船工与川江号子，1880-1930 年》（*Singing on the River: Sichuan Boatmen and Their Work Songs, 1880s-1930s*）2015 年由博睿（Brill）出版公司发行。这部专著由作者在其欧洲大学学院历史与文明学位的博士论文《珠帘绣柱响绑锣：从船夫的川江号子看到的世界、劳动和社会》的基础上完成。该专著属于海外"现代中国学"（China Studies）研究卷第 32 卷，该系列为牛津大学中国研究所出版，由哈佛大学博士、牛津大学中国史教授穆盛博（Micah Muscolino）编辑。

号子是劳动歌的一种，它伴随着生产劳动过程而创作演唱，并能动地为生产劳动服务。"它的音乐具有简明、直接的表现特点和坚实有力、粗犷豪迈的性格特征，其音乐节奏和劳动节奏紧相吻合，朴实地表现着劳动者的思想感情和精神面貌"。[30]川江号子起源于四川、重庆一带，是川江船工们为了统一劳动时的节奏，由一个号工领唱，船工们帮唱、合唱的一领众和式的演唱形式。许多优秀的领唱号工会经常将川剧、四川清音、四川扬琴等剧（曲）种的音乐素材融合到川江号子音乐中，使得川江号子充满了浓郁的地域特色，同时也加强了川江号子的音乐表现力。查义高的此部专著《河上歌：四川船工与川江号子，1880-1930 年》便是以川江号子及演唱它的船工们为研究对象，分析了在 1880 年到日本发动侵华战争前这段充满了变化的历史时期，现代船只运输工具出现之前，推动木船通过长江上游险滩的人——四川船夫是如何通过可利用的文化手段来建构他们的阶级，如何回应并参与重塑现实，以及他们对于周边社会变化的适应是如何再现了中国 20 世纪社会政治和文化生活的急剧变化的。

一、船工群体与号子

四川船夫的号子歌以及他们独特的生活、工作方式，给西方学者们留下了深刻的印象。查义高通过考察研究，从劳动工人的视角解决了劳动、文化和社会背景之间的关系，展示了河流工人如何在社会、文化和社会背景下构建和解

---

30 江明惇《汉族民歌概论》，上海音乐出版社，1982 年，第 29 页。

释他们的世界观：船夫们坚持自己的价值观，悲叹被剥削的命运，幻想自己的情爱，来发泄由社会地位低下而带来的苦闷。通过对四川船夫的研究以小观大，体现了 20 世纪中国社会底层劳工们的生存状态。

第一，船工的职业与阶层关系。查义高通过对船工群体的身份调查发现"四川船夫是一个庞大而又相当多样化的群体，他们大多数人是全职从事这项工作，而也有一些人在农闲时节来从事这项工作。他们是'两栖'人，住在船上或住在城墙外的棚户区和峡谷里。在他们工作的过程中，他们沿着河谷从一个地方转移到另一个地方，之最长的路线，如重庆和宜昌的距离，超过六百公里……船夫通常被认为属于社会底层。他们没有永久的住所，没有稳定的家庭，没有稳定的收入，也没有宗教信仰，他们似乎是中国最可怜的阶层"。[31]"船工是川东地区最大的非农业劳动力群体。在数字方面，虽然数字难以确定，但很可能只有农场的工人才能超过"。[32]

查义高利用人类学的考察手段对四川船工的群体生存现状、职业特征和阶层关系进行了细致分析与研究。他认为船工在其职业生涯中大多局限于自己的小圈子，形成了一种独特的心态和文化。然而，船夫并不是与如农民、小商贩和工匠等其他下层人民隔绝的，他们也并非完全不了解精英阶层所表现的某些文化正统。他们与这些正统文化和川江河流区域历史传统的接触，让他们产生去寻求改变社会现实个人命运的意识。"船工们拒绝被边缘化，他们对自己的社会和地理空间提出了广泛的要求，他们也拒绝了自己的贱民地位，把自己想象成传奇英雄的化身，是兄弟情谊和仁爱道德价值的体现。同时，他们也认识到自己所处的艰难和不正常的社会地位。他们沉浸在繁重的工作中，为建立和维持家庭的挑战所累，为维护自己的尊严和了解自己的状况而挣扎和受苦"。[33]

查义高在研究中发现，船工们虽然力求命运的改变，但是他们身上背负的压力远远超过了船工职业带给他们的力量。尽管船夫们认为自己被剥削，被限制在四川社会的最底层，但他们的内心依然充满勤劳朴实的特质。查义高认为

31 Igor Iwo Chabrowski, *Singing on the River: Sichuan Boatmen and Their Work Songs, 1880s-1930s.* Leiden: Brill, 2015.p. 4.

32 Igor Iwo Chabrowski, *Singing on the River: Sichuan Boatmen and Their Work Songs, 1880s-1930s.* Leiden: Brill, 2015. p. 53.

33 Igor Iwo Chabrowski, *Singing on the River: Sichuan Boatmen and Their Work Songs, 1880s-1930s.* ibid.p. 4.

"船夫对自己社会地位的回应和诠释，既符合中国叙事传统，又呈现出一种直接的独特体验，通过民族志式的现场考察，可以直接了解这些中国船工的生活状态，让我们看到了这个群体和阶层的思想和观念，而这些思想和观念是不可能从文化精英所写的文本中感受到的"。

第二，社会经济、政治与川江号子。查义高结合了四川社会经济的发展历史和其他交通运输从业人员和城镇劳动者的状况，对四川船工的起源和社会经济状况进行了详细的研究。查义高认为，四川的快速城市化和商业化以及农村人口的相对过剩，推动了船工职业的发展，西方帝国主义把中国纳入一个经济体，船工的出现也是对新资本主义经济和西方帝国主义创造的需要的回应。通过对四川船工劳动生活状况的考察，查义高揭示了其劳动歌曲和船工文化的历史根源和社会经济根源。

查义高通过对中国社会下层阶级的文化、喜好、思想和理想的研究，为工人阶级建立了一个特有的不受外部社会干预的可行定义。通过这种研究方法，还可以更密切地了解 20 世纪初中国社会的动态变化以及阶级划分方式。可以通过研究看到，"尽管'阶级'的政治化含义在日益壮大的船工群体中没有多少意义，但工人的文化大多是建立在对霸权规则的抵制、抗议和逃避之上——而不是建立在破坏现有秩序的意愿之上"。[34]

二、船工、号子与沿河城市

查义高从民族音乐学的角度对川江号子进行分析，强调这些歌曲在船夫工作的特定社会、文化和环境背景下的重要性和实用性。通过对中国学者采集到的歌曲进行分类，论证了号子这一民歌体裁如何生于河流之中。查义高考察了川东部流传着的号子，尤其是存在于重庆城市里的号子。他主要关注两点：首先，这些歌曲包含了河流和城市的详细信息，因此也成为城市中的地理导向。其次，号子中的内容为城镇、码头、尤其是重庆地域风格的再现，体现了船工对城市的憧憬以及对四川城市社会文化的审美偏好。

查义高认为"他们（船工）在进行肌肉紧张的工作时需要在广阔的空间中进行相互交流，他们通过重复唱歌的方式记住一些内容。在号子的类型中，可以识别出三种内容的知识构成：第一种是简单的船行路线，连接一个地方

---

34 Igor Iwo Chabrowski, *Singing on the River: Sichuan Boatmen and Their Work Songs, 1880s-1930s*. Leiden: Brill, 2015. p. 268.

和另一个地方；另一种提供了一些附加的信息关联描述，或者幽默的双关语并提供有关地点的一些细节，目的是为了增强船工们的记忆。最后一种类型的描述元素要更为复杂，采用特定的隐喻、图像、神话或历史事件把各个地方联系起来，而不是把一个地方与另一个地方联系起来"。[35]他举出"数滩"的号子为例：

> 朝天门开船两条河，
> 大佛寺落眼打一方；
> 茅溪桥落眼杨八滩，
> 黑石子落眼下寸滩；
> 张幺河下朱老滩，
> 到了唐家沱要点关；
> 大兴场落眼黄腊滩，
> 猪鸭子下确巴滩。

四川境内的河流以其滩多、滩险令人望而生畏，众多的险滩和在这些滩上发生的事故，在船工们的心里已留下了深刻印象，因此，为了安全，船工们对川江上无数的滩名了如指掌。这首号子不仅列出了川江流域的一些地名，如"朝天门""大佛寺""杨八滩"等，而且给出了一些基本的方向指示，如"落眼""下""点关"等。然而，有一些号子歌曲的内容不仅仅依赖于地名，还依赖于特定地标之间的联想和关系，例如号子《川江两岸有名堂》：

> 川江两岸有名堂，
> 听我慢慢说端详：
> "南田坝"的猪儿粑甜得漾，
> "泸州老窖"味道长；
> "水市"机头开嚷嚷；
> 水淹土地罗汉场。

查义高还特别提到了对重庆城市描述的号子歌曲《四川省水码头要数重庆》的前六句：

> 四川省水码头要数重庆，
> 开九门闭八门十七道门；

---

35 Igor Iwo Chabrowski, *Singing on the River: Sichuan Boatmen and Their Work Songs, 1880s-1930s*. Leiden: Brill, 2015.p. 139.

朝天门大码头迎官接圣，

千厮门花包子雪白如银，

临江门卖木材树料齐整，

通远门锣鼓响抬埋死人。

这首号子涉及的内容非常广泛，涵盖了人们在该地区旅行时可能遇到的各种各样的人类活动和自然特征。查义高研究发现，在这些种类繁多的号子类型中，每一首的都是反复吟唱的，并且每首歌都有一个相当一致的、统一的文本、节奏和押韵结构，基本上，号子的每一节都由一个地名和一个隐喻组成，共同构成一个重复的内容片段。因此，人们所记住的，在很大程度上是在每个地点和在那里进行的活动之间建立起来的关系。

船工对城市的看法、认知和记忆与上层人士完全不同。在船夫们的工作中，他们并没有刻意去注意各种各样的名胜古迹、自然风光，虽然这些风景名胜是如此吸引着文学爱好者的注意力，但他们倾向于把它们嵌入到自己日常生活中与之互动的空间和场所中，这也使得他们无法看见和理解其中的审美情趣。虽然作为城市的居民，船夫们被限制在特定的空间内活动，这与他们低下的地位和迁徙的生活方式相适应。城市中"划分了有组织的城市生活的边界，并界定了船夫所属的区域，高高耸立在河流之上的城市。船工们只能在有限的范围内进入……这些地方是船夫能找到他们的娱乐方式，在一次旅行和下一次旅行之间，并为自己的利益进行小额贸易"。[36]然而，一些关于重庆的号子歌曲超越了这一界限，展现了小人物对城市空间的占有和利用，它们以一种无与伦比的方式对重庆的街道和街区进行了分类，告诉我们如何利用每一个街道和街区，无论是为了获得利益还是为了获得审美快感。

查义高对于这种变化的原因认识有两点：[37]第一，强调有用性，并将船工记忆的空间与他们维持经济生计所必需的活动联系起来。第二，不同的理解与解读代表了船工的文化选择。不仅是文人与下层阶级之间的审美差异，而且是对特定对象、空间和纪念碑意义的不同理解，船夫们关注的是他们能获得什么以及什么对他们的工作、生活方式、文化或身体需求有重要影响。

---

36 Igor Iwo Chabrowski, *Singing on the River: Sichuan Boatmen and Their Work Songs, 1880s-1930s*. Leiden: Brill, 2015. p. 158.

37 Igor Iwo Chabrowski, *Singing on the River: Sichuan Boatmen and Their Work Songs, 1880s-1930s*. Leiden: Brill, 2015. p. 159.

三、号子、性别与爱情

查义高总结了号子研究的两个重点：一是号子的特点，他认为号子是传播并建构船工群体身份和意识的主要载体之一，与船工的工作、自然环境、社会地位和船工的知识等有着密切的联系，但缺乏历史的意识、文人性，同时受到"大传统"的影响比较小等。二是号子的内容反映了船工们工作和生活的艰辛、生死有命的观念、对哥们义气的赞扬、对神灵的奉拜、对老板的讥讽、特别是对妇女和爱情的欲念——诸如好汉和光棍的自我意识、大男子主义文化、与士农工商以外的妇女的交往以及淫秽号子的意义等。

在查义高的调查研究中，一个十分重要的贡献便是对性别的关注，他探讨了"妇女和爱情"问题，在人类学的视角下分析船工对自己"男性"特征的定义和行为。船夫的情歌，或者更准确地说，通过描写爱情的劳动歌可以洞察到的船工心理的重要因素：他们如何理解自己身为男性在性、情感以及如何看待女性方面的问题，以评估自己找到女友和妻子的机会。由于船工的社会地位较低，没有稳定的收入，便被查义高以拾荒者（Junkmen）定位。他们与女性的互动不能被置于传统定义的婚俗中，因为船夫们负担不起相关的物质和礼仪的责任，也不知道如何绕过这个障碍。但是，他们中的一些人又确实希望维护这样的社会行为标准。因此，他们与女性的互动，无论是在言语上还是行动上，都有更加复杂的感情，包括从恐惧、大男子主义、自负、体贴到对自己脆弱的自暴自弃和自嘲的认知。号子常常能够以直截了当、直言不讳的语言触及禁忌话题，对于那些在一个规范严格、道德僵化的社会中难以表达和理解自己的人来说，是一种有力的人性化的工具，所以，查义高认为情歌的形式和内容保证了男女都能理解它们的本质，包括玩笑、吹嘘、挑逗和调情的交流。

与此同时，在以男性为主的四川船夫、水手和纤夫的社会中，女性仍然占有一席之地。然而，女性主要存在于这些男性的想象之中，她们被写进情歌中。"船夫们一边唱着关于女人、爱情、性征服或挫折的歌，一边高呼着工作、残酷的老板、神奇的城市和令人毛骨悚然的急流。这是他们一起做的事情，也许是在路上遇到女孩的时候，甚至是在无聊或工作的时候"。[38]查义高在考察中发现，像所有其他的"号子"一样，关于女人和爱情的歌曲不仅是一种娱乐形式，而且是一种以加强共同精神力量的方式来创造、传播和巩固他们对自己的

---

[38] Igor Iwo Chabrowski, *Singing on the River: Sichuan Boatmen and Their Work Songs, 1880s-1930s*. Leiden: Brill, 2015. p. 218.

理想、社会地位和职业准则的坚守，无论所处环境好坏，这些都是他们在这个世界上赖以生存的方式。

在查义高的研究中，四川船夫喜欢视自己为性自由的人，他们并不在乎固定的伴侣或有意愿建立家庭，他们的主要目的是满足他们的欲望和吹嘘他们的成就。在这种生活方式中，他们认为自己并无道德压力，因为他们的女友也同样如此，这与传统的儒家思想大相径庭。在查义高的调查中，这种态度并不是个别现象，而是一种集体意识。船工们因为号子而形成的一个圈子中交流着共同的思想和情感，也影响群体世界观的形成。他们将自己的理想状态定义为"真正的男人"（real men）——有阳刚之气、强壮、尚武，甚至英勇，在他们创作的号子中，他们的思想指向一个工作团队的整体价值观：希望自己充满男性魅力。所以，对这一社会阶层的详细心理剖析，不仅可以更好地理解川江号子的创作内涵，还可以以小观大，投射出整个社会工人阶层的心理因素。

查义高在考察中研究了关于女性和船夫与女性之间的爱情关系的工作歌曲。他主要关注的是对船夫对男性气质的看法的分析，这也是通过歌曲来体现的。查义高证明了四川船夫这一阶层的男性对于"规范"男性的自我认知存在很大的问题，因为他们大多没有建立家庭，没有达到儒家规范规定的受人尊敬的程度。船夫声称自己强壮、迷人、在性方面具有侵略性，同时却表现出胆怯、软弱，无法与女性建立持久的、社会可接受的关系。他们可能会赞美不正当的或通奸的性行为，并为妓女唱赞歌，同时表达他们对因贫穷和移民生活方式而导致婚姻破裂的悲伤。这一看似矛盾的事实有其内在逻辑，既表现了船夫对规范的社会角色的反抗，又表现了船夫对规范的社会角色的顺应。

第四章　英美学界中国民歌研究的新视角

英美学界与国内中国民歌的研究在理论视角、研究方法等方面存在着较大差异。总体而言，英美学界中国民歌研究方法偏重实证性，讲究数据，多基于田野调查、实验设计、统计学等进行实证研究。在理论视角方面，英美学界中国民歌研究总体呈现出一种多元化特征，其中较为突出的便是女性主义视角与当前国内外均十分关注的数字人文视角。

第一节　英美学界中国民歌的研究方法

一、田野工作法

田野工作法是英美学界中国民歌研究方法中最为突出的一种，也是被采用得最多的一类方法，几乎所有以专著呈现的研究成果都包含了田野工作法。由于西方学者采用"他者"视角，审视孕育于中国文化土壤的中国民歌，若要进行深入研究，这类学者往往会前往实地进行田野考察与体验。这也是西方学者广泛采用田野工作法的一大原因。

田野工作法是人类学研究最重要的方法之一。"田野工作"(anthropological field work)也称为"采风""实地调查法"或"参与观察法"，它是"对一社区及其生活方式从事长期的研究"[1]的研究方法，是收集资料、建立族群经验的

1　（美）R.M.基辛《当代文化人类学》，于嘉云、张恭启译，台湾巨流图书公司，1981年，第21页。

有效途径。"田野工作"意味着研究者需走出现代城市的高楼,前往田野民间,去寻找相异的艺术手法,获得切身的情感体验。

在西方学者眼中,田野调查是研究当今中国的必要方法:"研究中国,本质上是在研究动态的新兴的世界格局。更何况中国近些年的成就有目共睹,既是全球的兴奋点,也是难解的谜。这样的问题显然是关乎当下的,不去实地看看,不到田野里去,你不会意识到这些问题的存在,你也理解不了今天的中国。"[2]田野调查顺理成章地亦成为了国外学者研究中国民歌的主要方法。苏独玉博士论文《中国传统之想象:论花儿、花儿会和花儿的学术研究》、施聂姐的专著《中国民歌和民歌手:苏南的山歌传统》等,均为建立在田野工作法的基础上所取得的研究成果。可见,研究民族文化,实地采风是西方学术界必备的一环。

中国民歌原本就是起源于民间文化,是在劳动人民的生产实践中应运而生。从本质上来讲,田野考察法正是认识源于实践、认识指导实践的方法论,是指引研究者回归田野、回到劳动人民生产实践中的一个重要方法,可使研究者直接观察劳动人民的生产实践、生活形态、文化生成环境,从而获得民歌生发、形成、演变的第一手原始资料。这有助于深入考察中国民歌的起源与发展问题,透过田野调查,基于实地经验,构建出新的理论体系。而"英美学界"的研究又是"他者"视角。直接观察与他者审视的双重视角,使得英美学界中国民歌的田野调查法不同于国内民歌的田野调查法。

二、实验设计及统计学方法

自西方进入 21 世纪以来,民歌的研究领域不断拓宽,所涉学科不断增加。例如,温莎大学心理学系的舍伦贝格(E. Glenn Schellenberg)将民歌引入心理学研究,利用中国民歌建立了一个现实型号含义的模型,用来进行不同民族间音调和音调之间连续旋律预期的测试。[3]

在 2001 年的第七届系统音乐与比较音乐学国际研讨会暨第三届认知音乐学国际会议中,佩特里·托维亚宁(Petri Toiviainen)和托马斯·阿罗拉(Tuomas Eerola)运用统计学的方法,提出可以应用声学信号或符号表征的工具,用以解决民族音乐学研究中存在的大量的音乐作品很难进行分类和形象

---

2 李明洁《不往田野去,就理解不了今天的中国》,载《文汇报》2018 年 10 月。

3 E. Glenn Schellenberg, "Expectancy in Melody: Tests of the Implication-realization Model" in *Cognition*, Vol.58, Issue 1,1996.

化的问题。该方法通过提取音乐的常用统计量，包括音高、音程和持续时间的分布，以及音高、音程和持续时间的变化而进行的。

在2010年信息科学与管理工程国际学术会议（ISME）中，由杨阳（Yang Yang）、格雷厄姆·韦尔奇（Graham Welch）、约翰·桑德伯格（Johan Sundberg）、埃文杰洛斯·海莫尼德斯（Evangelos Himonides）共同发表的文章《中国传统民歌表演与教育学在当代教育中的内在挑战——以花儿为例》以具有重要文化意义的音乐类型"花儿"为代表，基于数据分析，将中国传统民歌演唱引入中国高等教育音乐课程中。

实际上，将基于数据统计与定量分析的统计学应用于人文社科研究领域之中并非新近出现的前沿方法。当前，数据成为各行各业最为重要的研究与发展因素之一。而在这股伴随着信息发展与数据挖掘浪潮之风的时代，"以统计学为代表的定量研究方法在人文社科的许多领域得到了广泛的应用，取得了显著的成绩"。[4]尽管统计学在本质上来讲，是通过爬梳、分析、描述数据的方式，来推断研究对象的本质规律，充斥着"不确定性"，然而，基于数据分析的阐释，使得一般意义上的人文社科研究具备了实证性特征，并能够有效推断未来走向与本质特征，相较一般而言的演绎法更具有说服力。统计学方法与中国民歌研究的结合势必拓展中国民歌研究的视阈，增加研究方法的多元性，为我们构建中国民歌研究理论体系提供了一个行之有效的路径。

三、文本分析法

通常情况下，中国民歌研究多注重采风报告与社会影响，甚少关注民歌文本本身。然而，文本具有广义与狭义之分。中国民歌研究多分析广义的文本，即以民歌为中心的文化、社会影响。而狭义的文本，即独立的、由语言文字组成的民歌文本却缺乏关注。所谓"文本分析法"乃西方新批评派发展下的产物，以文本为基本对象，通过文本细读，从表层深入文本深层，从而考察文本中的"反讽""张力"等特征。总而言之，文本分析法亦带有鲜明的实证主义特征。

民歌文本本身具备什么样的普遍规律，有赖于研究者运用文本分析法进行细读，从而从个别上升至一般，归纳出中国民歌文本的基本特征。施聂姐在《中国民歌和民歌手：江苏南部的山歌传统》一书中，以吴地山歌为研究对象，

4　邓柯《统计学与人文研究的哲学思辨——从批判性视角看人文研究中的"不确定性"》，载《公共管理评论》2017年第3期。

以民族音乐学为基础，对民歌体裁的产生背景、歌手、文本、音乐的问题进行深入研究。尽管施聂姐的研究方法不完全是文本分析法，亦非纯粹的如美国文学理论家韦勒克所言之"内部研究"（因为施聂姐的研究依然考察了民歌体裁产生的背景、歌手），但施聂姐尤其注重山歌的文本分析。施聂姐运用文本分析法的研究主要关注三个方面："单主题旋律"出现的区域，其中只有一个或少数特定的民间曲调（主题），却主导了大部分当地民歌曲目；"山歌"一词的确切含义，歌手和民间理论家对其的解释以及它与吴地区发现的单主题旋律的关系；"山歌"的文本和曲调强烈依赖于微小的独特元素，短语和不断重复的主题和主题构成的片段构成了歌曲中的曲式结构。

四、跨学科研究

近年来，无论是在自然科学领域还是人文社科领域，交叉学科研究的呼声日益高涨，而诸多基于交叉学科研究的成果表明了这一研究方法的有效性与生命力。英美学界的中国民歌研究亦采用了跨学科研究方法，取得了一定的突破。这一研究方法使中国民歌超越艺术史的学科界限，成为与政治学、人类学、心理学等学科相对应的研究领域。例如，苏独玉在对"花儿"的研究中，虽然以民俗学家的身份参与进来，但也在文章中广泛运用了政治学、人类学、社会学等学科的方法，这不但促进了民俗学的研究，更是将中国民歌置于一个更为广阔的学术视域中。

毋庸置疑，跨学科研究是在当下国内中国民歌研究与英美中国民歌研究方法的一次提升。在国内中国民歌研究中，学者们通常将民歌置于文学、政治、社会等语境下研究，但将民歌与统计学、心理学等学科联系起来的研究方法，几乎无人涉及，这是国内民歌研究需要借鉴及发展的方向，也是中国民歌研究在使用跨学科研究方法中能够不断创新的有效方式。

第二节 女性主义视阈下的中国民歌研究

女性主义是"新音乐学"研究的一大重要支柱，也是当下民歌研究的新方向。自 20 世纪 80 年代起，英美国家兴起了一股"新音乐学"（New Musicology）研究的潮流。较之传统意义上的"历史音乐学"与"民族音乐学"研究方法，"新音乐学"在研究的对象、方法、目的上都发生了革命性的变化，它融合了20 世纪末到 21 世纪初的"种族（race）、社会性别（gender）、性（sexuality,

原文译为性征）这样一些具有现代—后现代思路的学术话语，释义学、叙事学、结构主义、女性主义与文化诠释的理论与方法，淡化或替代了传统学术中的实证性考察和风格分析"，[5]形成一种新的研究体系和模式，以探索更广阔的音乐文化内涵。

　　作为"新音乐学"研究的一个分支，女性主义音乐学重在考察女性创作、女性形象、女性话语等问题。21 世纪之交此视角下的研究正如火如荼地进行着。美国音乐学家约瑟夫·克尔曼（Joseph Kerman）在其著作《沉思音乐——音乐学面临的种种挑战》中，不仅指出了传统的音乐历史研究问题，还呼吁运用"后结构主义""解构""女性主义"这样的后现代主义文化理论进行音乐学研究。[6]随即，女性主义音乐批评站在文化研究的角度进入了具有挑战性的领域，使得"新音乐学"在 20 世纪 90 年代以后获得了更加深厚的积累，其研究视角比任何一个时代都更广阔、更丰富。受到女性主义研究视野的影响，英美学界中的民歌研究在 21 世纪之交将眼光聚焦到了女性主义议题之上。

一、民歌研究中的女性意识凸显

　　新音乐学自诞生起，就重点从女性主义的角度来研究音乐及音乐史。女性问题随着 18 世纪的女权概念与人权概念的兴起，便成为各个领域不可回避的核心议题。到了上世纪六七十年代，女性主义文学批评兴起，该领域以一种女性的视角对作品进行解读，对男权压制下的女性歪曲形象进行批判，并探讨作品中的女性意识，其研究对象包括女性形象、女性创作与女性阅读等。[7]女性主义音乐批评与文学中的批评大同小异，女性形象、女性创作也是音乐领域的研究对象。麦克莱瑞（Susan McClary）强调："通过探究音乐和音乐史中的女性，使得音乐学叙述中被边缘化了的女性音乐家及其作品受到了重视，使得她们也成为了过去音乐传统的一个组成部分；通过研究音乐中的女性因素是如何呈现的，使得传统理念中音乐富于情感表现的、爱欲的因素得到了解放。"[8]而这个观点在麦克莱瑞那里得到了印证，麦克莱瑞也认为以女性主义视角切

5　孙国忠《当代西方音乐学的学术走向》，载《音乐艺术》2003 年第 3 期。

6　Joseph Kerman, *Contemplating Music: Challenges to Musicology*. Cambridge: Harvard University Press, 1999. p. 17.

7　朱立元《当代西方文艺理论》（第 2 版），华东师范大学出版社，2005 年，第 342 页。

8　Suzanne G. Cusick, "Gender, Musicology, and Feminism" in Nicholas Cook, *Rethinking Music*. Oxford: Oxford University Press, 2002.

入音乐作品能突破传统思想的束缚，其专著《阴性终止：音乐、社会性别和性征》（*Feminine Endings: Music, Gender, and Sexuality*, 1991）不仅涉及音乐作品的详细探讨和文化阐释，而且上升到了对女性主义音乐批评的思考，充满了女性意识。[9]

长期以来，女性都被认为被男性话语遮蔽，女性在所有拥有实际权力的公共领域场所——工作、运动、战争、政府——中都几乎没有主体性话语。在中国，从孔子的"男尊女卑"思想到新中国以来把妇女定义为半边天的拥护者，中国妇女显然完成了自我正名的历史长征。在几千年的文明史上，中国妇女被父权制社会所压制，她们的声音只是"从历史的表面浮现出来的"。然而，即使在这些革命中，中国妇女的声音也常常被边缘化，成为崇高政治和意识形态事业的象征。这些都在民歌中有所表现，例如描写女性意识的民歌《孟姜女》《刘三姐》《小河淌水》《槐花几时开》等，从歌中我们能够感知她们的"喜悦、期盼、愿望以及她们受到的压迫、痛苦、不平和勇敢的抗争"。[10]例如四川民歌《槐花几时开》的歌词只有四句："高高山上一树槐，手把栏杆望郎来，娘问女儿啊，你望啥子？我望槐花几时开"，歌词将母女俩的心情和神态充分描述了出来，表达了一位处于热恋中的少女期待自己的心爱之人早点回来的焦急心情，同时，也表现出在封建社会中，女子在追求爱情时，常用的假借、比喻这类隐晦等手法。妈妈问女儿望什么，女儿回答是"望槐花几时开"，这里的"槐花"其实就是她的"情郎"，她用借物比喻的方式来凸显女性意识。在封建社会当中，女性没有政治地位，她们的追求通常是受到压迫的，所以常常以曲折委婉的手法来表现出女性对爱情的追求，这与西方文化显然不同。

英美学界中国民歌研究者敏锐地捕捉到民歌中的女性形象与女性意识问题，以女性主义视角进行民歌研究，为中国民歌研究开辟了一个新思路。1991年3月，北美爱荷华大学组织了一个关于20世纪中国文学和社会中的性别研讨会。这次会议的编辑 Tonglin Lu 在会议文集《20世纪中国文学与社会中的性别与性》（*Gender and Sexuality in Twentieth-Century Chinese Literature and Society*, 1993）中称："回想起来，当我正在编辑研讨会论文以供发表时，我突然想到，所有论文中最重要的主题问题，尽管从来没有这样表述过，是拯救。

---

9 Susan McClary, *Feminine Endings: Music, Gender, and Sexuality*. Minneapolis: University of Minnesota Press, 1991.

10 伊春《传统民歌中的女性形象探析》，载《作家》2011年5月。

20 世纪初以来，中国知识分子对女性的拯救一直十分痴迷。为了说明'女性拯救'的概念，我们将以 20 世纪中国两次重大革命中的两部代表女性立场的著名戏剧为例：易卜生的《玩偶之家》和田汉的《白毛女》。前者以西方个人主义的中产阶级女性形象激励着'五四'后一代人梦想一个从传统的血缘关系中解放出来的中国女性；后者则代表着共产党对被压迫的农妇的拯救。在这两部戏剧中，除此之外，还曾有人试图'拯救'中国妇女，包括那些旨在反对中国共产主义的妇女。通常，一个新的拯救尝试认为自己比前一个更纯洁，更高尚。"[11]可见，中国民歌中的女性形象与女性书写已进入西方学界的视野。

西方学界对于文学、文化中的"女性"研究各异，或论述女性与教育，或论及启蒙主义与女性活动，或研究女性与社会制度变化的相互影响，或受哈贝马斯的"公共领域"、布尔迪厄（Pierre Bourdieu）的"场域"、米歇尔·福柯（Michel Foucault）的"文化权力"、安东尼·吉登斯（Anthony Giddens）的"现代化"等理论影响从大众传播媒介对女性形象进行"再现"分析，其中后者较为新颖，同时引起了诸多学者将中国报纸视为理论实践点。西方女性主义人类学家亨利埃塔·摩尔（Henrietta L. Moore）对人类学和女性主义的研究批评提醒我们，虽然自布罗尼斯拉夫·马林诺夫斯基（Bronislaw Malinowski）和玛格丽特·米德（Margaret Mead）以来，以记录女性经历为重点的人种学研究已经很普遍，但主要强调的是从男性的角度对女性思想的叙述、分析和解释，而女性自己的"声音"却很难发出。也就是说，以往以女性为研究对象的人类学著作忽视了女性自身的主观体验。在摩尔看来，这就是为什么后女权主义研究者倾向于强调女性主义观点。然而，关注女性经历和表达文化的作品仍然与后女性主义文学相关，特别是在讨论歌曲方面。但值得庆幸的是，此时的研究已经有了较强的女性意识，关注女性、力图展现女性和为女性正名成为研究者着力靠拢的方向。

二、民歌中的女性演唱群体研究

上世纪 80 年代末，女性主义音乐批评不再拘泥于分析由生理性别造成的音乐现象，而是进入到女性群体的研究之中，更确切地说研究大都聚焦于女性演唱者。女性演唱者的出现意味着女性有了更多"发声"的渠道，话语权不断

---

11 Tonglin Lu, *Gender and Sexuality in Twentieth-Century Chinese Literature and Society*. New York: State University of New York Press, 1993. p. 6.

得到加强。研究表明，女性演唱的增多并不是一个孤立的现象，它与族群、地域有着紧密联系。

民歌代表一个族群的文化。就拿我国的一个特殊群体——客家人来说，尤其能体现族群的重要性。"客家人"通常是指整个族群而言，是汉民族所属的一个支系。客家人分布广泛，其聚居的地区包括广东、赣南、闽西、广西、四川、湖南、贵州、湖北及港、澳、台地区和海外许多国家。对于客家族群的由来，学界大致有三种观点："一是认为是纯粹的中原南迁汉人；二是认为是本地人（即土著住民）；三是认为是中原南迁汉人与土著融合而成。"[12]也就是说，客家族群是由不同族群、不同文化融合而来的。

客家人善歌，尤其是山歌最为著名。客家山歌是客家族群的突出标记之一，是客家文化的载体和一大亮点。在这其中，妇女又是演唱山歌的主要群体，民间流传的有关山歌的故事，也大都是以妇女为主人公。这是由于清代以后，客家地区的男子多外出谋生，妇女不仅成为家务劳动的主要承担者，也成为户外劳动的主力军，在经济上、生活上都有了较多的话语权，这些都能从唱山歌中反映出来。

英美学界的学者对客家音乐尤为重视，例如简美玲（Mei-ling Chien）从女性视角研究台湾北部客家妇女们所唱的客家山歌，探索抗战时期和第二次世界大战之后的客家妇女在台湾被殖民时期的经历。有关工业社会和日常生活的创造性批判，法国著名哲学家、美学家和评论家亨利·列菲弗尔（Henri Lefebvre）指出了休闲与工作之间的矛盾和相互依存。简美玲《休闲、工作和日常生活——台湾北部殖民地客家妇女的山歌（1930-1955）》一文，正是以台湾北部客家妇女讲述自己唱或听山歌的个人经历为例，揭示了休闲与工作的多重关系。这是对亨利·列菲弗尔这一理论的理论补充和延伸。文章以个人叙事为切入点，考察和记录了1930-1955年间台湾客家妇女乡村生活中的日常形式，通过对客家妇女生活史叙述的考察，探讨了客家妇女在当地社区日常和特殊生活环境中聆听和演唱山歌的经验，并揭示了山歌如何在殖民地社会中既作为社会标记又作为模糊休闲与工作界限的渠道等几个重要发现。

自明清以来，客家一直是台湾地区民族构成最为重要的一部分。正如美国哥伦比亚大学人类学系教授孔迈隆（Myron Cohen）在《台湾的中国家庭制度》中所指出的那样，"说各种各样'闽南'方言的人一直是台湾华人人口的主体。

---

12 胡希张《客家山歌史研究》，广东人民出版社，2013年，第3页。

讲客家话的人是在 17 世纪从广东移民到台湾后才成为重要的少数群体"。[13]在整个台湾地区,客家人可能是少数。但在苗栗县,说客家话的华人占绝大多数。台湾北部的传统客家剧和山歌基于台湾省地区使用的一种客家语腔调"四县腔"(指的是程乡、兴宁、镇平、平远四县),这也是苗栗的主要方言。因此,苗栗山歌在当地非常具有代表性。学界认为山歌是中国民歌的三大类型之一(山歌、小调、号子),这一类型也包括了多种分类,如青海和甘肃的花儿,山西的山曲,贵州东部苗族的飞歌。台湾北部的山歌,尤其是"老山歌",由四行组成,每行七个字,主题和歌词都是即兴的。"山歌"由此也被定义为"以自由节奏演唱、户外演唱和大声表演的歌曲"。

简美玲的文章采取了一种独特的叙述视角,即基于民族志的叙述,着重于客家女性演唱和聆听山歌的个人体验的多样性,更深层次地探索个体经验之间微妙的多样性。而这往往是民歌研究中所缺乏的。个人叙事不仅传达了独特的个人视角,也讲述了客家乡下人在特定时空中的集体经历。

该文涉及了性别与表现文化、客家研究、客家音乐的民族音乐学研究三大研究领域。这项研究证明,山歌对于女性的作用并不止于简单地描述她们的情感经历。实际上,山歌中的表演和歌词都有揭示性别关系和文化信息的力量,所以,客家妇女的特殊之处,一直是英美学界中客家研究争论的一个主要问题。正如研究客家妇女的郭思嘉(Nicole Constable)所言,"她们有着独立、勤劳、为家庭做出重要经济贡献的名声"。[14]因此,客家妇女与周围社区的妇女相比,这方面的特征就显得非常突出。

简美玲在其文章《休闲,工作和日常琐事:台湾北部殖民地客家妇女的山歌》中,又对在苗栗客家村长大的刘奶奶、腾奶奶、黄奶奶、罗奶奶四位女性进行了访谈。这些女性都居住在客家"四县"方言人口密集的地区,她们有着不同的教育背景,经历了殖民时期和战争时期。通过访谈,简美玲探讨了这些女性如何用她们自己的语言来描述她们对客家山歌的兴趣、理解和看法。以上的叙述不仅集中在山歌上,还延伸到对日本殖民背景下社区中个人情感和人际关系的描写。这些片段在受访谈者的脑海里是有意义的,因为片段快速地交

13 Myron Cohen, *House United, House Divided: The Chinese Family in Taiwan.* New York: Columbia University Press, 1976. p. 3.

14 Mei-ling Chien, "Leisure, Work, and Constituted Everydayness: Mountain Songs of Hakka Women in Colonized Northern Taiwan (1930-1955)" in *Asian Ethnology*, Vol.74, No.1, 2015. pp. 37-62.

织着过去和现在、地方和人，把看似平凡的经历变成了有意义的"记忆"。"说到山歌，首先想到的是人：刘奶奶想起了不会唱山歌的丈夫；邓奶奶提到她的祖母和父亲，他们偶尔会唱歌；罗奶奶提到了她保守的家庭，家里没有人唱歌。然后，他们想到唱山歌的'环境'，比如在表演中，为牲口采集食物或采茶，采药，或者以唱山歌为活动中心。尽管有受教育的机会，但这四位女性都把她们年轻时的部分时间用来在地里帮忙。在苗栗，这意味着采茶或养蚕。此外，所有人都被要求在做完农活后做家务。刘奶奶1927年出生在苗栗县，她有四个兄弟姐妹，两个姐妹和两个兄弟。她出生的家庭以佃农为生。在媒人的介绍下，她在20岁时嫁入吴姓同村的一个家庭。她有三个儿子，第一个出生时她21岁。她的丈夫也以务农为生。她的日常活动包括做饭、准备红薯、喂猪、在菜园里干活、收集柴火和干草、磨米以及带小牛去吃草。下雨天，她会忙着做草绳。换句话说，她的日常生活就是不停地工作"。[15]对女性的压迫在中国传统社会，尤其是农村地区现象严重，无社会地位、不停地工作、生儿育女……似乎都被看作是女性的"义务"。

这些客家女性的个人叙事具有双重意义。一方面，个人的记忆可能受到过去和现在经历以及两者之间相互作用的影响。另一方面，她们的个人经历可能不局限于一个特定的时间或空间，这就使得她们对一个问题拥有更广泛的看法，使她们从过去生活的日常琐事中挣脱出来。因此，简美玲对客家女性的阐述已经超越了对个人角色和生活遭遇的同情，而是呈现出一种特定版本的集体记忆。

简美玲所采访的客家妇女所表达的两个最重要的主题是"自由的感觉"或"从繁忙的日常生活中解脱出来的感觉"。她通过这些客家妇女的叙述，结合当地普通和非凡的山歌环境，展现了客家妇女的创作和主观感受。虽然这些客家妇女以勤劳为准则，但歌唱或听山歌所产生的闲暇与工作之间的矛盾与张力，却产生了一定的释放与诗意的自由。通过简美玲的分析可以看出，首先，为了模糊休闲和工作之间的界限，这些歌曲有时赞美工作，而有时又与工作分离。其次，作为休闲的山歌与情感甚至色情有关，通常也被认为是不道德的。所以，通过简美玲的采访与分析，我们可以看出1930年至1955年台湾生活包

---

15 Mei-ling Chien, "Leisure, Work, and Constituted Everydayness: Mountain Songs of Hakka Women in Colonized Northern Taiwan (1930-1955)" in *Asian Ethnology*, Vol.74, No.1, 2015.

括如下特点："（1）唱歌或听山歌这类休闲活动，和采茶这类工作可以相互兼容；（2）休闲活动和工作可以是分开、互不相关的；（3）山歌作为一种休闲活动，它与感情的表达、爱情和道德间的纠缠息息相关；（4）抗战时期受过相对良好教育的人对由山歌形成的休闲文化有不同的看法。"[16]

在这里，简美玲对女性演唱山歌经历的叙述为我们提供了一个窗口，让我们了解到在台湾北部的客家乡土社会中，客家女性虽然需要做大量艰苦的劳动，但她们可以通过唱山歌来排遣艰苦的工作环境，这也是一种灵魂的释放与诗意的自由。

同样是山歌表演群体，苏南的山歌演唱群体与客家山歌演唱群体有所不同，他们绝大部分的表演者为男歌手。面对这种男性歌手居多的现象，施聂姐认为和中国的男性占据着人口绝大多数有着必然联系。"这是由杀害女婴等因素造成的，江苏也不例外，在过去的三个世纪里，这个省的男人总是多于女人。男性人口通常比女性多出20%的，但这个数字在某些时期可能高达60%"。[17]施聂姐还详细调查了妇女在演唱山歌的群体中处于弱势地位的原因，她认为，古代中国对于妇女处于弱势地位有着充分的记载，妇女被禁止参加公共活动，被认为是下等人，她们几乎没有社会权利，但是又有许多社会"义务"。她们的行动能力有限，大多数被关在室内，被称为"妻子"或"内人"。相比之下，农村妇女似乎有更多的行动自由，但传统模式仍占主导地位：男人在田里干活，女人做编织。这便显示了社会性别中的二元对立结构，作为其中一方的男性，总是凌驾于女性之上，不管是历史原因还是文化的角度，男性在群体中总能享受更多资源和权力。这一现象在中原地区的农村群体中更为明显。

明恩溥（Arthur Smith）曾见证了19世纪末山东的乡村生活，他在《中国乡村生活：社会学研究》中记录道，"成千上万的妇女从未离开过她们村庄超过两英里"——直到她们结婚时，也就是说，一个女人会在结婚后搬到丈夫的村庄。明恩溥还指出，妇女几乎没有受过教育。女儿们结婚后离开了父母的家，所以投资女孩的未来被认为是"把自家种子撒在别人地里，更像是把一条金链子拴在别人家狗的脖子上，主人一吹哨，金链子连同小狗就会一

16　Mei-ling Chien, "Leisure, Work, and Constituted Everydayness: Mountain Songs of Hakka Women in Colonized Northern Taiwan (1930-1955)" in *Asian Ethnology*, Vol.74, No.1, 2015.pp. 37-62.

17　Antoinet Schimmelpenninck, *Chinese Folk Songs and Folk Singers: Shan'ge Traditions in Southern Jiangsu*. Leiden: CHIME Foundation, 1997. p. 89.

同跑掉了"。[18]所以，由于民歌多数生长在以劳动人民为载体的农村环境中，这种对女性的压迫现象更为普遍。通常，农村的女孩到了十二岁以后，往往被关在家里和母亲一起做家务，这使她们很小就学会了唱小调。"女生主要学习小调，歌曲节奏有规律，经常由女性在家庭环境中演唱"。所以间接导致了她们接触的山歌是有限的。费孝通观察到，20世纪30年代，在开州区公（太湖东南部），妇女没有在土地上工作，她们只是"偶尔协助灌溉"。[19]

相较于江苏地区的妇女，西北地区的女性通过其自身的行动，展现了"女性意识崛起"的过程，这在她们演唱的"花儿歌"中可以发现。曾经在青海和甘肃地区的花儿表演团体中，业余歌手、民谣歌手和专业歌手之间没有特别明确的界限，男性和女性共同构成了演唱团体，但男性仍占主导地位。苏独玉曾在上世纪90年代在青海、甘肃地区的调查中提到了女性在花儿表演中的地位。在过去的四十年里，许多著名的莲花山歌手都是女性。1981年去世的穷尕妹就是这些女性之一。她的其中一个故事是关于她的婆母、她的第一任丈夫（她的婚姻是在她小时候安排的）和社会对她唱歌的限制和考验的。"她的母亲在工作时唱'花儿'，母亲在她七岁时就教她唱歌，母亲还告诉她，莲花山花儿会上不允许女性演唱。当她结婚时，她的丈夫和婆婆告诉她不要唱花儿歌。当她终于被允许去参加音乐节时，他们告诉她不要在那里唱歌。直到1936年，她在莲花山花儿会上的演唱引起轰动"，[20]村民们才开始慢慢接受女性歌手表演"花儿"。在穷尕妹之前，男性所演唱的花儿歌主要是关于神、封建礼制、历史故事、农耕活动和日常生活等，用花儿来表达情爱者不多，并且他们几乎不提家庭成员。随着女性歌手表演的突出成就，越来越多的女性群体参与到"花儿"的表演中来，带动了花儿的学术研究、采集、传播的发展，并在其中担任重要职能。所以，可以看出，既然性别差异是被塑造的、是人们能动去接受并通过文化来实现的一种现象，那么它便也是可变化的，拥有可以变革的可能性。正如西北地区演唱花儿的群体，女性能动性地向社会展示自身的优势，证实女性群体在社会中拥有的巨大潜力，由此开始担任花儿领域中的重要职能，这正是女性主义研究需要达到的变革目的。

18　（美）明恩溥《中国乡村生活：社会学研究》，午晴、唐军译，时事出版社，1998年，第262页。

19　Hsiao-Tung Fei, *Peasant Life in China: A Field Study of Country Life in the Yangtze Valley*. London: Routledge, 1939. p. 59.

20　Sue Tuohy, "Imagining the Chinese Tradition: The Case of Hua'er Songs, Festivals, and Scholarship", Indiana University, PhD, 1988. p. 179.

总之，新音乐学在摆脱欧洲音乐学的传统话语体系后，女性主义音乐学研究开始走向了新的境地，这在 20 世纪末英美学界对中国民歌的研究材料上较为突出地展现，它跳出了音乐研究里针对音乐文本进行的实证考据，将研究拓展到音乐"意识形态"下的女性主义，结合地域、族群文化将音乐置于一个开放、自由、文明的社会环境来开展研究。

第三节　数字人文视阈下的中国民歌研究

数字人文（Digital Humanities, 简称DH）[21]随着计算机技术与互联网技术的发展而兴起。进入 21 世纪，大数据时代与人工智能等前沿性科学将数字人文学科带入一个更为广阔的领域，"成为了当前最具发展前景和发展潜力的前沿学科"。[22]在国际学界，数字人文学科已经在高校教育体制、科研领域中确立明确的学术研究体系，并已产生了丰硕的成果，数字人文方法运用至民歌研究同样也取得了较多的成果。

一、民歌的音乐心理学模型测试

民歌是一个包含了感知、思想和行动的基本心理学元素，它以研究音乐与人的各项心理现象的相互关系为主要内容。在比较音乐学、民族音乐学看来，大量的音乐收藏难以分类和形象化，而音乐心理学可以运用其应用于声学信号或符号表征的工具给这个问题带来解决方案。具体而言，心理约束可能是跨文化音乐共性（或近似共性）的基础，"如 1.八度等音音高（octave equivalence）；2.对数音高尺度（logarithmic pitch scales）；3.每个八度有五到七个离散音高（five to seven discrete pitches per octave）；4.音调稳定性的层次结构（hierarchies of tonal stability）；5.作为组织手段的旋律轮廓（melodic contour as an organizing device）；6.节奏组织的节拍框架（a beat framework for rhythmic organization）"。[23]

21　数字人文是针对计算与人文学科之间的交叉领域进行学习、研究、发明以及创新的一门学科，其广阔的理论前景与实践空间特质使其成为国际高端科研领域的前沿热点。

22　李泉《数字人文的发展源流与数字文学的理论建构》，载《西南民族大学学报》2018年第 9 期。

23　E. Glenn Schellenberg, "Expectancy in Melody: Tests of the Implication-realization Model" in *Cognition*,Vol.58, Issue 1,1996.pp. 75-125.

　　音乐心理学研究的一种方法试图将听觉中的知觉组织原则应用于音乐，另一种方法侧重于音乐的习得方面。温莎大学心理学系的舍伦贝格（E. Glenn Schellenberg）使用中国民歌建立了一个现实型号含义（implication-realization model，简称 I-R 模型）的模型，用来做不同民族间音调和音调之间连续旋律预期的测试。[24]该模型对期望值的预测是用一小部分原则来描述的，这些原则精确地指定了音程大小和音高方向，随后它们被量化，并用于预测三个实验的数据。在这三个实验中，不管听众是否受过音乐训练，也不管他们是在中国还是美国出生和长大的，他要求听者判断单个测试音调对旋律片段的延续程度。该模型成功地预测了听众对不同音乐风格（英国和中国民歌以及奥地利作曲家韦伯恩·利德的无调性声乐套曲 *Lieder*）的判断。

　　这个实验分为三次：实验一对美国民谣进行了测试；实验二对韦伯恩·利德的无调性声乐套曲进行测验；在实验三中，作者以中国民歌作为旋律案例，检验 I-R 模型的适用性。舍伦贝格之所以选择中国民歌作为区别于西方音乐的代表，是因为中国民歌大多是五声调式，即由五个音阶组成。相比之下，大多数西方调性音乐是由七声音阶组成的大小调。在舍伦贝格眼里，中国的五声音阶可以从任何音调开始，并依次包括音调高 2、3、2、2 和 3 个半音组成的。它在某些方面与西方的音乐规律相似，任何两个音调之间的音程都是半音的整数倍，就像西方音阶一样。同时，中国五声音阶与西方大调和小调有着根本的区别。因为音阶中两个相邻的音可能是三个半音，所以这个音程构成了中国旋律的一个单步，而这在西方旋律中是一个飞跃（Koon，1979）。[25]由于五声音阶的结构，音阶中没有两个音的音程是 1、6 或 11 个半音，它们都出现在西方的大调和小调音阶中。另一个不同之处在于，中国的五声音阶并不表现出西方音乐的调性结构，而是一种由乐曲中音调分布所决定的"准调性"（Gilman，1892）。[26]中国音乐作品的结尾通常是乐曲中最常出现的音调（主音）。

　　在这个实验里，舍伦贝格选取了康奈尔大学社区的 16 名成员，其中 8 人是中国人（包括中国长大的华裔），另外 8 人是美国人。因此，我们可以看出音乐文化本身是这个实验所要检验的问题，而非专业的音乐训练。此实验测试

24　E. Glenn Schellenberg, "Expectancy in Melody: Tests of the Implication-realization Model" in *Cognition*, Vol.58, Issue 1,1996.

25　E. Glenn Schellenberg, "Expectancy in Melody: Tests of the Implication-realization Model" in *Cognition*, Vol.58, Issue 1, 1996. pp. 75-125.

26　E. Glenn Schellenberg, "Expectancy in Melody: Tests of the Implication-realization Model" in *Cognition*, Vol.58, Issue 1,1996.

时间约为 40 分钟，所用的歌曲是人民音乐出版社 1980 年出版的《中国民歌选》，这组测试音调由片段模式的五声音阶中的所有音调组成。

　　舍伦贝格将测试音调排除在量表之外，排除了主要基于给定测试音调是否为量表成员的评级策略的可能性，每段测试音调的减少可以增加片段的数量。作者所选的片段以小音程（2、3 和 4 个半音程）或大音程（8、9 和 10 个半音程）结束，每个音程有上升和下降两种版本，总共产生 12 个片段。对于每个片段，实验者和一位专门研究东亚音乐的民族音乐学家确定了构成基调集的音调，预测器变量音调编码为虚拟变量。

谱例 27　中国的民歌 I-R 模型测试中使用的旋律片段[27]

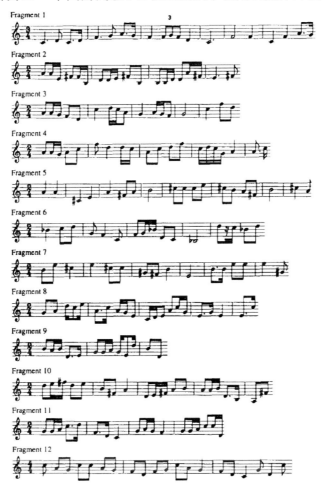

---

27 E. Glenn Schellenberg, "Expectancy in Melody: Tests of the Implication-realization Model" in *Cognition*, Vol.58, Issue 1,1996. pp. 75-125.

用谱例 27 中所示旋律片段的 11 个测试音调，片段 1（以 G4 结尾）为：G5，F5，D5，C5，A4，G4，F4，D4，C4，A3 和 G3。对于每个片段和听者，以不同的随机顺序显示了 11 个测试音调。每个听众还以不同的随机顺序呈现了这 12 个片段。在测试期间，每个听众都进行了 132 次评分（12 个片段中的每个片段有 11 个测试音）。

舍伦贝格最后得出的实验结论我们可以看出，来自每个监听器的数据与来自其他监听器的数据相关联（经过 120 次测试修正）。平均受试者间相关性为 572,N = 132,p < .0001。经多次试验校正后，所有 120 个两两相关项均有统计学意义（N = 132, p < .0001），在这其中，美国听众的平均被试间相关系数为.619,N = 132, p < .0001;在中国听众中为 550,N = 132, p < .0001。

初步分析使用与本实验中 132 个声调组相对应的值来检验模型预测因子之间的相互关系（校正了 15 次测试）。在本实验中，预测值的间隔差（Intervallic Difference）、接近度（Proximity）和闭合度（Closure）显著相关（见图 8）。

图 8　I-R 模型预测变量之间的相关性（N=132）[28]

I-R Model

	Intervallic difference	Registral return	Proximity	Closure	Tonality
Registral direction	.107	.009	−.027	.042	.015
Intervallic difference		.047	.628*	.392*	−.004
Registral return			−.003	.103	.086
Proximity				.503*	−.007
Closure					−.014

Revised model

	Registral return (revised)	Proximity (revised)	Tonality
Registral direction (revised)	.310*	−.093	.009
Registral return (revised)		−.013	−.031
Proximity (revised)			−.004

* $p < .0001$.

---

28 E. Glenn Schellenberg, "Expectancy in Melody: Tests of the Implication-realization Model" in *Cognition*, Vol.58, Issue 1,1996. pp. 75-125.

为了测试每个预测变量的强度的跨文化差异，舍伦贝格使用合并 t 检验来比较美国听众和中国听众的平均系数值（经过 6 次测试修正），结果表明二者并未发现明显差异。

因此，尽管数据中的许多差异是由于个体差异造成的，但这些差异的程度是相似的，不管听众是否在相同的音乐文化中长大。这里所揭示的跨文化相似性表明，目前该实验中使用的模型方法可能是理想的，可以用来挖掘旋律期望的一般原则，比如尤金·纳穆尔（Eugene Narmour）在 1990 和 1992 年提出的"全面的旋律语法理论来解释旋律之间最基本的认知关系"[29]原则。

二、CRF 模型与民歌分类

如前文所言，中国民歌通常由当地人即兴创作，口口相传，这也导致了同一地域的曲调有相似特征，不同地域的曲调又各有其地域特色。比如，虽然民歌《茉莉花》的情感和内容完全一样，但江苏南部的《茉莉花》更为抒情、委婉；而中国东北地区的《茉莉花》更为粗犷、热情和跳跃。不同地区的方言，习俗，生活方式对中国民歌旋律类型的形成起着深远影响。基于这些特征，中国民族音乐学家按照地理因素对中国民歌进行了划分，并将他们的研究命名为"音乐地理学"。[30]除此之外，其他国家的民歌也存在地域特点，例如来自大陆、群岛和小亚细亚不同地区的希腊民歌风格不同；关东和关西的日本民歌也会采用不同编曲模式。因此，通过地理标签管理和推荐中国民歌是一种高效可行的方法。此外，对中国民歌地域分类也有助于了解民歌音乐结构，提供自动定量分析民歌的手段，进一步发展智能音乐教育。

音乐地域分类旨在根据地域对民歌进行分类，是音乐自动分类的重要分支。在长久的发展中，中国民歌形成了许多音乐地域风格。对中国民歌进行地

---

29 Eugene Narmour 在美国当代著名音乐哲学心理学家家伦纳德·迈尔（Leonard B.Meyer）理论的基础上，提出了一套简洁、可伸缩的规则集，对音乐的所有主要参数进行建模、隐含和实现。他通过一种复杂而新颖的分析符号学，表明了一种"遗传密码"支配着人们对旋律的感知和认知。一种是自动的"蛮力"系统，从下到上操作风格原语。另一种是由一个从上到下不断冲击样式结构的习得的图式系统构成。使用的理论常数是上下文无关的，因此适用于所有风格的旋律。他相当重视听者的认知能力，并且他几乎只专注于低层次的、注意到的关系。这一结果是一个高度概括的理论，有助于研究与旋律分析和认知有关的各种心理和音乐理论问题。

30 Han Kuo-Huang, "Folk Songs of the Han Chinese: Characteristics and Classifications" in *Asian Music*, Vol.20, No.2, 1989. pp. 107-128.

域分类可以促进能向用户推荐偏好音乐的推荐系统发展，并完善音乐检索系统。然而，由于大部分算法在音乐特征提取和分类时并不考虑音乐的时间特性，现存的音乐地域分类系统并不成熟。随着网络和音乐多媒体技术的发展，网络存储共享的音乐资料存量大幅增加。这导致了对音乐多媒体技术的需求激增，也给其带来了严峻的挑战和变化。音乐自动分类技术的发展在音乐索引和检索，提高不同种类音乐管理效率上发挥着不可或缺的作用。

西方学者对于将统计学的方法运用在民歌研究上有着独特的视野，这也是国内最缺乏的研究方法之一，可供我们参考借鉴。

现有的音乐地域分类法通常效仿音乐流派分类过程。对于音频文件资料和 MIDI 文件资料，首先计算整首歌的统计学特征，然后再通过机器学习算法对其进行分类分级。但是，由于民间歌曲通常没有严格的创作规则，音乐地域分类又与成熟的音乐流派分类不同。相反，旋律的时间结构是民歌的重要特征。在 2018 年的国际期刊《多媒体工具与应用》（*Multimedia Tools and Applications*）中，Juan Li、Jing Luo、Jianhang Ding、Xi Zhao、Xinyu Yang 在文章《基于 CRF 模型的中国民歌区域分类》（Regional Classification of Chinese Folk Songs Based on CRF Model）中关注的是音乐地域分类方法中的时间特征。其实，时间特征对于区分不同地区风格的民歌也是尤为关键。他们提出了一种基于条件随机场 conditional random field（CRF）的算法，该算法基于帧的音乐音频特征是 CRF 的观测序列，充分利用音乐音频特征的时间特性来进行音乐地域分类。考虑到音频特征数据的连续性、高维度和大体积，文章采用了两种方法来计算 CRF 中音乐音频特征的标签序列，即高斯混合模型（GMM）和受限玻尔兹曼机（RBM）。实验结果表明，基于 CRF-RBM 的方法在中国民歌数据集上的表现优于其他现有的音乐地域分类器，其最高精度为 84.71%。

另外，由于 CRF 的马尔可夫假设，该篇文章也充分考虑了音乐的时间特征。为了提高 CRF 的概率计算能力，改进建模和分类效果，文章作者在此提出了两种计算标签序列的方法。首先使用高斯混合模型（GMM）来拟合音乐音频特征，然后在 CRF 中计算标签序列。尽管 GMM 可以很好地适应音频特征，但是当高斯分量的数量有限时，很难提高标签序列的计算精度。为解决这个问题，引入受限玻尔兹曼机（RBM），它比 GMM 有更好的非线性映射能力和更大的可变空间以适应音频特征。实验结果表明，CRF-RBM 模型以 84.71% 的精度远远优于 CRF-GMM，CRF-DBN，LSTM 和其他音乐区域分类器。当这一分类器用在希腊民歌数据集上时，CRF-RBM 也表现最佳。此外，该文还采用了威尔科森（Wilcoxon Signed-Rank）测试来验证了该方法的效率。文章称，由于现有的音乐区域分类方法通常模仿音乐体裁分类的处理，对于音频文件数据和 MIDI 文件数据，通常首先计算整首歌曲的统计特征，然后用机器学习算法对特征进行分类或聚类。然而，由于民歌通常没有严格的创作规则，音乐区域分类与专业的音乐体裁分类不同，而旋律的时间结构又是民歌的一个重要特征，时间特征对于区分不同地域风格的民歌具有重要意义。现有的音乐区域分类方法存在着缺乏充分考虑音乐时间特征的问题。文章提出了一种基于条件随机场（CRF）的中国民歌地域风格识别方法。将基于帧的音乐音频特征作为随机场的观察序列。

在 CRF 的音乐地域分类方法中，经过参数形式、参数初始化与估算、音乐地域分析列出方程。随后进入标签序列计算环节，得到 CRF 中音频序列的标签序列关键在于特征方程 f_k。由于"帧"是个瞬时单位，所以音乐音频的帧特征是高维的，连续的，大体积的，手动标注帧特征几乎不可能。Juan Li 团队提出两种方法自动标注帧特征。进一步用受限玻尔兹曼机 RBM 代替高斯混合模型 GMM 来计算 CRF 中的歌曲标签序列，最后得到 $S = \{(v^{(t)})^{|T|}_{t=1}\}$ 中的第 t 首歌曲的标签序列 $y^{(t)}$。

在对陕西北部（SX）的 297 首民歌、江苏（JS）的 278 首、湖南（HN）的 262 首作为分类数据集分析后，经过一系列的推演实验，作者得出结论：陕北民歌的识别率最高，而江苏民歌的识别率最低。无论采用哪种分类方法，江苏民歌都容易被误分为另外两类，尤其容易被误分为湖南民歌。以下原理可以解释这一现象。首先，就音阶而言，陕北民歌倾向于使用包含 5 个音阶（宫、商、角、徵、羽）的 7 音阶（宫、商、角、变徵、徵、变羽、宫）常用于湖南民歌和江苏民歌。其次，陕北民歌的旋律倾向于更加棱角分明。陕北地区的曲调经常使用音高间隔，而不是完美的四分之一音，其中一个著名的音高是"双重完美四分之一音"。湖南民歌的典型旋律进行是大三和小三的结合。与前两个地区的民歌相比，江苏民歌趋于平滑和弯曲。紧凑的旋律通常连续使用大二，小三和完美四分之一。但是，无论是陕北还是湖南的民歌，这些旋律的发展进程都很平缓。[31]因此，从以上分析可以得出结论：陕北民歌在这三个地区

---

31 Juan Li, JingLuo, Jianhang Ding, XiZhao&Xinyu Yang, "Regional Classification of Chinese Folk Songs Based on CRF Model" in *Multimedia Tools and Applications*, August 2018.

的民歌中是最容易分辨的。此外，与湖南民歌相似的音阶和常见的旋律过程导致江苏民歌的误分类率很高。

值得注意的是，为了彻底评估该文章方法的效果，所有实验均用中国民歌数据集和希腊民歌数据集进行评估。图 9 显示了所有最佳参数的分类器的结果，从结果可以看出，CRF-RBM 优于基线分类器和其它用于音乐区域分类的方法。与非时间结构相比，所有采用时间结构的分类器均能有更高的识别精度。CRF-DBN1 和 CRF DBN2 在中国民歌和希腊民歌上结果相似，并且 CRF-GMM 模型在所有时态结构中表现出较差的分类性能，尤其是在希腊民歌数据集上。对于 LSTM 神经网络，两个民歌数据集上具有一个隐藏层的 LSTM1 比具有两个隐藏层的 LSTM2 具有更高的识别精度。LSTM1 在两个数据集上均获得第二高的识别精度。但是，LSTM2 在辨识希腊民歌上精确度第三，并且对中国民间歌曲的辨识准确度较低。LSTM 的两个结构在不同的民歌数据集上表现不同。

图 9　文章中所提方法和学界其他方法的识别精度[32]

Methods		Accuracy	
		Chinese folk songs	Greek folk songs
Non-temporal structure	MP	75.31%	53.34%
	SVM	77.44%	57.67%
	k-NN	76.13%	54.28%
	LR	78.54%	56.81%
	Liu Y et al. [29]	74.95%	53.96%
	Liu Y et al. [28]	79.28%	58.72%
Temporal structure	Li J et al. [27]	80.13%	63.38%
	CRF-GMM [24]	81.72%	61.56%
	LSTM2	82.25%	64.13%
	CRF-DBN2	82.44%	63.52%
	CRF-DBN1	82.68%	63.84%
	LSTM1	83.18%	66.03%
	CRF-RBM	**84.71%**	**67.38%**

The highest recognition accuracy is highlighted in bold

为了进一步验证 CRF-RBM 是否比其他方法更具有显著改善，作者采用了非参数双尾 Wilcoxon Signed-Rank 检验，显著性水平为 5%（α= 0.05）。基

---

32 Juan Li, JingLuo, Jianhang Ding, XiZhao&Xinyu Yang, "Regional Classification of Chinese Folk Songs Based on CRF Model" in *Multimedia Tools and Applications*, August 2018.

于识别精度，对两个数据集的 CRF-RBM 和其他时间结构进行了成对比较。零假设设置为 H0：两种方法的效果没有显着差异。图 10 中显示的结果是 CRF-RBM 高效率的有力证据。

图 10 显着性 0.5 的 Wilcoxon Signed-Rank 检验和其他 CRF-RBM 时间结构的比较结果[33]

	p-value	Null hypothesis
Li J et al. [27]	0.00988	Rejected
CRF-GMM [24]	0.00694	Rejected
LSTM2	0.02202	Rejected
CRF-DBN2	0.01242	Rejected
CRF-DBN1	0.01640	Rejected
LSTM1	0.03662	Rejected

总体而言，Juan Li 的研究团队提出了基于具有三种序列标识法的 CRF，充分考虑了音乐音频的时间属性。在实验中，GMM 用于拟合音乐音频功能并计算 CRF 中歌曲的标签序列。该方法在音乐区域分类上取得了良好的效果。但是，当限制 GMM 中高斯分量的数量时，这种方法很难提高标记序列的准确性。为了解决这个问题，引入 RBM（DBN）代替 GMM 来计算 CRF 中歌曲的标签序列，用中国民歌和希腊民歌对提出的所有方法进行了评估。实验结果表明，CRF-RBM 优于基线分类器和其他现有的音乐地域分类方法。此外，Wilcoxon Signed-Rank 检验的结果表明，就常规 0.05 阈值而言，CRF-RBM 在预测准确性方面在统计学上有更好的结果。

数字人文既是一种方法，亦为一种理论，[34]甚至可以看作是人文精神在数字领域的渗透式呈现。数字人文本身就具有跨学科性，数字人文与中国民歌研究的结合更是交叉学科研究的直接体现，不仅为数字人文本身的研究带来从民歌研究领域发展而来的理念，也为民歌研究带来科学性与实证性研究方法，拓展了民歌研究视阈。

---

33 Juan Li, JingLuo, Jianhang Ding, XiZhao&Xinyu Yang, "Regional Classification of Chinese Folk Songs Based on CRF Model" in *Multimedia Tools and Applications*, August 2018.

34 李点《数字人文的理论与方法之争》，载《浙江师范大学学报（社会科学版）》2019 年第 6 期。

第五章　英美学界中国民歌研究的反思

第一节　英美学界中国民歌研究存在的问题

经典民歌作品对于一个族群的文化性格特征的显现最具直接性，而正是由此属性，在跨文化语境的背景下，"中国民歌"作为中国文化符号的代表，在向西方传播、译介的过程中，不可避免地受到多方面因素的制约，理解障碍在异域学者的研究中普遍存在，这也是中国民歌在域外传播范围不广、影响程度不深、未被系统整理研究的重要原因。

中国民歌国外的传播受限也来源于国内对于传统民歌的重视程度持续降低。近年来，传统音乐衰落的趋势似乎难以逆转，各方面的政策支持也并未能减缓这一进程，相反，财政支持和"博物馆化"通常标志着对一种艺术形式"文化身份"的戏剧性改变——它们通常是对古代音乐传统的"最后一击"。施聂姐认为，"文化很难'保存'，因为'文化'本身与'变化'几乎是同义的，而其中音乐又是最易变的。我们常常说'音乐的变化'，但实际上却不自觉地陷入一整套逻辑中，因为民间音乐就是变化。而人们没办法把变化'博物馆化'"。[1]

面对这种双重困境，当下青年学者力所能及的便是调研当前民歌在不同语境传播中的障碍问题，以双重文化语境修缮理解、创作中的"误读"，民歌文化的世界性传播需要以一种"创新性""持久性"的"活态"形式传承下去。

---

[1]　（荷兰）高文厚、施聂姐《中国的传统音乐不是要"保存"而应要"延续"》，载《中国音乐学》2003 年第 3 期。

一、翻译问题

翻译是中国民歌语际传播的第一步，第一步便成为传播障碍的首要原因。民歌的翻译涉及到两大问题：歌词翻译、旋律翻译。歌词虽说具有文字作为载体，具有整体的文学性特征，但民歌往往夹杂着大量方言、俗语，独具的"地方性"在语言理解层面又罩上了一层纱。如何准确地翻译歌词便是一大难事；而旋律翻译比较繁杂，这涉及到歌曲的韵味、风格和一系列民族性的约定俗成的演唱特征，这些是无法体现在五线谱中的，需要对这一民歌有深入的文化理解才能恰切地表达这一"弦外之音"。

翻译的困境还体现在中国的民间音乐在世界范围内的话语建构方面。中国民歌经典在英美学界的译介自 17 世纪随中国音乐在西方的传播开始，直至近代，国人刘半农的译介，才开启了西方学者英译民歌的潮流。但是，被英译的民歌还仅仅是极少数具有"代表性"的，许多在近代广为流传的民歌都没有被纳入西方学者的视野，相反的，他们关注的是他们所感兴趣的内容，哪怕这些民歌在国内并不流行甚至非常小众。另一方面，中国有关民歌的理论著作几乎未被翻译成英文，仅有一本北方民族大学教授武宇林的中文版专著《中国花儿通论》，由杨晓丽、史若兰（Caroline Elizabeth Kano）译为英文版《丝绸之路上的民间歌谣——花儿》（*Hua'er——Folk Songs from the Silk Road*）一书，2017 年在商务印书馆出版。但这本民歌理论的英译行为也是由中文作者武宇林本人发起，据查阅，武宇林本人一直在寻找能够英译其专著的人选，还曾约见过同为研究"花儿"的英国学者苏独玉，最后是由大学一线的英语老师杨晓丽和多年好友英国的史若兰教授完成。尽管，该书英译本是在武宇林本人的参与下完成的，并不能完全代表英美学界中国民歌理论的译介特点，但此书对于民歌的海外传播是具有"开拓性"的。

中国民歌翻译自 20 世纪 80 年代后出现了一股热潮，其中美籍华裔音乐学家韩国镁（Kuo-Huang Han）自 1982 年始，开始向西方译介中国音乐。较为重要的有介绍音乐家贺绿汀的文章——《中国调式和民族模型》、介绍中国音乐学家的文章——《三位中国音乐学家：杨荫浏，阴法鲁，李纯一》、中国音乐选集类文章——《东方音乐选集：中国》（《民族音乐学》1989）、对汉族民歌的研究类文章——《汉族民歌的特点和分类》（《亚洲音乐》1989）、另外还有音乐评论文章，评论介绍晚清中国海关官员比利时人阿理嗣 1884 年的专著——《中国音乐》（*Chinese Music*），韩称此书为"1950 年以前几乎是有关中国音乐主题被引用最多的"著作。另外，英美学界中不乏西方学者的民歌译本。例如清朝的英国外交官倭讷（E. T. C. Werner）出版的译本《中国小调》（*Chinese Ditties*，1922），谢廷工（Tin-yuke Char）和郭长城（C.H. Kwock）对客家山歌的收集和翻译一本《中国客家：他们的起源和民歌》（*The Hakka Chinese-Their Origin & Folk Songs*，1969）等。

但由于民歌系统庞大，同时英美学界的学者们主要来自民俗学、人类学、民族音乐学领域，他们所获得的材料往往是由田野调查时的一手资料，资料充足，但是没有译文必然无法支撑学者们进行进一步的学术研究，民歌的文化传播也会进入瓶颈。

首先，在歌词的文本方面，往往存在汉语与英文演唱时不对等的问题。本雅明提出了跨文化传播中文本的"可译性"概念，并认为真正的翻译是对"可译性"的追求而非对原作的意义的追求。本雅明的"可译性"有两种含义：其一为能否"在作品的读者的总体性中找到胜任的翻译者"；其二为作品的"本质是否适于翻译"。[2]所以，作为民间文学的民歌，表达的是自古以来这一种族的风俗习惯，带有强烈的独立性，很难被外来者所理解，这就造成在"可译性"问题的选择上，是能给民歌带来更易传播和理解的手段。劳动人民创作的歌往往没有太高的文学价值，歌词通俗的语言往往质量和区别度较低，对于翻译来说是一种比较贫瘠的资料。在这种情况下，当一个民歌歌词进入跨文明的传播过程中时，歌词的含义往往没有那么重要，而将最朴实、真挚的情感表达出来才是译者需要注意的首要问题。例如在劳动号子的翻译过程中，由于歌词多为叠字音节，文学内涵较低，所以在可译性的问题上可选择直接音译，若以英语单词呈现反而累赘。

其次，汉字的单音节结构与英语语言中的多音节不对等。在歌曲的演唱过程中，汉字的发音习惯往往与英文不同，同样的含义若译为英文，则可能破坏歌曲原有意境。例如美国马里兰大学帕克分校的 Lu-Hsuan 博士，在翻译云南民歌《小河淌水》时，在"月亮出来亮汪汪"一句时，译为"moon comes out shine brightly shine brightly"，其实这样翻译有很大问题，"月亮出来"一句在这里本意表达的是月亮升起的状态，是阿妹盼望着阿哥终于等到月亮升起的随时间变化的心情，而不是单纯的"comes out"，如果翻译为"comes out"并

---

2 （德）本雅明《翻译者的任务》，载陈永国、马海良编《本雅明文选》，中国社会科学出版社，1999年，第280页。

不能表现盼望月亮升起的阿妹对于阿哥的"思念"。这一问题的根本是汉语和英语两种语言性质的不同，即象形文字与拼音文字的不同，因此二者追求"同一性"的尝试基本上不可能完成。德国哲学家潘诺维茨（Rudolf Pannwitz）曾在《欧洲文化的危机》中指出"翻译的根本错误在于，他维护了本族语相当遥远的一种语言翻译时，他必须回溯语言本身的基本因素，渗透到作品、形象、格调趋同的那一点。他必须借助外语发展和神话自己的语言"。[3]所以，在翻译过程中，注意根据外在文化语境，适当调整原文含义，在不破坏美感的前提下尽量还原包括音节在内的本意可是才是恰当之举。

二、界定问题

不管是在国内还是西方，人们对"民歌"的定义都有很大疑问。有些人将作曲家用民歌材料创作的作品称为"民歌"；有些人将词作家重新填词的音乐作品称为"民歌"；更有人将中国流行情歌当做"民歌"……他们大多认为只要是"俗曲"，都可以称为"民歌"，这种界定是不科学的。

其实，学界对于中国民歌的界定还有"口传心授"和"专家创作"两种标准，真正的中国民歌具有口传心授、在民间自由传播、非专业创作的性质，这类歌曲的作者通常不会留名，具有"原生态"[4]的属性；另一类是专家创作的具有民歌元素的歌曲，是作曲家、音乐家设定主题并融入民歌的元素，精心编曲、作词，专业创作出来的歌曲，这类歌曲是有明确作者的。例如《康定情歌》（又名《跑马溜溜的山上》），是原西康地区具有代表性的传统民歌，虽然后经李依若填词，吴文季、江定仙改编，但是未脱离原民歌的基本曲调，是由中国传统民歌发展来的，所以《康定情歌》属于中国民歌。

那么，哪些歌曲不属于中国民歌呢？其实，很多我们耳熟能详的歌曲如《我的祖国》《映山红》《绒花》《南泥湾》《洪湖水浪打浪》等，常被误以为是民歌，它们的传唱度也十分广泛，具有民族代表性和一些民歌的风格。但是，它们都是由中国音乐人精心创作的歌曲（有具体作词者、作曲者），虽然这些歌曲在国内外拥有广泛的传唱度和影响力，但是不能算是真正意义上的中国民歌，而是属于创作歌曲。

---

3 Rudolf Pannwitz, *Die Krisis der europaeischen Kultur*, Nuernberg: Hans Karl, 1917, p228.

4 原生态指没有被特殊雕琢，存在于民间原始的、散发着乡土气息的表演形态。

不论是国内和国外，都存在着对"民歌"界定混乱的现象。笔者在进行对中国民歌在英美学界的传播路径的梳理时，发现存在着大量以"folk song"为题，但内容却与民歌无关的相关出版物。如 The Prof. Fuzz 63 乐队于 2016 年由 Dreamy Life Records 出版社发行的专辑 *Chinese Folk Songs*（《中国民歌》）、Lily Chao（赵晓君）演唱的 CD 专辑《中国民歌》（*Chinese Folk Songs*）、Organic Three 乐队的《巴赫和其他中国民歌》（*Bach and Other Chinese Folk Songs*）等，均未涉及民歌或相关素材。

英国最具权威的民歌收藏家和音乐学家吉特生（Frank Kidson）在其专著《论英国民歌和舞蹈》中称，"folk song"为一种歌曲，生于民间，为民间所用以表现情绪，或为抒情的叙述者。它又大抵是传说的，而且正如一切的传说一样，易于传讹或改变。它的起源不能确实知道，关于他的时代也只能约略知道一个大概。[5]民俗学家劳依舍耳（Karl Reuschel）称，民歌是一种民间唱的歌；以内容论，以语言的及音乐的形式论，它合乎最广的地域之情感生活、想象生活；并且不被人视为私有的东西，又带了典型的姿态，经过人口传，至少有十年之久。人们在研究民歌时，往往遵循一个约定俗成的概念，即"民间歌谣是劳动人民集体的口头诗歌创作，属于民间文学中可以歌唱和吟诵的韵文部分。它具有特殊的节奏、音韵叠句和曲调等形式特征，并以短小或比较短小的篇幅和抒情的性质与史诗、民间叙事诗、民间说唱等其他民间韵文样式相区别"。[6]另外，英文中还有一更为正统的名称——ballad，它是"抒情的叙事短歌"的专称。由于"ballad"在中国的歌谣范围内存在较少，故"ballad"又被译为"叙事歌"，与"民歌"相区分。

除此之外，"民歌"的含义与中国自古以来使用的"歌谣"的含义相似，而"歌谣"一词古来有之，中国传统《毛诗故训传》中对歌谣最早的定义为"曲合乐曰歌，徒歌曰谣"，民歌强调音乐性，没有"歌"便称为"谣"。当然，"歌"与"谣"也并非界限分明，也曾有"心之忧矣，我歌且谣"（《诗经·魏风·园有桃》）之说。《文心雕龙·时序》中也曾提到歌谣反映的时代与社会风俗："歌谣文理，与世推移，风动于上，而波震于下者也"。

英语学界对中国民歌的研究资料乐于归到"说唱文学"一类，然而，"中国文学通史中关于说唱文学的部分却是十分有限的。近些年来所出版的大型

5　Frank Kidson, *English Folk-song and Dance*. Cambridge: Cambridge University Press, 1915. p. 9.

6　钟敬文《民间文学概论》，高等教育出版社，1980 年，第 173 页。

关于现代中国文学的介绍，不超过四种。邓腾克（Kirk Denton）所编《哥伦比亚现代中国文学指南》（*The Columbia Companion to Modern Chinese Literature*, 2016 年）跨越了 20 世纪。罗鹏（Carlos Rojas）与白安卓（Andrea Bachner）所编《牛津现代中国文学手册》（*The Oxford Handbook of Modern Chinese Literature*, 2016）延展到了清朝末年。张英进所编《现代中国文学指南》（*A Companion to Modern Chinese Literature*，2016）覆盖了鸦片战争到当代。范围最广的是王德威编的《新中国文学史》（*A New Literary History of China*, 2017），其中的文章从晚明开始，严格按照时间顺序对中国现当代文化进行介绍。这四部著作，虽然有着各自的特点，但没有一章涉及说唱文学，没有一本讨论近代史上意义重大的民歌运动，没有一本留心近代有关四大民间故事的重新阐释。这些书中涉及的文学不是中国文学，而是由中国知识分子为自己写的文学"。[7]

三、异质文化问题

文化的"异质性"是跨文化交流的一大壁垒。西方学者在研究中国民歌时看到了许多让他们难以理解的现象，这是由于对不同文化、不同国情、不同思维造成的。主要表现在以下几个方面：

第一，西方学者认为，在研究中国民间艺术时，西方学者和中国学者研究范围会受到政治限制，这使得对民歌的人类学采集调查并不充分。其实，西方学者非常认同中国学者关于民间器乐结构分析方面的学术研究，但同时也认为很可能在这方面的研究是唯一比较便利、不会受到阻碍的。许多政府官员将这些民间艺术认为是植根于仪式和（半）宗教实践中，认为这是"封建迷信"，需要被消除。这便导致在民间音乐的研究中，中国学者往往忽视其仪式、宗教、文化的背景，而倾向于单纯研究音乐文本方面。

第二，国内学术研究并没有及时详细地与国际学术前沿同步。英美学界学者认为，中国学界的孤立现象在今天仍然存在，总有各种原因阻碍学者参与到国际学科前沿的讨论中。这表现在：西方音乐学前沿文献在国内的译介并不及时；在中国国内较难获得西方全面的学术资源；即使是中国国内的学术前沿的资源，也没有达到理想的学界共享效果。

7　（荷）伊维德、张煜《英语学术圈中国传统叙事诗与说唱文学的研究与翻译述略》，载《暨南学报》2018 年 1 月。

　　第三，中国的音乐学术传统与音乐美学知识和音乐阐释能力有关，充满了直觉感悟式体验，却往往与客观和经验无关；而西方学者的思维通常强调客观和理性。"科学"一词在汉语中经常被用在一个特殊的意义上，即"认真坚持某些理论原则，如美学、文学或政治原则"。但是，西方人认为这是一个完全合法的、但却十分另类的学术观点，这导致当中国学者和西方学者交换观点时引起很多混乱。

　　除了这些概念上的局限外，中国学者学术工作的展开还受到经济条件的束缚。一个严峻的现实情况是，西方学者在学术项目上所受的资助使得他们能够在中国进行实地考察。当然，以上这些问题属于 20 世纪末，是时代所遗留下来的旧俗，在新世纪的学术研究中，许多在西方学者们眼中长期存在的理论和概念将被推翻。西方学者也预想到，"在下个世纪，中国音乐学者很可能会带着些许困惑的口吻，讨论他们前辈的作品——也就是我们这一代人的作品"。[8]

　　全球化使我们走出国门便随处可见"中国制造""中国餐馆""中国游客"……但是，当我们走进音乐厅、博物馆、美术馆，国外书店等等各种以文化艺术形式呈现的空间时，却极少能发现中国艺术的身影，仅有的也并不能代表中国艺术的最高水平，也就是说，在世界艺术中，我们依然是曾经那个文化传播滞后且封闭的民族——这也就是我们说的文化软实力还有待提升。那些我们在国内艺术圈内炒得热火朝天的艺术作品在世界范围内的接受度并不高，而外国人以猎奇心态看待中国文化，他们往往感兴趣也仅仅是中国传统里的种种"陋习"和特殊风俗。

　　为什么会产生这种现象呢？首先，东西方文明有着强烈的异质性差异，审美标准不一。这也可以解释，在国内并不具有经典性和代表性的艺术作品反而在西方受到高评价，具有高价值。文化的异质性导致了中西对于中国艺术审美价值规律截然不同的理解，就像泰戈尔 1924 年在北京讲学时，当时其所宣扬的先验性美学对当时的中国人实在难以理解，现场感觉如"对牛弹琴"，原因并非听众们怀有敌意，而是本质上的文化差异。其次，部分西方人并不希望中国文化能够在世界占有一席之地。在西方霸权主义统治的世界格局之中，西方人已经习惯了全世界都摹仿他们的生活习惯，服饰、审美、思维、艺术等。这

8　From the Editor, "THE ADV ANT AGE OF THE OUTSIDER" in *CHIME*, No.3, Spring, 1991. p. 3.

一切是因为西方人掌握着文化主导权，"西方人认为应该是东方适应西方，而不是向东方学习。但是传统的东方价值、社会模式和艺术技能正开始在西方，并常常在令人意想不到的地方找到他们的表达途径，进而开始对西方的文化产生微妙的影响"[9]时，西方人就开始站在代表"国际形象"的制高点，通过各种手段对这种现象进行矫正。文化是潜移默化地改变人的思维方式，西方人对于中国文化向世界的输入呈现的并非欢迎态度，相反各种贬低说辞成为其文化阻拦的掩耳之门。

中西文明的差异建立在农耕文明与工业文明差异的基础之上，从地理环境上来看，发展于地中海的古希腊艺术奠定了欧洲艺术发展的根基，而中华民族的艺术生长于长江与黄河哺育的内陆文明，这使得中西艺术显现出巨大差异。地理环境造就了追求艺术题材和表现对象方面的不同，根植于地中海文明的欧洲艺术强调个体的自由选择，看重艺术的个性与创造性，艺术作品往往突出个人的意志与愿望，在艺术风格和审美理想上崇尚冲突之美，往往以剧烈的冲突来推动情节的发展，以展现人性的残酷与暴虐，通过放纵的自然情欲来张扬个性。与之相比的，根植长江与黄河大陆架的内陆文明造就了中国艺术强大的宗族观念，千百年来遵从的道德观和伦理秩序让中国艺术向着"中和之美""怨而不怒、哀而不伤""声无哀乐"的艺术格调前进。于是，中国艺术以经验感受为直接出发点，充满了直觉的体悟式表达和创造。

18 世纪到 20 世纪中叶，中国处于封建主义或半殖民地半封建社会的阶段，特别是 19 世纪下半叶以来，西方工业文明带来音乐领域科技设备与手段的广泛变革与应用，例如留声机、唱片的运用为西方音乐的发展起到了革命性的作用。而彼时的中国依然处于半殖民地半封建社会，处于民族生死存亡关头，腐朽落后的社会制度严重制约了科技、文化领域的创新与发展，虽然曾短暂出现过轰轰烈烈的"师夷长技以制夷"的"洋务运动"，但是最终也随着中日甲午战争的爆发宣告失败。中国民歌因其具有鲜明中国文化的地缘特征，长期以来自发地流散于中国民间，如没有现代音乐传播技术手段的应用，则很难将原生态、原汁原味、活灵活现的中国民歌传入英美学界，而活态的音乐形式是早期教士记者们记录的乐谱无法比拟的。虽然 20 世纪以来逐渐有一些诸如留声机、唱片等科技成果传入中国，但是其影响范围局限于中国的沿海地区和

9 （英）迈克尔·苏立文《东西方艺术的交汇》，赵潇译，上海人民出版社，2014 年，第 296 页。

少数上层人士，对流行于中国广大农村地区民歌的传播和影响是极其有限的。直到新中国成立以后，特别是 20 世纪 80 年代以来，随着中外科技文化交流的深入发展，国家出台了一系列中国传统文化保护政策，并且制定了中华文化"文化走出去"战略，加之音乐领域的科技手段、技术逐渐在中国普及使用，越来越多的中外学者、音乐人开始利用先进的音乐设备、技术手段现场采集中国民歌并向英美学界传播，这对扩大中国民歌在英美学界的影响力和知名度具有重要的推动作用。

东西方农耕文明和工业文明的差别构成了东西方生活习惯的不同和文化的差异，构成了中国民歌在英美学界的独特性。中国民歌是世界音乐的组成部分之一，英美学界对中国民歌的挖掘、传播和研究是对世界文化遗产的保护与传承。笔者通过比较研究发现，相较国内学界来讲，英美学界在中国民歌的传播手段、表演方式方面比国内更加丰富多元，在理论归纳分析、多学科融合等方面研究更加深入，这些是值得国内学界学习和参考的。

本小节主要概括了国外学者表达的对于国内民歌研究的局限性以及民歌在英美学界中研究的障碍。国内的中国民歌研究往往包含在民族音乐学、声乐、政治政策等方面，方法论上主要倾向于音乐学、社会学，其方法论还有待更进一步多元化。

第二节　英美学界中国民歌研究的借鉴意义

在国内，中国的民间艺术当前处于一种"尴尬"处境。一方面，它们被视为中国传统文化的象征，承载着历史、文化的丰富意涵；另一方面，它们身上又被贴上"落后"的标签，认为它们的存在拖慢了中国音乐前进的步伐。

但是，这种情况在西方学者看来确实难以置信。CHIME 基金会编者称："就在许多佛教寺院被宣传为中国文化地标和旅游胜地的同时，去年夏天将在北京举行的一个重要的全国佛教音乐节却被断然取消。最近，中国农村地区开始了新的反迷信运动。我们收到了来自山东省的几则报道，当地警方和党的官员干扰了宗教仪式和民间音乐表演。据说，当地的寺庙被烧毁，佛教徒被殴打。我们认为，这种事件只是偶尔发生，但尽管如此，它们仍然是一个非常令人严重关切的问题。……西方学者几乎无能为力。但是，我们可以对中国人民表示极大的尊重，他们不顾政府的行动，努力维护自己古老的传统和宗教信仰。或许，我们也应该再次尝试访问中国，花更多的时间在实地考察，并表现出我们对再次受到攻击的文化的真正欣赏。我们对区域民间传说的兴趣不会改变世界的方式，但它可能会为一些地方官员提供思想食粮，并使破坏在海湾中保持一段时间——即使只是在一个村庄。"[10]但是，他们还是明确地表示，哪怕在这种严峻的环境下，仍愿意前往中国进行学术考察，为中国艺术出一份力。

在具体的跨文化传播交流中，我们经常将"越是民族的就越是世界的"挂在嘴边，但实际上，越是纯粹的民族文化，在异域的传播中遇到的问题越大，人们往往会带着民族主义的眼光甚至以有色眼镜来看待。倘若所谓真正的"原生态"民族艺术在我们的城市生活中出现，那种难以理解的民俗文化的强烈冲击带给我们的往往不是"惊艳"，而可能是"惊悚"。这一问题不仅出现在相异的民族中，就连相同民族的由于时代距离也会存在"难以理解"的现象。比如今日重听原生态"吴歌"时，本土居民们嘶哑、直白、毫无美感的演唱录音资料，都可能让人感觉难以接受。后殖民主义理论家弗朗茨·法农（Frantz Fanon）曾在《论民族文化》一文中如是道："那种看似反映了民族特点的显然的客观性其实只是一种惰性，已经被抛弃了的东西，而这种客观性频繁但并非总是一致地依从的更为根本的物质本身是不断更新的。"[11]民俗与文明对立，文明在时代更迭中不断进步，而被我们称为"遗产"的民俗却悄然无息地被抛诸脑后。

但是，如果我们只跟随时代盲目向前，也会带来巨大的损失，我们要做的便是在文化研究中找寻传统与现代融合的最佳状态，不断进行反思。"当代中国艺术已经到了需要对当代中国艺术的话语结构与规律、合法性、身份、立场、意图、策略、表达方式、文化语境、社会机制等做出反思性梳理的时候了"。[12]

20世纪晚期，国内的"海外中国学"（汉学）研究步入正轨。1975年，中国成立了第一个研究海外有关中国研究的机构"国外中国学研究室"，1977年，第一辑《国外中国研究》期刊面世，主要介绍美国的中国学研究动向，1978年

---

10 （英）迈克尔·苏立文《东西方艺术的交汇》，赵潇译，上海人民出版社，2014年，第296页。

11 Frantz Fanon, *The Wretched of the Earth, Translated by Constance Farrington.* New York: Grove Press, 1963. p. 206.

12 王宁、曹顺庆、池昌海、施旭《重建当代中国学术话语》，载《社会科学报》2009年6月4日。

出版《外国研究中国》。随后，国内出版的有关西方中国学研究资料的篇章、著作译介逐渐增多，各个相关学科的科研机构纷纷成立关于该领域的研究点，共同推动"海外中国学"的发展。随着研究的深入，我们深刻感受到西方学者独特的研究思路，可以为国内学术界打开新视野，为国内提供了可吸收和借鉴的渠道。

总体来说，英美学界的学者们对于中国民歌的研究在学术视野、研究方法、评判规则、观点洞察等方面与国内的民歌研究存在着较大差异，呈现一种迥然不同的独特性，彰显了全球学术话语中的差异美。通过对西方学者研究成果的梳理，可以得到以下启示：

首先，以他者视野拓宽研究路径。西方汉学研究体系相对独立，有一套建立在另一种语言和规范之上的系统，使得他们的汉学教学和研究都能独立地运转自如，这个体系中包含了丰富的学科种类，不仅在音乐方面，在文学、历史、政治、绘画、书法等方面也有着非常丰硕的研究成果。而值得注意的是，研究者往往看重的是研究材料，而非研究成果。他们往往会前往研究地进行田野考察，采集一手材料，再将国内学者的材料重新置入他们的汉学体系进行研究。宇文所安曾说："我们唯一能够奉献给中国同事的是：我们处于（中国）学术传统之外的位置，以及我们从不同角度观察文学的能力。"[13]作为"局外人"，他们会无意识地将自身文化体系中的价值观、方法论代入研究中，造成"以西释中"的普遍现象。当然，这种研究现象也打开了新的思路，他们独特的论述领域、理念、方法与观点丰富拓展了我们的研究路径。

其次，对于国外研究成果，辩证借鉴、中西结合是较为理想的取用之道。国内学界对于"海外中国学"进行的范式研究，也在一定程度上构成了国内学术圈参与国际社会科学研究，寻求自身发展的重要行为。通过对英美学界中西方学者对中国民歌研究的梳理，可以发现对方在其研究过程中，"态度有褒有贬、有中立客观、有极富创造性的解读，也有曲解、误读、偏见、武断，乃至陷入'西方中心论'的窠臼现象等"。[14]所以，我们在接受西方研究路径的同时，也要警惕"西方中心主义"的表现，一味地鼓吹西方学术传统，将西方学

13 （美）宇文所安《致中国读者》，贾晋华译，载《初唐诗》，三联书店，2004年，第1页。

14 邱桂香《西方中国音乐研究及对中国西方音乐研究的启示》，载《福建师范大学学报》2017年第5期。

术规则强加于中国学术圈而忽略其实际情况,"是一种殖民思想和学术无根的表现"。[15]因此,辩证借鉴是对西方中国学研究的前提条件。而如何进行对其成果的有效运用,便需要中西结合。要做到中西结合,便需要中西双视角同时进行。这一点是建立在文化差异性的基础之上的,经过前一章的论述,我们可以借鉴比较文学变异学的学科理论清晰地看到文化的差异性问题,这也为"求同存异、和而不同"的目标奠定了基础。

最后,求同存异,和而不同。在中国,"海外中国音乐学研究"与其他门类一同构成了中国学术、中国文化的一部分。"'求同'即异文化研究者尊重并深入理解研究对象的本体特征及其在所属文化体系中的意义、价值,尽可能掌握异文化的本土文献资料与相关成果并审慎运用。'存异'即异文化研究者基于其自身特定的文化语境、教育背景、知识结构和价值观念等,以'他者'的立场、思维、研究目的,形成有别于异文化所在的本土学者之论域、方法、视角与观点等"。[16]

第三节　中西比较艺术研究范式的建设意义

通过对英美学界的中国民歌研究较为系统地梳理和总结,我们不难发现,西式文化、现代科技等对中国传统艺术的入侵,使今天的中国民歌从表演方式到审美体系都不可逆转地西化了,民歌所生长的土壤正在慢慢消失。如今,越来越多的"原生态"民歌正在加速"灭亡"——现代化城市的兴起、乡村人口的减少、机械化生产的普及,使得重现中国民歌最原始的、独有的话语体系和评判方式已经难以实现。重新振兴民歌艺术的研究和发展是如今迫切需要重视的问题,幸而有一批热爱中国艺术的西方学者们不远万里、深入田间,为研究中国民间艺术作出了重大努力,他们的成果是应该为我们所吸取、借鉴和重视的。所以,我们需要寻找一种平等对话、友好交流的学术范式重新书写,比较艺术学便由此而生。

在国际艺术领域,艺术比较的实践研究已具有了久远的历史。从古希腊时期的柏拉图、亚里士多德等人就"诗与画"关系的探讨,以及发展到后来将诗

---

15 张西平、管永前《在世界范围内展开中国文化研究——张西平教授访谈录》,载《社会科学论坛》2014 年第 8 期。

16 邱桂香《西方中国音乐研究及对中国西方音乐研究的启示》,载《福建师范大学学报》2017 年第 5 期。

歌、戏剧、造型艺术等作为艺术学的平行比较对象等等。但是，这些艺术的比较并不涉及本质问题，而是作为"理念"的附属和认知世界结构的补充物。直到"现代艺术学之父"康拉德·费德勒将"美学"与"艺术"区别开来，才有了比较艺术学的建立。起初，比较艺术学基于造型艺术的研究，后来才发展壮大成为包含比较美术学、比较音乐学、比较戏剧戏曲学、比较文学几个门类的综合阐释。

"比较音乐学"的历史比较悠久，1900 年在德国出现了以"Comparative Musicology"命名的学科，施通普夫（Fridgrich Carl Stumpf）与阿布拉哈姆（Otto Abraham）设立了"录音制品档案馆"（Phonogram-archiv）并共同撰写了文章《有关一锅旋律的采谱之建议》（1919），开启了比较音乐学研究范式。1933 年，德国"东洋音乐学会"刊行了《比较音乐学杂志》，后又将学会名称改为"比较音乐学学会"。早期的比较音乐学关注音声学、民族心理学和人类学领域的探究，代表人物德国音乐家库克·萨克斯（Curt Sachs），著有《比较音乐学》（1903）《东西古代音乐的发生》（1946）等，试图将东西方乐器置于历史的发展中进行比较。也就是说，比较音乐学同比较文学不同，它从成立之初就以东西方音乐的跨文化比较为主，试图将整个世界的音乐联系起来进行研究，寻找其相互关系。除此之外，一书中不同门类的跨学科比较也是比较音乐学关注的焦点，音乐与美术、与舞蹈、与戏剧等平行研究成果也层出不穷。但此后，比较音乐学面临了学科危机，因为有学者认为"这一音乐历史世界观的判断是无效的"。[17]这一观念的变化主要原因在于"音乐人类学"（或称"民族音乐学"）的研究兴起，大部分比较音乐学学者将注意力集中在现存的民族音乐的人类学视野中，认为旧的"比较音乐学"学科的研究没有了实际意义，遂将"比较音乐学"更名为"民族音乐学"。在音乐人类学的研究方法中，"变迁研究"成为了其主要方法论，"音乐人类学的方法要求在任何音乐创作理论确定的音乐参数中认真地获取所有'种族集团成员'的感知过程"，[18]即除欧洲民族以外其他民族音乐创作理论中的变迁因素。尽管 20 世纪 70 年代，音乐学的比较研究又有所回升，但是内特尔、梅里亚姆、恩克蒂亚、沃特曼、布莱金等人依旧坚持运用人类学的方法和观念从事比

17　（美）内特尔《世界音乐变迁的研究——疑问、问题和概念》，载管建华编译《音乐人类学的新视界》，南京师范大学出版社，2004 年。

18　（英）J·布莱金《音乐变迁研究理论和方法的一些问题》，载管建华编译《音乐人类学的新视界》，南京师范大学出版社，2004 年。

较音乐学的研究。所以，英美学界的民歌研究成果使用最多的便是人类学的方法，因为"不但以其本身的样子来研究它，而且还放在他的文化背景中来研究它"。[19]

但是，比较音乐学在国内却有着不同的境遇。20 世纪二三十年代，中国对于比较音乐学的认知是由留德的王光祈带入国内的，他在德国期间跟随着比较音乐学的领军人物萨克斯、霍恩博斯特尔、舍尔林、沃尔夫等人，成为了中国研究比较音乐学的第一人。随后，萧友梅、赵元任、傅雷等留学归来，充实了中国比较音乐学的研究。到 20 世纪 80 年代，以管建华、樊祖荫、王耀华、刘成华等人对比较音乐学做出了本体性的研究。在这其中，管建华的成果最为突出，他提出了"重建比较音乐学"的口号，为建立中国比较音乐的研究范式付出了巨大努力。他翻译了国际比较音乐学的前沿研究成果后，编成了《音乐人类学新视界》一书，还著有《中西音乐文化比较的心路历程》《音乐人类学引论》《中西音乐比较》等专著和论文集。台湾学者林胜义翻译了萨克斯的专著《比较音乐学》，并指出"以本书著者所论，把比较音乐学的对象仅限在对欧洲外民族音乐的研究上，对我们东方人的立场而言，切实让人感觉奇怪"，[20]但是，我们需要做的是参照以德国建立比较音乐学学科的思路方法，来充实和构建中国的比较音乐学研究。

比较艺术学进入中国后，依据中国艺术的特殊性，在本土化以及成为更适合中国艺术的一门学科方面，不断寻找着更利于中国发展的研究范式。改革开放以来，比较艺术学的学科建设开始崭露头角，学者们开始从学科建设的角度思考"比较艺术学"的研究思路。张道一、李心峰、李倍雷、赫云等学者在借鉴西方比较艺术门类的学科框架下，不断探寻建设道路。世纪之交，各大艺术院校开始成立"比较艺术研究所"，举办中国比较艺术学研讨会，将"比较艺术学"置于艺术学理论一级学科下开展对不同艺术的研究……比较艺术学的研究队伍正在不断壮大。笔者认为，在对比较艺术学进行研究时，抓住学科优势是为最重要的一点。比较艺术其最大特征在于开放性，它可以囊括文学、音乐、美术、戏剧等包含人类文化重要信息的学科，以它平等的学术视野和学理姿态，把不同国家、民族、文化、语言的艺术置于平等条件下，以促进不同文明的进步。

---

19 （德）萨克斯《比较音乐学》，林胜义译，全音乐谱出版社，1982 年，第 3 页。
20 （德）萨克斯《比较音乐学》，林胜义译，全音乐谱出版社，1982 年，第 3 页。

　　在当今不断交流碰撞的世界文化体系中，吸收和借鉴他者的有益之处正是发展自身的最有效手段。对此，比较艺术学以其广阔的心胸和博大的视野，为东西方文化交流打开了新的大门，发现不同艺术间的特殊性与多样性，承认不同文化、文明对世界学术共同体中的价值和贡献，进而形成一个互动的平等对话、交流平台，正是发展比较艺术学的意义所在。

结　语

　　中国民歌作为中国音乐中的一个重要门类，在影响范围、风俗内涵、接受群体等方面数量最多、传播最广、记载最完备，是我国珍贵的非物质文化遗产。英美学界对中国民歌的研究已有百年历史，但其中资料零散、不成系统，未能引起国内学者对英美学界已出版的研究成果进行脉络梳理的意向。本文选此主题作为研究对象，重点在于梳理英美学界中国民歌研究的特征与轨迹，填补国内外该研究领域的空白，以期为今后构建具有中国文化特色的中国民歌研究体系提供具体的参考。

　　与国内学界对中国民歌的研究相比较，笔者认为英美学界的研究呈现三个特点：

　　一是英美学界的研究更注重民歌与中国文化、民俗之间的关系，往往从民俗学、人类学等多学科的研究路径去窥探中国民歌及其背后的文化世界，不仅考察民歌的传承现状、民歌特色、民歌手的生活环境，也记录研究中国传统社会发展变迁、政治因素和文化因素等给中国民间音乐生态带来的多元影响，体现出跨学科的研究特点；国内研究无论是从民歌的体裁分类，还是从旋律、节奏、调式、曲式等方面的理论归纳，更多的是注重民歌的音乐本体形态和资料的研究。

　　二是英美学界的研究更注重实地调查研究，一些学者为了研究原生态的中国民歌，已经不满足于英美学界早期关于中国民歌研究的"二手资料"，他们多次来到中国，并长期生活在相关地区，观察、采集和研究中国民歌。他们采用实地调查研究的方法，一方面是源于西方学者对中国民间音乐的浓厚兴趣，另一方面也体现西方学者严谨、求是、负责的治学方法和学术精神；相较而言，国内研究有着良好的实地调查的条件，早期的民间音乐研究成果绝大部分也都是建立在采风、走访等实践基础之上，"民族志""采风报告""案头分析工作"等研究成果细致繁多——但繁多的调查成果导致现今学术界对已有文献的二次研究、资料本体的细致研究等现象十分普遍，致使整体上缺乏更加宏观的视野，研究成果没有造成更广泛的影响力，未能上升到全国乃至国际学术共同体的理论高度——这也是艺术学理论学科的重点方向。

三是英美学界的学者更善于运用跨学科研究的方法来观照、阐释中国民歌的内涵，这是其最重要的研究特征之一。跨学科研究方法在国内也较为多见，但其中西方研究的角度完全不同，例如，英美学界研究者们对中国民歌中存在的性现象给予了很大关注，这里的性现象并非是婚俗歌一类以结婚为目的的民歌歌曲，而是以单纯的性交为目的的歌曲，它涉及到了性本身、色情歌曲、淫秽歌曲和以性爱为目的的民歌活动，这些视角在国内似乎是约定俗成的禁忌问题，对它们的忽视，给我们的民歌研究造成了很大程度的缺失。除此之外，政治学、人类学、教育学、民俗学以及近年来兴起的新音乐学、女性主义音乐批评、音乐心理学、统计学、心理声学等研究思路也被西方学者们纳入中国民歌的研究视野中，为中国民歌研究开辟了崭新道路，值得我们借鉴和学习。

综上所述，在比较英美学界学者们的研究成果后，我们可以得到以下几点启示：

首先，英美学界的中国民歌研究融入了前沿学科理论。例如，在民歌研究过程中，传统的中国艺术理论往往重视对文本的分析，重视通过文本的深刻分析来找寻内部规律。而西方学者善用社会学、历史学理论，善于将研究对象放置于广阔的前沿学术思潮下，通过与不同研究方法的交融，以拓展其研究视野，更新传统认知。再如，国内对中国民歌的书写往往埋没了对创作者的关注，导致对民歌本体过度解读的现象，如各式各样的民歌分类方法、五花八门的行腔和演唱法等。而西方学者在研究民歌的过程中着重以"人"为研究重点，将民歌手置于最重要的"文化传承者"的位置，研究他们的艺术思想、创作理念、为民歌发展做出的贡献和价值等等。如葛融的专著《民歌之王：连接着当代中国的人、地点和过去》中，以民歌手王向荣和其他歌手为研究对象，通过民歌手进而探讨民歌的表演、创作、思想观与在他身上呈现的传统、现代、乡村、城市和社会变迁问题等。

其次，英美学界的中国民歌研究对于田野调查和原始资料的研究值得借鉴。学术研究中大量引用、借鉴"第一手资料"，是英美学界的学者们研究中国民歌时的特点，因为民歌的"口传心授""即兴"等特征，使得其总是在不断发展变化，这就要求学者研究时亲自前往发源地进行原始资料的搜集、整理、储存、归类与研究分析。例如荷兰学者施聂姐，她从 1986 年开始对中国苏州南部地区的山歌进行了从研究视角、背景、文本、音乐、歌手等一系列的研究考察，最终于 1997 年完成出版了专著《中国民歌和民歌手：苏南的山歌传统》，其调查时间长达十年之久，远非常人能比。本专著所涉及的成体系的民歌研究资料，都是学者们在进入发源地考察过后整理完成的，这无疑对相关研究起到关键性的作用，增加了作者研究的可信度和说服力。西方学者对"原始材料"的重视、对待学术的严谨求实态度值得我们警醒。

再次，英美学界中国民歌研究方法论的创新与拓展。民族主义者称西方学者运用西方的方法论进行分析，是企图将中国艺术纳入西方艺术研究的领域中，以形成"中国学"这一西方学术体系。但从学术角度讲，在当今越来越全球化的学术背景下，每一次方法论的拓展也将带来研究成果的飞速进步，这也会打开国内学界的研究思路，为中国艺术研究提供了可借鉴的模式，所以，学术上的夜郎自大、故步自封是不可取的。再者，西方学者的研究也是一个不断改进、不断纠错、不断前进的过程，从前文的梳理来看，西方学者从早期对中国民歌传播的"东方主义""西方中心主义"思想，到 20 世纪中后期对中国民歌"宝藏"式的尊称，并在 20 世纪末掀起了中国民歌研究热潮，其艺术自律性、艺术再创作的多样性、艺术市场的丰富性成为了研究热点，持续修正着早期对中国民歌研究的误读。这种不断矫正、不断深入的过程也是还原文化遗产、进行文化互动、贴近中国艺术真貌的过程。

最后，在中西方文化的互动中，在中国的"海外汉学"，西方的"中国学"学科领域不断交融的情况下，西方研究所、高校培养了一批具有国际前沿视野的华人留学生，包括海外华人学者，这一群体所拥有的东西方视野，为国际学术舞台贡献出了东方话语，同时也为国内艺术研究注入了新鲜血液，成为了英美学界中国民歌研究领域中的中坚力量，如旅澳并担任教职的学者杨沐、旅美并担任教职的作曲家周文中、陈怡、盛宗亮等。他们不仅将中国民间艺术带到世界各地，还在北京、天津、香港等高校担任客座教授，经常传递海外学术、音乐的前沿信息，为国际文化交流做出显著贡献。

　　面对属于"异质文化"的中国民间艺术，西方学者在接受的过程中难免会有选择、再创作乃至于"创造性的叛逆"，进而出现文化过滤和文化误读的现象。但是，"过滤与误读不仅体现了接受者在文学交流中的主动性、选择性和创造性，而且扩展了主题文学的内涵，丰富和发展了接受者的文学，为交流主客体提供了互识、互证、互补的通道"。[1]只有理性地看待西方研究的有益之处，结合国内自身研究现状，以寻求学术突破和创新，才是对西方研究的理性回应。除此之外，对西方学界的理论除了以开放包容的姿态主动寻求互动外，还应坚守住本国文化的根基，对扑面而来的繁杂理论辩证思考。

　　就我国的学术研究现状而言，当西方学术研究方法进入中国时，中国的学者通常情况下便会开始引介、移植，对新理论的学术走向和发展历程进行概述。但是，单纯梳理方法论，并不能将该理论完全打开并运用到实践中。再者，有些西方的研究方法并不能很好地适用中国传统艺术的研究。例如，西方现代艺术教育体系之下的新学科理论倾向于宏大的"普适性"研究，擅长从社会学、人类学、心理学、民俗学等领域观照研究对象，却忽略了原本属于音乐领域的"民歌"音乐性研究，部分研究民歌的专著可能通篇不曾提到它的音乐性特征，例如伊维德《激情、贫穷与旅行：传统客家民歌和歌谣》（2015）一书，重点翻译了客家民歌、叙事歌谣、竹板歌的歌词和表演背景，并未涉及音乐方面研究；苏独玉的博士论文《中国传统文化的纵想：论花儿、花儿会和花儿的学术研究》（1988）中仅涉及了几首洮岷花儿的记谱，未涉及花儿的音乐性，呈现出专题性研究的成果凸显而基础性研究薄弱的不足。青年学者们应积极追求着新兴学科的方法论和研究视角，引用跨学科知识体系对某一专题问题进行探讨，以此跻身于学术前沿并获得一定的成果，这不仅可以刺激学界对新学科方法的开发和依赖，而且可以改善学界看似一片蓬勃，实则缺少扎实的基础性研究和具有共识性认知推理的现象。

　　另一方面，民歌作为非物质文化遗产的属性，使得研究者必须深入发源地去采集调查，这也加大了西方学者研究中国民歌的难度。在目前已知的英美学界中国民歌研究专题中，西方学者们无一例外地全部在中国进行了三年以上的田野考察过程，才得以做出有实际价值的研究成果。但也正是由于民歌研究需要长时间积累、调查环境艰苦等特性，使得西方学者只能停留在对田野资料的考察或翻译上，未能深入发掘这一文化遗产的传承、发展、保护等一系列的

1　曹顺庆、杨一铎《比较文学概论》，中国人民大学出版社，2011 年，第 170 页。

问题。所以，纵观西方学者的研究资料，田野考察报告、原始资料挖掘成为其主要叙述方式。而我们需要做的还有更多，在对原始资料的研究整理外，如何使这一民间艺术长远流传下去，如何让这些仅存在于乡间田野的艺术与现代社会重合，如何创造民歌的更多价值是我们迫切需要面对的问题。

随着世界全球化的深入发展，学术共同体的建构、不同文化间的冲突、异质文化间的吸引，成为了新时代的主题。我们更应该在这充满机遇和挑战的洪流中坚持文化自信、坚守思想独立，以包容开放的姿态在中西文化交流对话中自我建构、长远进步。

附录一 所涉海外学者译名一览表

英文名	中文名
A. Corbett-Smith.	史密斯
Aaron Avshalomov	阿隆·阿甫夏洛穆夫
Abram Chasin	亚伯兰·查辛
Abu-Lughod	阿布·卢戈德
Adam Greenberg	亚当·格林伯格
Alan R. Thrasher	展艾伦
Alexander Bildau	亚历山大·碧乐岛
Alexander Tcherepnin	亚历山大·齐尔品
Álvarode Semedo	曾德昭
Anna Mi Lee	李安娜
Anne Birrell	白安妮
Anne McLaren	安妮·麦克拉伦
Anne E. Mclaren	莫兰仁
Annette Erler	安奈特·娥尔勒
Anthony Giddens	安东尼·吉登斯
Antoinet Schimmelpenninck	施聂姐
Arienne M. Dwyer	杜安霓
Arthur Smith	明恩溥
Baron Guido Amedeo Vitale	韦大列
Béla Bartók	贝拉·巴托克

Bell Yung	荣鸿曾
Benedict Richard O'Gorman Anderson	本尼迪克特·安德森
Benjamin Britten	布里顿
Berthold Laufer	贝特霍尔德·劳费尔
Bliss Wiant	范天祥
Branka Popović	布兰卡·波波维奇
Bright Sheng	盛宗亮
Bronislaw Malinowski	罗尼斯拉夫·马林诺夫斯基
Bruce Graff	布鲁斯·格拉夫
Bruce Kapferer	布鲁斯·卡培法勒
C.H.K wock	郭长城
Carmen Balthrop	卡门·波思罗普
Caroline Elizabeth Kano	史若兰
Cecil Clementi	金文泰
Charles Ives	查理斯·艾夫斯
Charlie Cawood	查理·卡伍德
Charlotte D'Evelyn	夏洛特·德伊夫林
Chatori Shimizu	清水悟
Chen Chien-hua	陈健华
Chen Yi	陈怡
Chiao-Ting Feng	冯朝廷
Chin-Hsin Yao Chen	姚锦新
Cho-Liang Lin	林踌亮
Chou Wen-chung	周文中
Constantin Brăiloiu	康斯坦丁·布雷伊洛尤
David Hughes	大卫·修斯
David Lang	大卫·朗
Dmitriy·Dmitriyevich·Shostakovich	肖斯塔科维奇
Domingo Fernández Navarrete	闵明我
Donald. F. Lach	唐纳德·F.拉赫
E. Glenn Schellenberg	舍伦贝格
E. T. C. Werner	倭讷

Ed Spanjaard	埃德斯帕尼亚
Elizabeth N. Shirokogoroff	伊丽莎白·施洛克格洛夫
Ellie Mao Mok	茅爱立
Emily E. Wilcox	魏美玲
Erich Moritz von Hornbostel	霍恩博斯特尔
Erik Ochsner	埃里克·奥克斯纳
Eugene Narmour	尤金·纳穆尔
Evangelos Himonides	埃文杰洛斯·海莫尼德斯
Federico Mayor	费德里科·马约尔
Feng Lide	冯立德
Francois Picard	皮卡尔
Frank Kidson	吉特生
Frank Kouwenhove	高文厚
Frank Zappa	弗兰克·扎帕
Friedrich Weiss	弗里德里希·韦斯
Fritz Kornfeld	弗里茨
G. C. Stent	司登德
Gary Seaman	沈雅礼
Gaspar da Cruz	高斯帕·克鲁兹
George Perle	乔治·佩勒
Georges Braque	乔治·布拉克
Giacinto Scelsi	贾钦多·谢尔西
Giacomo Puccini	贾科莫·普契尼
Gilda Cruz-Romo	吉尔达·克鲁斯·罗莫
Giovanni Pontoni	乔瓦尼·蓬托尼
Granville Bantock	兰维尔·班托克
Gyorgy Ligeti	里盖蒂
Hans Frankel	傅汉思
Harm Langenkamp	汉姆·兰根坎普
Harry Partch	哈里·帕奇
Harry Partch	哈里·帕殊
Helen Rees	李海伦

Helmut Schaffrath	沙和睦
Henning Haslund	亨宁·哈士纶
Henri Lefebvre	亨利·列菲弗尔
Henrietta L. Moore	亨利埃塔·摩尔
Herbert Millier	赫尔伯特·米利尔
Huang Fei-Jan	黄飞然
Iannis Xenakis	伊阿尼斯·泽纳基斯
Igor Fyodorovich Stravinsky	斯特拉文斯基
Igor Iwo Chabrowski	查义高
Isaac Taylor Headland	何德兰
Isaac Taylor Headland	何德兰
Issca Vossiud	艾撒克·沃斯
J. A. Van Aalst	阿理嗣
J. Lawrence Witzleben	韦慈鹏
J. Lawrence Witzleben	劳伦斯
Jack Beeson	杰克·比森
Jack Body	杰克·博迪
Jacob van Meurs	雅各布·范·莫伊尔斯
Jean Grueber	白乃心
Jean-Baptiste Du Halde	杜赫德
Jem Condliffe	杰姆·康德利夫
Jeremy Moyer	莫杰明
Johan Nieuhof	尼霍夫
Johan Sundberg	约翰·桑德伯格
Johann Christian Hüttner	希特纳
Johann Sebastian Bach	约翰·塞巴斯蒂安·巴赫
John Barrow	约翰·巴罗
John Cage	约翰·凯奇
John McCoy	约翰·麦考伊
John W. Grubbs	约翰·格鲁布斯
Jonathan P.J. Stock	施祥生
Jörg Bäcker	约尔格·贝克

Joseph Kerman	约瑟夫·克尔曼
Joseph Van Oost	彭嵩寿
Joseph-Marie Amiot	钱德明
Juan González de Mendoza	门多萨
Julia Wolfe	茱莉亚·沃尔夫
Jundolguchi	井口俊多
Justo Almario	奥马里奥
J. DeWoskin	杜志豪
Kagel Mauricio	卡格尔·莫里乔
Karl Kanbra	卡尔·卡比亚
Kathryn Lowry	罗开云
Kevin Stuart	凯文·斯图尔特
Kevin Stuart	凯文·斯图尔特
Kii-Ming Lo	罗基敏
Kinchen Johnson	张则之
Kristina Cooper	克里斯蒂娜·库珀
Kuo-Huang Han	韩国鐄
L. E. R. Picken	毕铿
L. Vargyas	瓦戈亚斯
Leonard Bernstein	伦纳德·伯恩斯坦
Levi Samuel Gibbs	葛融
Ligeti György Sándor	利盖蒂
Liu Chun-jo	刘君若
Liu Sola	刘索拉
Lou Reed	卢·里德
Louis J. Gallagher	加莱格尔
Lucy Broadwood	露西·布罗德伍德
Lu-Hsuan Lucy Chen	陈璐璇
Luis Carlos Molina Acevedo	路易斯·卡洛斯·莫利纳·阿切维多
Malcolm F. Farley	马尔卡姆·法雷
Margaret Mead	玛格丽特·米德
Marie du Bois-Reymond	鲍伊斯·雷芒

Mario Davidovsky	迭维多夫斯基
Mark Bender	马克·本德尔
Mark Swed	马克·斯威德
Marlies Nutteboum	马里斯·纳特布恩
Marlon K. Hom	谭雅伦
Mary Ann Hurst	玛丽·安·赫斯特
Matteo Ricci	利玛窦
May-Tchi Chen	陈玫琪
Mei Zhong	钟梅
Mei-ling Chien	简美玲
Michael Gordon	麦克·戈登
Michael Shih	施文彬
Michel Foucault	米歇尔·福柯
Min Xiao-Fen	闵小芬
Mr. Hittner	惠特纳
Myron Cohen	孔迈隆
Nean Mac Cannell	马康纳
Nicholas Wheeler	尼古拉斯·惠勒
Nicolas Trigault	金尼阁
Nicole Constable	郭思嘉
Ōki Yasushi	大木康
Olfert Dapper	达帕尔
Ori Kam	卡姆
Pablo Picasso	巴勃罗·毕加索
Paul Clark	保罗·克拉克
Paul Hindemith	保罗·亨德密特
Percy Aldridge Grainger	珀西·格兰杰
Peter Mundy	彼得·蒙蒂
Peter Ritzen	比德·利兹
Petri Toiviainen	佩特里·托维亚宁
Petri Toiviainen	佩特里
Pierre Bourdieu	布尔迪厄

Rachel Harris	蕾切尔·哈里斯
Ravel	拉威尔
Richard Bauman	理查德·鲍曼
Richard King	理查德·金
Robert Parke	罗伯特·帕克
Robert Redfield	雷德菲尔德
Robert T. Mok	罗伯特·莫克
Robert Zollitsch	罗伯特·佐利奇/老锣
Robin Hartwell	罗宾·哈特威尔
Rod Bucknell	白瑞德
Ross Garren	罗斯·加伦
Rudolf Pannwitz	潘维茨
Rulan Chao Pia	阮超
Rulan Pian	卞赵如兰
Russell Ferrante	罗素·费兰特
Samuel Victor Constant	康世丹
Schuman Yang	杨舒曼
Shih-Hsiang Chen	陈世襄
Shmuel N. Eisenstadt	艾森斯塔特
Stefan Kuzay	库德帆
Stella Chang	张佳慧
Stella Marie Graves	葛星丽
Stephen Jones	钟思第
Stravinsky	斯特拉文斯基
Sue Tuohy	苏独玉
Susan Anthony-Tolbert	苏珊·安东尼·托尔伯特
Susan Blader	白素贞
Susan McClary	麦克莱瑞
Sven Hedin	斯文·赫丁
Estate	伊斯特
Tin-yuke Char	谢廷工
Tsao PenYeh	曹本冶

Tuomas Eerola	托马斯·阿罗拉
Tyzen Hsiao	萧泰然
Victor H. Mair	梅维恒
Wilt L. Idema	伊维德
Wonona W. Chang	张永娜
Yang Mu	杨沐
Yi Zhang	张怡
Zhang Shi-Dong	张仕栋
ZhangVolz Yong	张咏
Zoltán Kodály	佐尔丹·柯达伊
Б. А. Арапов	亚历山大洛维奇·阿拉波夫

附录二　乐谱、音像出版物

出版物封面	英文名称	中文名称	作者／出版商	发行时间
	Chinese Folk and Art Songs	《中国民谣及艺术歌曲》	Wonona W. Chang nna Mi Lee	1900
	Flower Drum &Other Chinese Folk Songs	《花鼓和其他中国民歌》	Stephen C. Cheng	1943
	Chinese Folk Songs	《中国民歌》	Wendy Chu, Yung-ching Yeh	1973
	A Collection of Best Chinese Folk Songs	《中国优秀民歌代表集》	Shattinger	1974
	Chinese Folk Songs for the Young Pianist	《中国民歌：为年轻的钢琴家编》	Stephen K. Shao	1975

	Popular Songs and Ballads of Han China	《中国汉族流行歌曲和民谣》	Anne Birrell	1988
	Masterpieces of Chinese Folk Songs	《中国民谣精粹》	Various Artists	1994
	Jasmine: Popular Chinese Folk Melodies	《茉莉花：流行的中国民间旋律》	Ying Wu	1994
	A Discovery of Chinese Folk Tunes	中国民间曲调的发现	Jeremy Moyer	1997
	8 Chinese Folk Songs / Poems From Tang / Soul	《唐宋 8 首中国民歌》	Zhou, L.	1998
	Chinese Folk Songs, Transcriptions for Soprano & Strings	《中国民歌——为女高音和弦乐改编》	RMS International Productions	2003
	Chinese Folk Music	《中国民间音乐》	Various artists	2005
	An Anthology of Chinese Folk Songs	《中国民歌选集》	Ellie Mao, Ann Mi Lee	2005

	Newly Arranged Chinese Folk Songs - Anthology of Chinese Songs	《新编中国民歌选集》	Mei Zhong	2005
	Classical Folk Music from China	《中国古典民族音乐》	Various artists	2005
	Chinese Folk Songs	《中国民歌》	Lui Hung	2007
	Classical Chinese Folk Music	《中国古典民乐》	Pan Jing & Ensemble	2007
	Chinese Folk Songs	《中国民间音乐》	Linna Gong	2008
	Chinese Folk Music /Songs & Dances of China, 1955-1958	《中国民间音乐/中国歌舞，1955-1958》	Various artists	2009
	Classical Chinese Opera and Folk Songs	《中国古典歌剧与民歌》	Wei Li	2009
	Classical Chinese Folk Music	《古典中国民间音乐》	Various artists	2010

	Melodies of China: Playing Chinese Folk Songs With a CD of Performances Trumpet	《中国旋律：小号演奏的中国民歌》	Schott Music	2010
	Bach and Other Chinese Folk Songs	《巴赫和其他中国民歌》	Organic Three	2011
	Eastern Treasures: A Collection of Asian Folk Song	《东方瑰宝：亚洲民歌集锦》	Chelsea Chen & Lewis Wong	2011
	China Classical & Folk Music	中国古典与民间音乐	Chuantong Orchestra	2012
	Chinese Folk Music	《中国民间音乐》	Lei Fang	2012
	I Love of Chinese Art Song & Folk Song	《我喜欢的中国艺术歌曲和民歌》	Hsuan Ma	2013
	Chinese Folk Songs	《中国民歌》	Chao, Lily	2015
	Songs of the Far East for Solo Singers: 10 Asian Folk Songs Arranged for Solo Voice and Piano for Recitals, Concerts, and Contests (Medium High Voice)	《远东独唱歌曲：10首亚洲民歌为独奏之声和钢琴安排独奏、音乐会和比赛（中高音）》	Lois Brownsey, Vicki Tucker Courtney	2015

	Chinese Folk Songs in a Jazz Mode	《爵士乐模式下的中国民歌》	Mary Ann Hurst	2016
	Chinese Folk Songs	《中国民歌》	The Prof. Fuzz 63	2016
	Chinese Folk Songs Collection:24 Traditional Songs Arranged for Intermediate Piano Solo	《中国民歌集：中级钢琴独奏 24 首传统歌曲》	Joseph Johnson）	2018
	Some Chinese Folk Songs and Others...	《一些中国民歌等》	Anais Martane , Xiao He , Wan Xiaoli , Zhang Weiwei	2018
	Folk Music of China, Vol. 1 - Folk Songs of Qinghai &Gangsu	《〈中国民族音乐〉第 1 卷——青海、甘肃民歌》	Various artists	2019
	Folk Music of China, Vol. 2 - Folk Songs of Inner Mongolia and Heilongjiang	《〈中国民族音乐〉第 2 卷——内蒙古、黑龙江民歌》	Various artists	2019
	Folk Music of China, Vol. 3 - Folk Songs of Yunnan	《〈中国民族音乐〉第 3 卷——云南民歌》	Various artists	2019
	Folk Music of China, Vol. 4 - Folk Songs of Guangxi	《〈中国民族音乐〉第 3 卷——广西民歌》	Various artists	2019

	Folk Music of China, Vol. 5- Folk Songs of Taiwan	《〈中国民族音乐〉第 3 卷——台湾民歌》	Various artists	2019
	Chinese Love Songs	《中国情歌》	Heart Of The Dragon Ensemble	2019
	When the Blues Meet Chinese Folk Music	《当蓝调遇见中国民间音乐》	Various artists	2020
	Faces of Tradition in Chinese Performing Arts	《中国表演艺术的传统面貌》	Levi S. Gibbs	2020

附录三 西方中国民歌音乐创作作品总目

作品名称	作者	国家	备注
《痕——缅怀 1966-1976》（H'UN (LACERATIONS)）			于 1988 年 4 月在纽约市首演
《小白菜为大提琴与琵琶而作》（Little Cabbage）			2006 年创作
小提琴独奏《小河淌水》（The Stream Flows）			由胡乃元 1990 年 3 月在波士顿首演
钢琴小品《我的歌为钢琴而作》（My Song）	盛宗亮 Bright Sheng（1955-）	美国	1989 年 10 月在纽约犹太文化中心音乐厅首演
管弦乐《明信片为室内乐队而作》（Postcards）			1997 年 2 月在美国明尼苏达州圣保罗市首演
《四季调为大提琴与琵琶而作》（Seasonss）			
《船夫曲——为童声合唱，女声合唱与打击乐和竖琴》（Boatmen's Song）			2003 年 3 月在纽约市首演

作品	作曲家	国别	备注
《三十里铺》(*Thirty-Mile Villages*) 混声合唱与室内乐《青海民歌二首》(*TWO FOLK SONGS FROM QINGHAI*)			1989 年 4 月在波士顿首演
《三首中国情歌》 I.《兰花花》(*Blue Flower*) II.《跑马溜溜的山上》(*At the Hillside Where Horses Are Running*) III.《小河淌水》(*The Stream Flows*)			于 1988 年 8 月在 Tanglewood 首演
《小花》(*PETIT FLOWERS*)			1980
歌剧《马依之歌》(*THE SONG OF MAJNUN*)			1992 年 4 月在芝加哥抒情歌剧院首演
《为钢琴三重奏而作的四个乐章》(*FOUR MOVEMENTS FOR PIANO TRIO*)			1990 年 4 月在纽约林肯中心首演
《美丽的鲜花》(即《鲜花调》)(*Beautiful Fresh Flower*)	佩西·格兰格 Percy. Grainger (1882-1961)	澳大利亚	1920 年
混合媒介室内乐《内地》(*Interior*)			1987 年创作,第二部分使用贵州山区三名女子演唱的民歌
歌剧《艾黎》(*Alley*)	杰克·博迪 JackBody (1944-2013)	新西兰	1998 年 2 月首演于惠灵顿国际艺术节,包含劳动号子、花儿音乐
混合媒介室内乐《打》(*Beat*)			创作于 2013 年,要包含颂族《舂米歌》、成都工人锤混凝土时演唱的劳动号子(未记录曲名和歌词)、建筑工地里许多工人一起演唱的劳动号子等

作品	作曲者	国别	备注
《中国民歌合唱十首》 (*A Set of 10 Chinese Folk Songs*) 1.《凤阳歌》(*Fengyeng Song*) 2.《小河淌水》(*The Flowing Stream*) 3.《猜调》(*Guessing*) 4.《想亲亲》(*Thinking of My Darling*) 5.《玛依拉》(*Mayila*) 6.《茉莉花》(*Jasmine Flower*) 7.《赶牲灵》(*Riding on a Mule*) 8.《阿瓦日古丽》(*Awariguli*) 9.《丢丢铜》(*Awariguli*) 10.《飞歌》(*Mountain Song and Dancing Tune*)	陈怡 Chen Yi（1953- ）	美国	1994 年创作
《中国山歌合唱五首》 (*To the New Millennium*) 1.《槐花几时开》 (*When Will the Scholar Tree Blossom?*) 2.《阿玛莱洪》(*A Ma Lei A Ho*) 3.《割莜麦》(*Gathering in the Naked Oats*) 4.《五指山》(*Mt. Wuzhi*) 5.《嘎达梅林》(*Ga Da Mei Lin*)			2001 年，美国阿麦密大学合唱团
《中国民歌二首》(*2 Chinese Folk Songs*) 1.《一根竹竿容易弯》(*A Single Bamboo can Easily Bend*) 2.《放马山歌》(*A Horseherd's Mountain Song*)			2003 年，为新加坡青年合唱团创作

作品	作曲家	国家	备注
《中国民歌二首》 （2 Chinese Folk Songs (co-arranged with Steven Stucky)） 1. 《小河淌水》（The Flowing Stream） 2. 《太阳出来喜洋洋》（The Sun is Rising with our joy (arr. Steven Stucky 思德奇）			2008 年，为康奈尔大学合唱团和欢乐乐合唱团创作
小提琴与钢琴二重奏《渔歌》			1979 年创作
管弦乐作品《气势》（MOMENTUM）			《歌墟》素材
管弦乐作品《歌墟》			1994 年创作，苗族的山歌 "飞歌"；云南彝族 "跳月歌"
长笛与钢琴二重奏《西南小曲》三首 1. 《山歌》 2. 《乃过侯》 3. 《兜朵》			景颇族音调；彝族民歌《阿诗玛》；苗族民歌音调
钢琴独奏《猜调》（Guessing）			1989 年创作
钢琴独奏《多耶》			1984，侗族踩堂歌
钢琴独奏《阿瓦日古丽主题变奏曲》 （VARIATIONS ON "AWARIGULI"）			1979 年创作
混声合唱《阿里郎》（ARIRANG）			1994 年，朝鲜民歌
《中国民歌主题钢琴小曲六首》 （Six Pieces for Pianoforte based on Chinese Folk Songs） 1. 《抒情曲》取自《小河淌水》《十大姐》 2. 《故事》取自《经济恐慌》 3. 《进行曲》取自《红旗歌》	鲍里斯 · 亚历山大洛维奇 · 阿拉波夫 Б · А · Apaпoв/Boris AlexandrovichAraPov（1905-1992）	俄罗斯	创作于 1955 年

作品	作曲家	国籍	备注
4. 《在山里》取自《倒搬桨》 5. 《回忆》取自《月牙曲》 6. 《喜悦的劳动》取自《走绛州》 交响诗《自由的中国》（《第二交响乐》）Symphony No.2 (Svoboodniy Kitay) 加入《三十里铺》《兰花花》《东方红》材料			1959 年为庆祝我国建国十周年而作
歌曲七首——谱中国诗词 4. 《新年》取自云南昆明《新年》 6. 《彩虹妹妹》取自绥远民歌《彩虹妹妹》			1946 年创作
《七首中国民歌》 2. 《马车夫之恋歌》，取自新疆民歌《马车夫之歌》 3. 《送情郎》取自河北同名民歌 4. 《小放牛》取自河北同名民歌 5. 《在那遥远的地方》取自青海同名民歌 6. 《青春舞曲》取自新疆同名民歌 7. 《锄头歌》取自江苏同名民歌 《五声音阶练习曲》作品 51 之 3 号《中国小品》(Nr.3 Bagatelles Chinoise)	亚历山大·齐尔品 Alexander Tcherepnin (1899-1977)	美籍俄裔	1962 年写于美国，题献给斯义桂
歌剧《图兰朵》	普契尼 Giacomo Puccini (1858-1924)	意大利	其中第九首和第十首首直接使用了《紫竹调》和《俏冤家》的民歌旋律 由弟子阿尔法诺于 1926 年续写完成首演。《茉莉花》《妈妈娘你好糊涂》素材
音乐剧《孟姜女》（The Great Wall）	阿隆·阿甫夏洛穆夫 Aaron Avshalomov (1894-195)	俄裔美籍	1945 年 11 月 24 日在上海兰心大戏院彩排

作品	作曲家	国别	备注
《两首中国歌曲》（Chinese Songs） 《茉莉花》	格兰维尔·班托克 Granville Bantock （1968-1946）	英国	1909 年《茉莉花》改编作品第一次出现，作曲家使用《茉莉花》旋律写出一首二部卡农作品
钢琴作品《16 首中国曲调钢琴小曲》 （16 Short Piano Pieces Based on Tunes of China, op.22） 1.《儿童的游戏》接近《抗旱号子》 3.《在钉马蹄铁的地方》西北山歌 4.《刘者之歌》陕北山歌 5.《自由山谷的回声》取自《信天游》 6.《道拉基》朝鲜民歌 9.《两手陕北民歌》之一 10.《打趣地冥想》陕北风格 11.《两首陕北民歌》之二取自《拥护八路军》 12.《阿里郎》朝鲜民歌 13.《新疆舞曲》新疆民歌 14.《打夯歌》劳动号子 15.《舞龙》新疆民歌 16.《快车》陕北风格	阿巴扎 Alexis Borison Abaza （1916-1994）	美籍俄裔	1982 年出版
《李白诗作 17 首》（17 Lyrics Of Li Po） 之《黄鹤楼闻笛》 （On Hearing The Flute In The Yellow Crane House）	哈里·帕奇 Harry Partch （1901-1974）	美国	微分音作品。1932 年创作，歌曲是用李白的诗填词，并直接加入了中国民歌"茉莉花"的旋律吟唱，类似中国的摇篮曲风格。
《姑娘生来爱唱歌》 《小白菜》 《半个月亮爬上来》 《在那银色的月光下》	亚历山大·碧乐岛 Alexander Bildau （1957-）	德国	钢琴改编作品集，出版于 2017 年

作品	作曲家	国家	备注
《茉莉花》《页里麦》《搭里木》《都达尔和玛利亚》《在那遥远的地方》			
《中国民歌三首》(为笛子、琵琶、筝、二胡、打击乐而作) 包括陕北民歌《走西口》《蓝花花》《赶牲灵》	周龙 Zhou long (1953-)	美国	1998年创作，2016年首演于华盛顿菲利普斯博物馆作曲名家系列音乐会
《鬼戏》			加入河北民歌《小白菜》旋律
《地图——寻回消失中的根籁（湘西日记十篇）》	谭盾 Tan Dun (1957-)	美国	2002年创作的大提琴及多媒体交响协奏曲
《八幅水彩画的回忆》中的湖北民歌：第二首《逗》(Staccato Beans)、第三首《山歌》(Herdboy's Song)、第四首《听妈妈讲故事》(BlueNun)、第八首《欢》(Sunrain)			
《在那遥远的地方》《长相知》	伯奈特·汤普森 Burnett Thompson	美国	爵士钢琴独奏表演艺术家、作曲家、音乐教育家
《决斗——大红灯笼高高挂》	西蒙·贝尔特朗 Simon Bertrand (1969-)	加拿大	双重协奏曲，采用中国四川民歌《黄杨扁担》的旋律为素材
《绿茶、地震和顽强不息——为二胡、古筝与管弦乐队而作》	肖恩·佩佩罗尔	加拿大	《茉莉花》旋律
《爱在水天之间——为管子、古筝与管弦乐队而作》	塞尔日·普罗沃斯特	加拿大	《无锡景》素材
《大鼓和江苏民歌对话——为大鼓与管弦乐队而作》	加尔·戴维克·朗斯拜	挪威	江苏民歌

附录四　早期原版曲谱

1. 杜赫德《中华帝国全志》

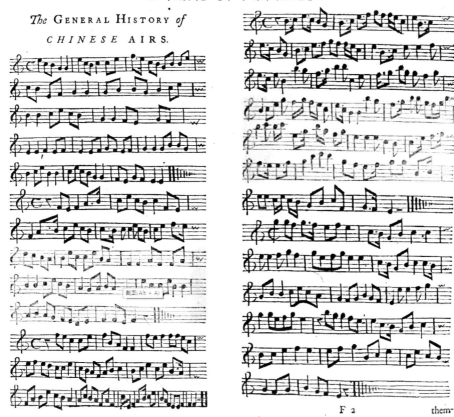

Jean-Baptiste Du Halde: General History of China Vol 3, 1739

2. 阿理嗣《中国音乐》

Van Aalst, J. A: *Chinese Music*. Shanghai, Statistical Dept. of the Inspectorate General of Customs.1884，p19、p38、p42、p44、p46.

参考文献

壹、英文文献

一、学术专著、译著、文集、词典

1. Alexander, William, *The Costume of China: Illustrated in Forty-eight Coloured Engravings*. London: William Miller, 1805.

2. Allen, B. Sprague, *Tide in English Taste, 1619-1800: A Background for the Study of Literature*. Cambridge: Harvard University Press, 1937.

3. Bannister, Saxe, *A Journal of the First French Embassy to China, 1698-1700*. London: T. Cautley, 1859.

4. Barrow, John, *Travels in China, Containing Descriptions, Observations, and Comparisons, Made and Collected in the Course of a Short Residence at the Imperial Palace of Yuen Min-yuen, and on a Subesquent Journey through the Country from Pekin to Canton*. London: T. Cadell and W. Davies, 1840.

5. Birrell, Anne, *China's Bawdy: The Pop Songs of China, 4th -5th Century*. UK: McGuiness China Monographs, 2008.

6. Birrell, Anne, *Popular Songs and Ballads of Han China*. Honolulu: University Of Hawaii Press, 1993.

7. Bold, Alan, *The Critical Idiom Reissued: The Ballad*. London: Routledge, 1979.

8. Boxer, C. R., ed., *South China in the Sixteenth Century, 1550-1575*. London: Hakluyt Society, 1953.

9. Brewster, David, ed., *The Edinburgh Encyclopaedia*. Edinburgh: William Blackwood, 1830.

10. Burney, Charles, *A General History of Music, from the Earliest Ages to the Present Period*. Gale ECCO, Print Editions, 2010..

11. Burney, Charles, *The Letters of Dr Charles Burney*. edited by Alvaro Ribeiro, Oxford: Clarendon Press, 1991.

12. Cao, Shunqing, *The Variation Theory of Comparative Literature*. Berlin: Springer, 2013.

13. Chabrowski, Igor Iwo, *Singing on the River: Sichuan Boatmen and Their Work Songs, 1880s-1930s*. Leiden: Brill Press, 2015.

14. Char, Tin Yuk, *The Hakka Chinese-Their Origin&Folk Songs*. San Francisco: Jade Mountain Press, 1969.

15. Chen, Chin- Hsin Yao, & Shih-Hsiang Chen, *The Flower Drum and Other Chinese Songs*. New York: John Day, 1943.

16. Clark, Paul, *The Chinese Cultural Revolution: A History*. Cambridge: Cambridge University Press, 2008.

17. Clementi, Cecil, *Cantonese Love-Songs: Translated with Introduction and Notes*. Oxford: Clarendon Press, 1904.

18. Cranmer-Byng, J. L., ed., *An Embassy to China: Being the Journal Kept by Lord Macartney During His Embassy to the Emperor Ch'ien-lung*, 1793-1794. London: Longmans, Green & Co., 1962.

19. Du Halde, J. P., *Description de l' Empire de la Chine*. Paris: P.G. Lemercier, 1736.

20. Du Halde, Jean-Baptiste, *The General History of China*. London: John Watts, 1741.

21. Dukes, Edwin Joshua, *Along River and Road in Fuh-Kien, China*. New York: American Tract Society, 1885.

22. Engel, Carl, *An Introduction to the Study of National Music*. London: Longmans, 1866.

23. Engel, Carl. *The Music of the Most Ancient Nations*. London: John Murray, 1864.

24. González DeMendoza, Juan, *The History of the Great and Mighty Kingdom of China, and the Situation Thereof, Togither with the Great Riches, Huge Cittes, Politike Government, and Raew Inventions in the Same*. edited by George T. Staunto with R. H. Major, London: The Hakluyt Society, 1853.

25. Gonzaliez DeMendoza, Juan, *The History of the Great and Mighty Kingdom of China and the Situation Thereof*. edited by George Thomas Staunton, London: The Hakluyt Society, 1853.

26. Grosier, Jean-Baptiste Gabriel Alexandre, *A General Description of China*. London: Transl. 2 vols, 1788.

27. Guido, Amedeo baron Vitale, *Chinese Folklore: Pekinese Rhymes, First Collected and Edited with Notes and Translation*. Peking: Pei-Tang press, 1896.

28. Harrison, Frank, *Time, Place, and Music: An Anthology of Ethnomusicological Observation c. 1550 to c. 1800*. Amsterdam: Knuf, 1973.

29. Headland, Isaac Taylor, *Chinese Mother Goose Rhymes*. New York: Fleming H. Revell Company, 1900.

30. Hook, Brian, ed., *The Cambridge Encyclopedia of China*. Cambridge: Cambridge University Press, 1982.

31. Hoose, H. P., *Peking Pigeons and Pigeon-Flutes*. Peiping: College of Chinese Studies, California College in China, 1938.

32. Hu, Shih, *The Chinese Renaissance*. New York: Paragon Book Reprint Corp, 1963.

33. Hüttner, Johann Christian, *Nachricht von der Brittischen Gesandtschaftreise durch China und einen Thril Der Tartarei*. Berlin:Voss, 1797.

34. Hüttner, Johann Christian.T. F, Winckle, *Voyage à La Chine*. Paris, 1799.

35. Idema, Wilt L., *Passion, Poverty and Travel——Traditional Hakka Songs and Ballads*. Hackensack: World Century Publishing Corporation, 2015.

36. Jie, Jin, *Chinese Music*. Cambridge: Cambridge University Press, 2011.

37. Johnson, Kinchen, *Chinese Folklore: Peiping Rhymes*. Peiping: The Commercial Printing & Co., 1932.

38. Kambra, Karl, *Two Original Songs Moo-Lee-Chwa&IIighoIIighau for the Piano Forte or Harpsichord*. London, 1795.

39. Kaplan, Fredric M., Julian M. Sobin, and Stephen Andors, *Encyclopedia of China Today*. Basingstoke: Macmillan, 1979.

40. Kidson, Frank, *English Folk Song and Dance*. Cambridge: Cambridge university Press, 1915.

41. Kwok, Helen, and Mimi Chan, *Fossils from a Rural Past: A Study of Extant Cantonese Children's Songs*. Hong Kong: Hong Kong University Press, 1990.

42. Laborde, Jean-Benjamin de, *Essai sur la Musique Ancienne et Moderne*. Paris, 1780.

43. Li, Minghuan, *We Need Two Worlds: Chinese Immigrant Associations in a Western Society. Chapter Title: A Bridge and A Wall between the Two Worlds: Organizational Functions*. Amsterdam: Amsterdam University Press, 1999.

44. Lu, Tonglin, *Gender and Sexuality in Twentieth-Century Chinese Literature and Society*. New York: State University of New York Press, 1993.

45. MacCannell, Dean, *The Tourist: A New Theory of the Leisure Class*. New York: Schocken Books, 1976.

46. Mackerras, Colin, *Western Images of China*. Hong Kong: Oxford University Press, 1999.

47. Mair, Victor H. & Mark Bender, *The Columbia Anthology of Chinese Folk and Popular Literature*. New York: Columbia University Press, 2011.

48. Miller, Leta E., *Music and Politics in San Francisco: From the 1906 Quake to the Second World War*. California: University of California Press, 2012.

49. Moon, Krystyn R., *Yellow Face: Creating the Chinese in American Popular Music and Performance, 1850s-1920s*. Rutgers: Rutgers University Press, 2005.

50. Navar rete, Domingo Fernández, *An Account of China, Historical, Political, Moral and Religious*. Translated from Spanish. London, 1752.

51. Navarrete, Domingo Fernández, *The Travels and Controversies of Friar Domingo Navarrete, 1618-1686*. Edited by J. S. Cummins. Cambridge: Cambridge University Press for the Hakluyt Society, 1962.

52. Nieuhof, John, *An Embassy from the East-India Company of the United Provinces, to the Grand Tartar Cham Emperor of China*. Translated by J.

Ogilby. 2nd ed. London: printed by the author at his house in White-Friers, MDCLXXIII, 1673.

53. Redfield, Robert, *Peasant Society and Culture: An Anthropological Approach to Civilization*. Chicago: University of Chicago Press, 1965.

54. Ricci, Matteo, and Nicolas Trigault, *China in the Sixteenth Century: The Journals of Matthew Ricci: 1583-1610*. Trans., L. J. Gallagher, New York: Random House, 1953.

55. Sainsbury, John S., and Alexandre Choron, *A Dictionary of Musicians: From the Earliest Ages to the Present Time*. London: Kambra, 1824.

56. Schneider, Laurence A., *Ku Chieh-Kang and China's New History: Nationalism and the Quest for Alternative Traditions*. California: University Of California Press, 1971.

57. Scholes, Percy A., *The Concise Oxford Dictionary of Music*. Oxford: Oxford University Press, 1964.

58. Sheng, Bright, *Composer's Notes for H'un (Lacerations): In Memoriam 1966-76*. New York: Schirmer, 1988.

59. Spence, Jonathan D., "The Paris Years of Archadio Huang" in *Chinese Roundabout: Essays in History and Culture*. New York and London: W. W. Norton& Company, 1992 .

60. Stock, Jonathan P. J., *Huju: Traditional Opera in Modern Shanghai. Oxford*: Oxford University Press, 2003.

61. Temple, R. C., ed., *The Travels of Peter Mundy in Europe and Asia, 1608-1667*. London: The Hakluyt Society, 1919.

62. Van Aalst, J. A., *Chinese Music*. Shanghai: Statistical Dept. of the Inspectorate General of Customs, 1884.

63. Watson, James L. & Evelyn S. Rawski, *In Death Ritual in Late Imperial China*. Berkeley: University of California Press, 1988.

64. Werner, E. T. C., *Chinese Ditties*. Tientsin: the Tientsin Press, Limited, 1922.

65. Williams, Raymond, *The Sociology of Culture*. New York: Schocken Books, 1982.

66. Williams, S. Wells, *The Middle Kingdom*. New York and London: Wiley and Putnam, 1848.

67. Woodfield, Ian, *English Musicians in the Age of Exploration*. New York: Stuyvesant, 1995.

68. Wu, Yulin, *Hua'er- Folk Songs from the Silk Road*, translated by Yang Xiaoli, Caroline Elizabeth Kano. Beijing: The Commercial Press, 2017.

69. Yang, Hon-Lun, and Michael Saffle ed., *China and the West: Music, Representation, and Reception*. Michigan: University of Michigan Press, 2017.

70. Yasushi, Oki, and Paolo Santangelo, *Shan'ge, the "Mountain Songs": Love Songs in Ming China*. Leiden: Birll, 2011.

二、学位论文

1. Angeles, Los, "Synergies between East Asian and Western Classical Musical Aesthetics", PhD, University Of California, 2016.

2. Bi, Lei, "From Transcription To Transformation: Exploring The Creative Use Of Chinese Folk Song In Gao Ping's Distant Voices", PhD, University of Nebraska, 2017.

3. Cameron, C. M., "'China's Theatrical Locus: Performances at the Swedish Court, 1753-1770", PhD, Indiana University, 2005.

4. Chang, Chao-jan, "The Folk Song from My Fatherland for String Quintet, 3 Percussionists And Electronic Sounds", PhD, Boston University, 2004

5. Chen, Chiu-Yuan, "Eastern and Western Concepts in Two Taiwanese Contemporary

    Works for Clarinet", PhD, The City University of New York, 2011.

6. Chen, Lu-Hsuan Lucy, "Chinese Folk Song: Hidden Treasures of an Old Nation", PhD, University of Maryland, 2000.

7. Chen, Xiang Hallis, "Chinese Art Song from 1912 to 1949", PhD, The University of Texas at Austin December, 1995.

8. Chong, Kee Yong, "Multi-layered Ethnic and Cultural Influences in My Musical Compositions", PhD, University of Huddersfield, 2016.

9. Constant, Samuel Victor, "Calls, Sounds and Merchandise of the Peking Street Peddlers", M.D., California College in China, 1936.

10. Feng, Chiao-Ting, "Innovation: Chinese Folk Music Influence in Contemporary Clarinet Repertoir",PhD, Arizona State University, 2013.

11. Hegedus, Michael Stephen, "The Effect of Public Organizations in Developing the Ethnic Minority Folk Song of Guizhou, China", M.D., The Ohio State University, 2012.

12. Lee, Hsuan-Yu, "A Study on Hybrid Style and Orchestration in Bright Sheng's Postcards", PhD, University of North Texas, 2015.

13. Lo, Kii-Ming, "New Documents on the Encounter between European and Chinese Music" in Revista de musicologia, 1993.

14. Lin, Shumin, "A Performance Guide to Bright Sheng's Solo Violin Work, The Stream Flows", PhD, Arizona State University, 2006.

15. Mo, Li, "Musical and Lyrical Multiplicity of Hua'er Flower Songs", PhD, The Ohio State University, 2011.

16. Mu, Yang, "Folk Music of Hainan Island - With Particular Emphasis on Danxian County", PhD, The University of Queensland, Australia, 1989.

17. Pachter, Benjamin, "A Brief Institutional History of the Society for Asian Music", Flower Songs) in Northwest China", M.D., University of Pittsburgh, 2012.

18. Law, Po-Kwan, THE A CAPPELLA CHORAL MUSIC OF CHEN YI: 1985-2010. PhD. University of Illinois at Urbana-Champaign, 2013.

19. Lee, Hsuan-Yu , A Study on Hybrid Style and Orchestration in Bright Sheng's Postcards, PhD, University of North Texas, 2015.

20. Saxbee, Helen, "An Orient Exhibited: The Exhibition of the Chinese Collection in England in the 1840s", PhD, Royal College of Art, 1990.

21. Shi, Jiazi, "East Meets West: A Musical Analysis of Chinese Sights and Sounds, by Yuankai Bao", undergraduate thesis, Louisiana State University, 2016.

22. Talley, Jennifer, "An American Song Book?: An Analysis of the Flower Drum and Other Chinese Songs by Chin-Hsin Chen and Shih-Hsiang Chen", M.D., Florida State University, 2010.

23. Tierney, Adam Taylor, "The Structure and Perception of Human Vocalizations", PhD, University Of California, 2010.

24. Tuohy, Sue, "Imagining the Chinese Tradition: The Case of Hua'er Songs, Festivals, and Scholarship", PhD, Indiana University, 1988.

25. Wei, Xiaoshi, "The Disappearing Hua'er Tradition: A Case Study of Electronic Media in the Chinese Rural Vilage, Lianlu", PhD, University of Central Missouri, 2007.

26. Zhang, Yi, "When East Meets West: A Stylistic Analysis of Bright Sheng's Piano Works", PhD, University of Houston, 2010.

27. Zhao, Lingyan, "String Quartets", PhD, University of Cincinnati, 2006.

三、期刊论文

1. "Female Folk Singers in Jiangsu, China *Ethnomusicology*" in the Netherlands Leiden: Present Situation and Traces of the Past. Eds. Zanten, Wim van and M. J. van Roon. Oideion: The Performing Arts World-Wide. Leiden: Research School CNWS, 1995.

2. "First Meeting of the Conference on Chinese Oral and Performing Literature" in *Chinoperl News,* 1969.

3. "Music and Memory in Chinese Folk Song Performance *Chim*" in Abstracts of the 5th Triennial ESCOM Conference 2003.

4. An, Deming & Yang Lihui, "Chinese Folklore Since the Late 1970s: Achievements, Difficulties, and Challenges" in *Asian Ethnology*, Vol.74, No.2, 2015.

5. Arkush, R. David, "Review: *Going to the People: Chinese Intellectuals and Folk Literature 1918- 1937* by Chang-Tai Hung" in *The Journal of Asian Studies*, 1986.

6. Bernaviz, Nimrod, "Review: *Popular Songs and Ballads of Han China* by Anne Birrell" in *Asian Music*, 1993-1994.

7. Burney, Charles, "Chinese Music" in Abraham Rees ed., *The Cyclopaedia, or Universal Dictionary of Arts, Sciences, and Literature*, Vol.7, 1819.

8. Ch'en, Jerome, "Review: *Ku Chieh-Kang and China's New History. Nationalism and the Quest for Alternative Tradition* by Laurence A. Schneider" in *Pacific Affairs*, Vol.45, No.1, 1972.

9. Chao, Wei-pang, "Modern Chinese Folklore Investigation" Part I. in *Folklore Studies,* Vol.1, 1942.

10. Chien, Mei-ling, "Leisure, Work, and Constituted Everydayness: Mountain Songs of Hakka Women in Colonized Northern Taiwan (1930-1955)" in *Asian Ethnology*, Vol.74, No.1, 2015.

11. Clarke, David, "An Encounter with Chinese Music in Mid-18th-Century London" in *Early Music*, Vol.4, 2010.

12. Cui, Lili, "Wang Luobin and His Songs" in *Bei Jing Review,* No.30, 1993.

13. Dirlik, Arif, "Review: *Ku Chieh-kang and China's New History: Nationalism and the Quest for Alternative Traditions* by Laurence A. Schneider" in *Journal of the American Oriental Society*, 1978.

14. Eitel, Ernest Johann, "Ethnographical Sketches of the Hakka Chinese: Popular Songs of the Hakkas" in *Notes and Queries on China and Japan*, No.1, 1867.

15. Eitel, Ernest Johann, "Hakka Songs" in *China Review*, Vol.11, 1882.

16. Esherick, Joseph W., "Modernity and Nation in the Chinese City" in Joseph W. Esherick, ed. *Remaking the Chinese City: Modernity and National Identity, 1900-1950.* Honolulu: University of Hawaii Press, 2000.

17. Feng, Lide, and Kevin Stuart, "'Sex and the Beauty of Death' Hua'er (Northwest China Folksongs)" in *Anthropos*, 1994.

18. Frankel, Hans H., "The Relation Between Narrator and Characters in Yuefu Ballads" in *CHINOPERL Papers*, Vol.13, 1985.

19. Furth, Charlotte, "Review: *Ku Chieh-kang and China's New History* by Laurence A. Schneider" in *The China Quarterly*, No.53, 1973.

20. Gardner, C. T.,. "Chinese Verse" in *The China Review,* Vol.1, 1873.

21. Guo, Xiaoying, "On the Emotion, Sound and Rhyme of China's National Vocal Music Art" in 3rd International Conference on Management, Education, Information and Control, 2015.

22. Han, Kuo-Huang, "Folk Songs of the Han Chinese: Characteristics and Classifications" in*Asian Music*, Vol.20, No.2, 1989.

23. Han, Kuo-Huang, "J. A. Van Aalst and His Chinese Music" in *Asian Music*, Vol.19, No.2, 1988.

24. Han, Kuo-Huang, "Review: *A Musical Anthology of the Orient: China. Recordings from the People's Republic of China*" in *Ethnomusicology*, Vol.33, No.3, 1989.

25. Han, Kuo-Huang, "The Chinese Concept of Program Music" in *Asian Music*, Vol.10, No.1, 1978.

26. Han, Kuo-huang, "Three Chinese Musicologists: Yang Yinliu, Yin Falu, Li Chunyi" in *Ethnomusicology*, Vol.24, No.3,1980.

27. Harris, Rachel, "Wang Luobin: Folk Song King of the Northwest or Song Thief? Copyright, Representation, and Chinese Folk Songs" in *Modern China*, Vol.31, No.3, 2005.

28. Harrison, Frank, "Observation, Elucidation, Utilization: Western Attitudes to Eastern Musics, ca. 1600-ca. 1830" in Malcolm H. Brown and Roland J. Wiley eds., *Slavonic and Western Music: Essays for Gerald Abraham.* Ann Arbor, Mich.: UMI Researvh Press; Oxford: Oxford University Press, 1985.

29. Hung, Chang-tai, "The Politics of Songs: Myths and Symbols in the Chinese Communist War Music" in *Modern Asian Studies*, Vol.30, No.4, 1996.

30. Hüttner, Johann Christian, "Ein Ruderliedchenaus China mitMelodie" in *Journal des Luxus und der Moden 11*, 1796.

31. Ingram, Catherine, and Jiaping Wu, "Research, Cultural Heritage, and Ethnic Identity: Evaluating the Influence of Kam Big Song Research of the 1950s" in *Asian Ethnology*, Vol.76, No.1, 2017.

32. Jones, Stephen, "Reading between the Lines: Reflections on the Massive 'Anthology of Folk Music of the Chinese Peoples'" in *Ethnomusicology*, Vol.47, No.3, 2003.

33. Kouwenhoven, Frank, "Antoinet Schimmelpenninck: 'A Well-kepi Secret'" in *Newsletter of the European Foundation for Chinese Music Research*, No.I, Spring 1990.

34. Kouwenhoven, Frank, "Mainland China's New Music (1): Out of the Desert" in *CHIME Journal,* No.3, Spring, 1991.

35. Kouwenhoven, Frank, "Music in Cities Versus Music in Villages" in *CHIME Journal*, December 2000.

36. Langenkamp, Harm, "Contested Imaginaries of Collective Harmony: The Poetics and Politics of 'Silk Road' Nostalgia in China and the West in Yang Hon-Lun" in Michael Saffle, ed. *China and the West.* Michigan: University of Michigan Press, 2017.

37. Laufer, Berthold, "The Chinese Pigeon Whistles" in *Scientific American*, NS98, 1908.

38. Lay, G. T., "Remarks on the Musical Instruments of the Chinese, with an Outline of Their Harmonic System" in *The Chinese Repository*, vol.8, No.11, 1839.

39. Li, Jing, "Guest Editor's Introduction: Chinese Folklore Studies: Toward Disciplinary Maturity" in *Asian Ethnology*, Vol.74, No.2, 2015.

40. Li, Juan , JingLuo, Jianhang Ding, XiZhao and Xinyu Yang, "Regional Classification of Chinese Folk Songs Based on CRF Model" in *Multimedia Tools and Applications*, 2018.

41. Lin, Tse-Hsiung, "Mountain Songs, Hakka Songs, Protest Songs: A Case Study of Two Hakka Singers from Taiwan" in *Asian Music*, Vol.42, No.1, 2011.

42. Liu, Yi , JiePing Xu, Lei Wei, and Yun Tian, "The Study of the Classification of Chinese Folk Songs by Regional Style" in International Conference on Semantic Computing, 2007.

43. McPherson, Gareth, "How an 'Odd Little Book' in a Cambridge Library Became a 'Priceless and Unique' Window into China's Cultural History" in *Cambridge News*, 5 March 2014 .

44. Picard, François, "Music (17th and 18th Centuries)" in *Handbook of Christianity in China* ,vol.1, 2001.

45. Picken, L. E. R., "Secular Chinese Songs of the Twelfth Century" in *Studia Musicologica Academiae Scientiarum Hungaricae*, T. 8, Fasc. 1/4. 1966.

46. Pollard, D. E., "Review: *Ku Chiehkang and China's New History: Nationalism and the Quest for Alternative Traditions* by Laurence A. Schneider" in *Bulletin of the School of Oriental and African Studies, University of London*, Vol.36, No.1, 1973.

47. Rickett, W. Allyn, "Review: *Ku Chieh-kang and China's New History: Nationalism and the Quest for Alternative Traditions* by Laurence A. Schneider" in *The Annals of the American Academy of Political and Social Science*, Vol.402, 1972.

48. Schellenberg, E. Glenn, "Expectancy in Melody: Tests of the Implication-realization Model" in *Cognition*, Vol.58, Issue 1,1996.

49. Schimmelpenninck, A., "Chasing a Folk Tune in Southern Jiangsu" in *European Studies in Ethnomusicology*, 1990.

50. Shao, Flora, "'Seeing Her Through a Bamboo Curtain': Envisaging a National Literature through Chinese Folk Songs" in *Twentieth-Century China*, 2016.

51. Shirokogoroff, Elizabeth N., "Folk Music in China" in *The China Journal of Science & Arts*, Vol.2, No.2, 1924.

52. Singer, Caroline, "Peking Clangor: Noise No Longer Alien When Resolved into the Melody of Humble Living" in *Asia*, Vol.24, No.2, 1925.

53. Stent, G. C., "Chinese Lyrics" in *Journal of the North China Branch of the Royal Asiatic Society*, Vol.7, 1871.

54. Symphonies, Unfinished, "The Formulaic Structure of Folk-Songs in Southern Jiangsu" in Vibeke Børdahl, ed. *The Eternal Storyteller: Oral Literature in Modern China*. Honolulu: University of Hawaii Press, 1999.

55. Toiviainen, Petri, and Tuomas Eerola, "A Method for Comparative Analysis of Folk Music Based on Musical Feature Extraction and Neural Networks" in VII International Symposium on Systematic and Comparative Musicology III International Conference on Cognitive Musicology, 2001.

56. Tsu, Jing, "Introduction: Sounds, Scripts, and Linking Language to Power" in *Twentieth-Century China*, 2016.

57. Tuohy, Sue, "Metaphors and Reasoning: Folklore Scholarship and Ideology in Contemporary China" in *Asian Folklore Studies*, Vol.50, No.1, 1991.

58. Tuohy, Sue, "The Social Life of Genre: The Dynamics of Folk Song in China" in *Asian Music*, Vol.30, No.2, 1999.

59. Tuohy, Sue, "The Sonic Dimensions of Nationalism in Modern China: Musical Representation and Transformation" in *Ethnomusicology,* Vol.45, No.1, 2001.

60. Wah, Lam Ching, "Chinese Music in the Eyes of European Travellers and Scholars in the Late Ming" in *Chinese Culture,* Vol.38, No.1, 1997.

61. Walravens, Hartmut, "Popular Chinese Music a Century Ago: Berthold Laufer's Legacy" in *Fontes Artis Musicae*, Vol.47, No.4, 2000.

62. Wang, Fang, and Fang Yelin, "Spatial Distribution and Formation Mechanism of Chinese Folk Song Cultural Landscape Genes" in *Journal of Landscape Research*, 2016.

63. Witzleben, J. Lawrence, "Whose Ethnomusicology? Western Ethnomusicology and the Study of Asian Music" in *Ethnomusicology*, Vol.41, No.2, 1997.

64. Wu, Cuncun, "'It Was I Who Lured the Boy': Commoner Women, Intimacy and the Sensual Body in the Song Collections of Feng Menglong (1574-1646)" in *Nan Nü*, 12, 2010.

65. Yang, Mu, "Academic Ignorance or Political Taboo? Some Issues in China's Study of Its Folk Song Culture" in *Ethnomusicology*, Vol.38, No.2 ,1994.

66. Yang, Mu, "Erotic Musical Activity in Multiethnic China" in *Ethnomusicology*, Vol.42, No.2, 1998.

67. Yang, Mu, "Ethnomusicology with Chinese Characteristics?: A Critical Commentary" in *Year Book for Traditional Music*, Vol.35, 2003.

68. Yang, Yang, Graham Welch, and Evangelos Himonides, "Tuning Features of Chinese Folk Song Singing: A Case Study of Hua'er Music" in *Journal of Voice,* Vol.29, Issue 4, 2015.

69. Yang, Yang, Graham Welch, Jihan Sundberg, and Evangelos Himonides, "The Challenges Inherent in Promoting Traditional Folk Song Performance and Pedagogy in Chinese Higher Education: A Case Study of Hu'er" in 29th ISME World Conference, 2010.

70. Yang, Yanga, Graham Welch, "Contemporary Challenges in Learning and Teaching Folk Music in a Higher Education Context: A Case Study of Hua'er Music" in *Music Education Research*, 2014.

71. Zhang, Lijun, and ZiyingYou, "History and Trends of Chinese Folklore Studies" in *Chinese Folklore Studies Today,* 2019.

72. Zheng, Xiaomei, Dongyang Li, Lei Wang, Lin Shen, Yanyuan Gao, and Yuanyuan Zhu, "An Automatic Composition Model of Chinese Folk Music" in AIP Conference Proceedings, 2017.

四、曲谱、影音

1. Brown, J. D. & A. Moffat ed., *Characteristic Songs and Dances of All Nations*. London: Bayle& Ferguson,1901.

2. Folk Songs of Southern Jiangsu, China, Leiden: Chime Foundation; Pan Records. (CD), 1997.

3. Graves, Stella Marie, *Min River Boat Songs*. New York: John Day, 1946.

4. Kambra, Frank, Two Original Songs Moo-Lee-Chwa&Higho Highau for the Piano Forte or Harpsichord. London, 1795.

5. Krehbiel, Henry Edward, "Chinese Music" in *The Century,* Vol.41, No.3, 1891.

6. Ranvilleantocked, *One Hundred Folk Songs of All Nations*. Philadelphia: Oliver Ditson Company, 1911.

7. Sembrich, Marselca ed., *My Favourite Folk Songs*. Boston: Oliver Ditson, 1917.

8. Sousa, John Philip, ed., *National, Patriotic and Typical Airs of All Lands*. Philadelphia: H. Coleman, 1890.

贰、中文文献

一、中文著作、词典

1.《牛津简明音乐词典》，北京：人民音乐出版社，1991 年。

2. 曹顺庆《比较文学教程》，北京：高等教育出版社，2006 年。

3. 曹顺庆《南橘北枳》，北京：中央编译出版社，2014 年。

4. 曹顺庆《中西比较诗学》，北京：中国人民大学出版社，2012 年。

5. 陈倩《东方之师与他者之思——海外中国文学研究》，北京：北京大学出版社，2017 年。

6. 陈艳霞《华乐西传法兰西》，耿昇译，北京：商务印书馆，1998 年。

7. 陈永国、马海良编《本雅明文选》，北京：中国社会科学出版社，1999 年。

8. 冯梦龙（明）《山歌》卷二，引自《明清民歌时调集》上册，上海：上海古籍出版社，1987 年。

9. 管建华《中西音乐比较》，南京：南京师范大学出版社，2014年。

10. 郭祥义《民族唱法歌曲大全》，太原：山西教育出版社，2010年。

11. 韩国鐄《自西徂东》，台湾：时报文化出版事业有限公司，1981年。

12. 黄鸣奋《英语世界中国古典文学之传播》，上海：学林出版社，1997年。

13. 江明惇《汉族民歌概论》，上海：上海文艺出版社，1962年。

14. 柯杨《诗与歌的狂欢节——"花儿"与"花儿会"之民俗学研究》，兰州：甘肃人民出版社，2002年。

15. 李倍雷、赫云《比较艺术学》，南京：南京大学出版社，2013年。

16. 彭吉象主编《中国艺术学》，北京：北京大学出版社，2014年。

17. 钱仁康《钱仁康音乐文选》，钱亦平编，上海：上海音乐出版社，1997年。

18. 荣振华《在华耶稣会士列传及书目补编》，耿昇译，北京：中华书局，1995年。

19. 沈德符《万历野获编》卷二十五，北京：中华书局，1959年。

20. 陶立璠《民俗学概论》，北京：中央民俗学院出版社，1987年。

21. 王光祈《王光祈文集·音乐卷》，成都：四川出版公司巴蜀书社，2009年。

22. 王耀华、杜亚雄《中国传统音乐概论》，福州：福建教育出版社，2013年。

23. 王耀华《中国传统音乐概论》，台湾：海棠事业文化有限公司，1990年。

24. 向延生《中国近现代音乐家传》（第2卷），沈阳：春风文艺出版社，1994年。

25. 徐新建《民歌与国学》，成都：四川出版公司巴蜀书社，2006年。

26. 杨民康《中国民歌与乡土社会》，长春：吉林教育出版社，1992年。

27. （澳）杨沐《寻访与见证——海南民俗音乐60年》，北京：中央音乐学院出版社，2016年。

28. 叶舒宪主编《性别诗学》，北京：社会科学文献出版社，1999年。

29. 袁静芳《中国传统音乐概论》，上海：上海音乐出版社，2000年。

30. 周青青《中国民族民间音乐教程》，北京：中央音乐学院出版社，2010年。

31. 江明惇《中国民间音乐概论》，上海：上海音乐出版社，2016年。

32. 全国编辑委员会《中国民间歌曲集成》，中国ISBN中心出版。

33. 张爱民、陈艳《中国民族民间音乐概论》，兰州：甘肃人民出版社，2010年。

34. 张肖虎《五声性调式及和声手法》，北京：人民音乐出版社，1987年。

35. 钟敬文《民间文学概论》（第二版），北京：高等教育出版社，2010年。

36. 周青青《中国民歌》，北京：北京人民音乐出版社，1993 年。

37. 周青青《中国民间音乐概论》，北京：人民音乐出版社，2003 年 8 月。

38. 朱传迪《中国风俗民歌大观》，武汉：武汉测绘科技大学出版社，1982 年。

39. 朱光潜《西方美学史》，北京：人民文学出版社，2002 年。

40. 朱立元《当代西方文艺理论》（第 2 版），上海：华东师范大学出版社，2005 年。

41. 朱熹集注《诗集传序》，上海：上海古籍出版社，1980 年。

42. 朱自清《中国歌谣》，上海：复旦大学出版社，2006 年。

43. 庄曜《探索与狂热——现代西方音乐艺术》，上海：东方出版中心，2000 年。

二、中文译著

1. （美）R.M.基辛《当代文化人类学》，于嘉云、张恭启译，台北：台湾巨流图书公司，1981 年。

2. （美）本尼迪克特·安德森《想象的共同体——民族主义的起源与散布》，吴叡人译，上海：上海世纪出版集团，2011 年。

3. （美）彼得·斯·汉森《二十世纪音乐概论》，孟宪福译，北京：人民音乐出版社，1986 年。

4. （英）霍金纳德·史密斯·布林德尔，《新音乐——1945 年以来的先锋派》，黄枕宇译，北京：人民音乐出版社，2001 年。

5. （美）杰克·卜德《中国文明中的性》，叶舒宪译，载叶舒宪主编《性别诗学》，北京：社会科学文献出版社，1999 年。

6. （美）库斯特卡《20 世纪音乐的素材和技法》，宋瑾译，北京：人民音乐出版社，2002 年。

7. （英）迈克尔·苏立文《东西方艺术的交汇》，赵潇译，上海：上海人民出版社，2014 年。

8. （法）米歇尔·福柯《性史》，张廷琛、林莉、范千红等译，上海：上海科学技术文献出版社，1989 年。

9. （美）施奈德《顾颉刚与中国新史》，梅寅生译，台湾：华世出版社，1984 年。

10.（荷）施聂姐《中国民歌研究百年》，徐康荣译，载《世界音乐文丛（1）》，北京：人民音乐出版社，1993 年。

11.（日）松浦友久《中国诗歌原理》，孙昌武、郑天刚译，沈阳：辽宁教育出版，1990 年。

三、学位论文

（一）博士学位论文

1. 常峻《周作人文学思想及创作的民俗文化视野》，华东师范大学博士学位论文，2004 年。

2. 贾悦《音乐中的跨文化现象》，中国音乐学院博士学位论文，2014 年。

3. 李其峰《杰克·博迪"中国元素"作品研究——以两部混合媒介室内乐作品为例》，南京艺术学院博士学位论文，2015 年。

4. 杨俊光《唱歌就问歌根事——吴歌的原型阐释》，苏州大学博士学位论文，2007 年。

5. 徐新建《民歌与国学——民国时期"歌谣运动"的兴起与演变》，四川大学博士学位论文，2002 年。

（二）硕士学位论文

1. 常峻《周作人文学思想及创作的民俗文化视野》，华东师范大学硕士学位论文，2004 年。

2. 陈冰《新疆昌吉回族"花儿"的传承与保护研究》，石河子大学硕士学位论文，2009 年。

3. 李圣《西方作曲家的中国音乐魂》，华东师范大学硕士学位论文，2010 年。

4. 张芯瑜《施聂姐中国音乐研究之路》，西安音乐学院硕士学位论文，2014 年。

5. 张燕群《中国民族音乐音响档案的历史与现状研究》，中国艺术研究院硕士学位论文，2007 年。

四、期刊论文

1. （美）伊维德《英语学术圈中国传统叙事诗与说唱文学的研究与翻译述略》，张煜译，载《暨南学报（哲学社会科学版)》2017 年第 11 期。

2. 陈鹏《中国古代民歌整理与解注的文化之维——以"私情谱"文学为考》，载《学习与探索》2015 年第 5 期。

3. 邓柯《统计学与人文研究的哲学思辨——从批判性视角看人文研究中的"不确定性"》，载《公共管理评论》2017 年第 3 期。

4. 杜亚雄《中国民歌的分类问题》，载《中国音乐》1994 年第 1 期。

5. 费孝通《人不知而不愠——缅怀史禄国老师》，载《读书》1994 年第 4 期。

6.（荷兰）高文厚、施聂姐《中国的传统音乐不是要"保存"而应要"延续"》，载《中国音乐学》2003 年第 3 期。

7. 宫宏宇《中西音乐交流研究中的误读、疏漏与夸大——以民歌〈茉莉花〉在海外的研究为例》，载《音乐研究》2013 年第 1 期。

8. 宫宏宇《国际视野下的中国音乐研究》，载《中央音乐学院学报》2014 年第 3 期。

9. 宫宏宇《国际视野下的中国音乐研究》，载《中央音乐学院学报》2014 年第 3 期。

10. 宫宏宇《民歌〈茉莉花〉在欧美的流传与演变考——1795-1917》，载《中央音乐学院学报》2013 年第 1 期。

11. 宫宏宇《民歌分类的历史、现状及其他》，载《黄钟·武汉音乐学院学报》1988 年第 3 期。

12. 宫宏宇《中西音乐交流研究中的误读、疏漏与夸大——以民歌《茉莉花》在海外的研究为例》，载《音乐研究》2013 年第 1 期。

13. 韩国鐄《美国之中国音乐研究与教学》，载《交响·西安音乐学院学报》1988 年第 3 期。

14. 李点《数字人文的理论与方法之争》，载《浙江师范大学学报（社会科学版）2019 年第 6 期。

15. 李亚芳《〈近代鄂尔多斯南部地区民歌集〉百年后的再调查》，载《歌海》2010 年第 6 期。

16. 梁茂春《齐尔品的中国风格钢琴曲》，载《钢琴艺术》2020 年第 2 期。

17. 马小童《阿拉波夫和他的〈中国民歌主题钢琴小曲六首〉》，载《齐鲁艺苑》2015 年第 6 期。

18. 萨仁格日勒《亨宁·哈士纶搜集的蒙古民歌的遗产价值》，载《论草原文化》2009 年 7 月第 6 辑。

19. 沈星扬《在北美洲的中国音乐工作——写在北美洲中国音乐研究会国际会议之前》，载《人民音乐》1991 年第 3 期。

20. 施爱东《钟敬文与"猥亵歌谣"学案》，载《民间文化的忠诚守望者——钟敬文先生诞辰 110 周年纪念文集》，中国民间文艺家协会，2013 年。

21. 万建中《"哭嫁"习俗意蕴的流程》，载《广西民族学院学报（哲学社会科学版）》1999 年第 1 期。

22. 王宁、曹顺庆、池昌海、施旭《重建当代中国学术话语》，载《社会科学报》2009 年 6 月 4 日。

23. 萧放、贾琛《70 年中国民俗学学科建设历程、经验与反思》，载《华中师范大学学报》2019 年第 6 期。

24. 杨沐《儋州调声研究》，载《中央音乐学院学报》1993 年第 4 期。

25. 杨沐《性爱音乐活动研究》（上）——以海南黎族为实例》，载《中央音乐学院学报》2006 年第 3 期。

26. 杨燕迪：《音乐的"现代化"转型——"现代性"在 20 世纪前期中西音乐文化中的体现及其反思》，载《音乐艺术》2006 年第 1 期。

27. 叶舒宪《探寻中国文化的大传统——四重证据法与人文创新》，载《社会科学家》2011 年第 11 期。

28. 臧一冰《中国民歌中的性话语表达》，载《二十一世纪》网络版，2003 年 6 月 30 日第 15 期。

29. 张凯、徐玲《民歌素材运用与音乐创作的新思路——陈怡钢琴作品〈猜调〉的音乐分析》，载《黄钟》2006 年第 2 期。

30. 张西平、管永前《在世界范围内展开中国文化研究——张西平教授访谈录》，载《社会科学论坛》2014 年第 8 期。

31. 赵培波、杨沐《学术思考、治学经验及其他——杨沐访谈录》，载《云南艺术学院学报》2016 年第 3 期。

32. 朱自清《粤东之风·序》，载《民俗周刊》1928 年第 36 期。